中卷

辗转

阿荧◎著

新世界出版社
NEW WORLD PRESS

图书在版编目(CIP)数据

三君过后尽开颜. 中 / 阿荧著. —北京:新世界
出版社,2010.8
ISBN 978-7-5104-1138-0

Ⅰ. ①三… Ⅱ. ①阿… Ⅲ. ①长篇小说-中国-当代
Ⅳ. ①I247.5

中国版本图书馆 CIP 数据核字(2010)第 153297 号

三君过后尽开颜　中卷

作　　者: 阿荧
责任编辑: 熊文霞
责任印制: 李一鸣　黄厚清
出版发行: 新世界出版社
社　　址: 北京西城区百万庄大街 24 号(100037)
发 行 部: (010)6899 5968　(010)6899 8733(传真)
总 编 室: (010)6899 5424　(010)6832 6679(传真)
http://www.nwp.cn
http://www.newworld-press.com
版 权 部: +8610 6899 6306
版权部电子信箱: frank@nwp.com.cn
印　　刷: 杭州钱江彩色印务有限公司
经　　销: 新华书店
开　　本: 720×1000　1/16
字　　数: 200 千字　印张:14.25　插页:2
版　　次: 2010 年 9 月第 1 版　2010 年 9 月第 1 次印刷
书　　号: ISBN 978-7-5104-1138-0
定　　价: 27.00 元

辗转

第一章 千里乱麻

我曾经幻想过很多次，跟一个人走，穿过山、穿过水，身边是风、面前是天涯。没有方向，只有他的背影作为我的方向；没有负担，只有他的怀抱是我的负担。

只是没有想到，终于有一天实现这个愿望，带我走的也确实是一个既有相貌、又有气质的男人，可他不是我的情人，而是我的师父。

人生真是无常啊。我没脾气地笑。

“蠢丫头。”向予伸手揉乱我的头发。

“为什么说我蠢？”我抗议。

“你一直会露出这种蠢笑，简直在请人扁你。”他回答。

“真的，连这个都跟程昭然很像吗？”我怔怔问。

“嗯。”他看我一眼，“当然。”

“可是我绝对不是她！你知道吗？她自信，我没有；她觉得她可以救护别人，我没有；她对天下有那么多见解和理想，我都没有。我跟她完全是两样人，你看不看得出来？”

“但你跟她做的是一样的事，你看不看得出来？”

“哪里?！我——”

“有任何人躲在你背后，你还是忍不住用身体保护，不管你护不护得住。只不过你比以前蠢，更像个小孩。”他看着我，“要命，英雄的心肝、美人的皮囊、小孩的智商，你简直在请人欺负你。”

“谁欺负我？”我怒目。

“不是我。反正有人。”他微微笑。

我泄气地垂下肩：“算了。”

这才叫有理说不清。

“嘿！”向予忽然小心地拉我，不出声地向我示意：那边。

那边？啊啊，一只毛色灰黄的野兔在草丛里进食，要不是很注意地看，几乎发现不了！深秋时节，它长得圆滚滚的，两只耳朵竖得特别精神。

“真可爱！”我忍不住叫出来。

兔子吃了一惊，跑了。

向予凿了我一个毛栗子：“你干吗?！”

“好了，我知道错了嘛！”我抱头呜咽，“下次我不开口，静静地欣赏就好。”

“谁要你欣赏?”向予的表情很奇怪,“你以为兔子是什么?”

“一种很可爱的小动物?”我试着回答。

“错,是肉!”向予呵斥。

肉……肉?!

“你以为打猎是什么意思?流浪是什么意思?你以为我们的口粮要从哪里来?见到肉,不去打它,它会自动变成盘中餐请你吃吗?大小姐,你给我放清醒一点!”他又凿了我一记。

“你……你是叫我打死那只兔子,烧来吃?”我抱着头,终于醒悟过来。喂,没搞错吧?虽然我不是水玉那种软心肠女孩,但好歹也是个女孩子好不好?都说了不是程昭然,那什么铁马金戈、自强不息都跟我没关系,所以没有理由叫我亲手做这么残忍的事吧!我愤恨道:“休想!”

“你食素?”向予道。

“没有。”我回答。

“好咧!你吃猪肉时不内疚吗?多么雪白粉嫩可爱的猪啊,本来是自由自在的野猪,被人类搞到家里弄成家猪,世世代代奴役它,养肥了,咔嚓一刀,分了尸,又是清蒸又是红烧又是放汤,难道不可怜吗?还有鸡肉!多么可怜的鸡啊,明明生了鸡蛋,却不能繁衍下一代,都被人类拿去吃掉,最后自己也难逃一刀,脖子上一抹——啊呀!鸡血那个喷啊、鸡脚那个蹬啊!然后又是白斩鸡、又是手扒鸡,还有宫保鸡丁……”

“别说了!”我脸色发白。这家伙是存心跟我找不痛快吗?

“哦,还有最最可怜的,那是麦子啊!多么青翠可爱的麦子,它们在阳光和雨露中摇摆,招谁惹谁了吗?没有!就因为它可以吃,人类残忍地把它割下来,把一粒粒的美丽麦粒都碾碎,粉身碎骨啊!磨成面,揉它、捏它、煮它、吃它。啊!还有灿烂的玉米,不但被吃,还被黑暗的爆玉米锅爆得面目全非!惨案啊!”

“可、可以了……”我已经濒临崩溃了,“我知道你的意思了……”

“嗯,你一定不会像那些庸俗的人类一样伤害那些可爱无辜的生物的,你会绝食的对吗?”向予笑眯眯。

“不,我不会再假惺惺地大惊小怪,打猎就找猎吧。”我翻个白眼。

“好,”向予指指远处的枝杈,上面有一只鸟:“试试你的飞刀。”

“那是一只鸟!”我瞪他。是一只毛色漂亮的黑底小花鸟!

“难道狼和野猪就活该被打,鸟和兔子就可以开恩吗?”向予倒吸一口冷气,“啊呀,你是多么偏心的刽子手。”

我气急:“你跟我找碴是吧?”

向予笑眯眯:“不,只是一向觉得你的道德观很好玩,所以特别忍不住捉弄你。”

“我哪里好玩?嘎?哪里好玩?”我同他争执,“偏袒可爱的动物有错吗?只有我一个人这样而已吗?我有特别夸张吗?”

“不,只是你的道德观树得比别人都高,结果也就更脆弱,稍微一碰,它就坍塌了。”向予闲闲道,“我偏偏就很喜欢看它坍塌的一刻。”

我沉默。真的,野猪和狼,因为生得比较凶恶,就更加活该被杀吗?一定要打猎的话,不应该特别歧视它们的性命。这听起来是有道理的。我内心深处已经向向予的观点屈服。

“太幼小的动物不杀,在养小孩的动物不杀,还有,已经杀掉的动物肉,就绝不能浪费!”我向向予道。

“这算什么?约法三章?”向予笑。

我哼了一声,挥手,刀子从鸟的旁边飞过,没有打中,还差一点点。是我学艺不精。我没有手下留情。

向予这个恶棍,如果我不打猎,他可能真的会让我挨饿,我自认是个馋鬼,光吃野果绝挨不过三天,与其到时候口水滴嗒嗒向他讨肉吃,一样丢人,还不如现在就自力更生。

这一天的晚些时候,我们吃到了烤兔子,我打的,向予教我怎样生火烤它。显然向予的厨艺也不怎么样,兔肉经受了生、焦两重煎熬,味道极差。这只兔子如果在天有灵,说不定都会哭泣,觉得死不得其所,遗体没有受到足够爱护。

“幸好我带了点盐巴。你知道吗,到哪里都可以不带钱,但千万不能忘记盐。”向予谆谆教导。

我翻了个白眼,把兔子肉全吃了下去。洒了盐的肉仍然很难下咽,但是不可以对不起兔子的牺牲。

火光下,向予的神情变得温柔许多,他说:“其实,我喜欢的那个人,是完全不想见到杀生的人,她茹素,你相信吗?多么奇怪。”

“尼姑?”我脱口问。

向予喜欢尼姑,所以才失恋?因为对方的爱情献给了佛。

“不。”他笑,“她只是,茹素。”耸耸肩,“就这样。”

“哦……”

“其实你知道吗,最早佛门说‘戒荤’,所指的荤是葱、姜之类的辛辣物品,那些东西能让人心绪不宁、体味不佳。但肉是无妨的,只要不浪费就好。不知道是什么人开始把戒荤定义成戒鱼肉,那大概是个很偏执的人。”

“哦……”

“我喜欢上的那个人，也非常偏执。明明温柔得像水一样。假的！她想做什么愚蠢的事，就去做了，根本不肯改——这点倒跟你很像。”他拨了拨火，笑笑。

“她是‘我’妈妈吗？”我又脱口问道。

“什么？不！”向予笑起来，“怎么会有这种想法？不，跟你没有任何血缘关系。”

真失望，我还以为我体质特异，全世界都要围着我转呢。

“她现在在哪？你干吗不去找她？她不爱你吗？”我连声问。

“她嫁人了。”向予简单回答。

啊？那没办法了。“那你不可以再打扰她的生活了，忘了她吧。”

向予只是笑笑，告诉我：“好好休息，我们还要赶路。”

他教我怎样在野地里过夜，然后不停地赶路，开始时我以为是要避开季禳的追兵，所以行踪这么奇怪，后来觉得不对劲。

“你想带我到哪里去？”我终于问。

“浪迹天涯啊。”他笑呵呵。

这么久的相处，我已经充分知道，这人一笑呵呵，后面就一定有问题！

“水玉他们呢？”

“分头走啊，这样目标比较小。”

“你一直跟我在一起。而他们能‘分头走’，说明你一定另有人手照顾他们。我们一直是在向一个方向赶路，你是带我赶向某个特定地点。”我道，“你带我去哪里？”

他吹声口哨：“去同你的人会合啊。”

“向予！”我厉喝。

“叫师父。”他呵呵笑，“师父难道会害你？”

“你要保证水玉绝对不受伤害！她可一点功夫都没有！还有周阿荧、谢娘，还有怀光，要是他们伤一根寒毛……”

“那就要看你的了。”他眯起眼睛，狼尾巴拖出来。

“什么意思？”我心脏缩紧。

“我有件事想叫你帮忙，老实说，是从前的你绝不肯答应的事。不过现在嘛，也许可以试试看。”他道。

“什么事？向予，你给我说清楚一点！”我紧张道。

“安啦安啦，小事小事。我还能害我徒儿不成？”他又笑起来，“赶明儿吧，赶明儿咱们去个地方。你放轻松，我说到底是你师父。”

这人，松一阵紧一阵，我也不知道真假了。没奈何，只好等明天。

他带我去了个城镇。真奇怪，这一路过来见到的市镇，感觉都差不多，安静、有秩序，几乎没什么闲人走动，街上空空的，整洁得要命。

这是向予第一次带我进个有点规模的城池，城外头围着石头砌的墙，城门有官府的人把守，要什么“行路官引”，向予掏出个纸头递过去，好像纸头下面还黏着一张钱钞。我还以为他掏的时候没注意呢，正想提醒，把守的人接过那张纸，顺手就把钱钞塞在袖子里了，在“官引”上打个戳，还给向予道：“嗯，走吧。记住，只准住官牌的客栈。”

我拿眼睛直看向予。他不搭我的茬，拉我向里头走。我还以为他要带我去什么地方呢，结果是酒楼。

奇怪啊奇怪啊，街道的边上还有从前支过摊子的遗迹，但是一个摊子都没有。酒楼里的人也好少，进去之后，才听到弦歌声，从不知什么地方传来的。反正大堂里没人奏乐。

向予向我肩上一按：“坐在这里，我去办点事就回来。”

我手心伸向他。

“干吗？”他问。

哼，也有他不知道干吗的时候。我冷冷道：“包袱放在我这儿。”

鬼鬼祟祟，谁知道他去哪里？我觉得他靠不住，手里还是扣下点东西比较放心。食水细软，虽然生不带来、死不带去，好歹活着的时候是要紧的。

向予做个鬼脸，到底依了我，把包袱留下，抽身走了。我坐在桌旁呆等。他去了好久不回来，小二已经心怀不满地转过三遍了，我决定了，他要是过来转第四遍，我就点几个菜、先吃起来，不理向予那个大头鬼。

小二哥还没转回来，另一个人先来了。

楼上有扇门开了开，管弦声飘得更浓了些，我一边儿呆想：“哦，那里是包间？专门关着乐师享受的吗？真不厚道，都不把门敞开一点惠及大堂食客。”一边看着几个人走出来。

打头的那位，全身穿着金闪闪的衣服，“啪”一声，打开一把金闪闪的折扇，五短身材，脸圆圆的全是肉，胖得都没脖子了，那副形象简直是打着“我是有钱公子”昭告天下。后面跟的两个，从打扮到气质都完全的狗腿，就差没在额头上刺字“我是狗腿”当标签用。

本来吧，人家有钱不有钱、狗腿不狗腿，都跟我没关系，可是，他们笔直冲我过来了。

不但过来，还在我面前坐下；不但坐下，还开口跟我说话：

“小哥儿，这是我的位置啊。”

神经,走下楼梯来抢座位！他那房间里没座位,他刚刚蹲哪儿的——反正下面地方大,我不跟他计较,不吵不吵,起身换个桌子。

他像哈巴狗一样跟过来:“这也是我的位置啊。”

这家伙找碴！我不跟人争,也不用逼到眼面前来欺负我吧。我有说过我很好欺负吗？咦！我瞪他。

狗腿子甲在他旁边帮腔:“坏了,把我们衙内的位置坐都坐了,那该怎么办呢?”

狗腿子乙接道:“我们衙内出身高贵、文武双全。谁敢坐我们衙内的位置?！大胆!”

肥猪衙内摇着扇子,笑眯眯、笑眯眯。

扇子的风吹到我脸上,很香。这种人熏的香料居然真的很香。我叹口气。

狗腿子甲拉拉狗腿子乙:“你这样说,就有点不懂事了。”

狗腿子乙作疑问状:“怎么不懂?”

狗腿子甲道:“我们衙内,虽然这么高贵,但一向为人和蔼,尤其是那个怜香惜玉啊。你吓到这位公子的话,不是有损我们衙内的风度吗?”

肥猪衙内继续笑眯眯、色迷迷。

啐！怜香惜玉跟我有一根寒毛的关系？我现在是穿着男装吧？要骚扰我也应该是美女过来骚扰才对！我指着自己的鼻子:“我是男人!”

肥猪衙内点点头。

“你,你是男人吧?”我指着他,不确定道。

“当然是。”肥猪衙内点头,微笑,微笑。

这么大坨肥肉,能保持微笑表情这么久,也真不容易。我很担心他肉皮上会留下皱纹。

“所以……”我摊摊手,不知该怎么说下去。

“在下适才于窗格间,见到兄台风姿,万分景仰,不知有没有这个荣幸,请兄台喝一杯酒?”肥猪衙内终于开口。终于！我还当他不会说话的呢。

他的用词居然还很文雅,音色居然也还不错,至少比他的相貌帅多了。唉,色狼不一定每个方面都粗俗啊。但这并不改变他是一头肥色狼的事实。

我仰头看了看:包厢是有窗格,用盆栽植物遮着,我先前还没注意。早知道里头有狼,我就脚不踏进这家店也罢——不过,向予事先知不知道？我忽然觉得很可疑哦……

“你喜欢男人是吗?”我叹口气,直接问道。

“确切地说,在下喜欢美人。”肥猪衙内微微一愣后,继续笑容可掬。

不管男女,看到漂亮的就上？还真是方便的人生啊。我板起脸:“我不喜欢。”

“哦。”他的笑容一点都没更改。

他有没有听见啊？我指着自己，一字一顿："我，不，喜，欢，男，人！"

"这就由不得你啦！"他张开红嘟嘟的肉嘴唇，笑着吐出这句经典台词，手一挥："上！"

狗腿子甲乙丙丁全钻出来了，七手八脚抓我胳膊。

什么什么？真的蹬鼻子上脸欺负起来。我现在可不是只会握剑摆姿势的绣花稻草哦！我得意地出手，尝试一下实战："滚开。"

向予教的功夫还真有那么点儿用，那几个人被我拨开了，猪头衙内很有坚持到底的精神，自己扑上来，被我一脚踩在肚子上，咕噜噜滚开。

我得意洋洋把脚放回地面，嗯，刚刚软绵绵的，脚感真舒服。胖子踢起来就是好啊就是好。

肥猪衙内捂着头，又来了一句经典台词："给我等着！来人啊，快去叫人！"

神经病才给他等着。我抬腿准备走人，忽然想起向予没来，走了又怕跟他失散。只好收回脚，威胁肥猪衙内道："不要太过分！不然，我去告你哦！"

结果肥猪衙内和他的狗腿子们都很好笑地看我，好像我讲了个什么笑话。怎么，告他很好笑吗？

"徒儿，你做了什么事啊！"向予在我背后感叹——嘎，这家伙是啥时候冒出来的？行踪怎么这么飘忽？

肥猪衙内一脸"你是情敌吗"的嫉妒表情看着他。

我把他一拉："你来了就好。我们走。"

"走？你把这位公子得罪成这样，你还想走？"向予瞠目结舌，表情跟真的一样。

肥猪衙内满脸"算你识相"的表情。

"喂，他们调戏我！说什么叫我喝酒，还想拉我走！是他们得罪我也！我把他们赶开有什么错？"我愤怒道。

"他们拉你了？谁看到了？"向予向狗腿子们道："有这回事吗？"

狗腿子们哼了一声。

向予向小二道："有这回事吗？"

小二哥抹布遮脸，遁走。

向予再向食客及路人甲乙丙丁戊们道："有这回事吗？"

路人们遁……食客们把食物打了包遁……

喂，做人不带这样的！我一个箭步跳过去，揪住一个："你明明看见了，为什么昧着良心说话？！做人顶天立地，你连个见证都不肯帮人做，回去睡得着觉吗？！"

他几乎要哭出来了："求求您，我就多站了会儿……我真的没有……我还上有老下有小,怎么见官啊!不可怜我,也念在我那些街坊邻居面上,您高抬贵手……”

奇怪,只是叫他作个见证,关他一家老小和街坊邻居什么事?好像我要杀了他似的!我疑惑着,手不觉一松,他趁机一溜烟跑了。

我望着向予:“怎么会这样?”

向予扳着我的肩,把我转向肥猪衙内:“做错了事嘛,就要勇于认错。好在衙内翩翩佳公子,不会记仇。人家要喝杯酒,这是给面子!乖徒儿,你就喝嘛!”

我张大嘴巴:“向予,你疯了?!”

肥猪衙内第一个反应过来:“这位兄台,真是解人啊……”

“哪里哪里,衙内的大名,在下久仰了啊。能叨扰一杯水酒,是在下徒儿之福啊……”向予拱手。

肥猪衙内的大名,他久仰?我现在确定一定以及肯定,他真的疯了。不能跟疯人纠缠在一块,我扭头走。

向予身子没动,单单反手过来,很随意地往我手臂上一搭,我手往旁边一躲,可他脚步不知怎么滑了一下,手指还是搭上我手臂,刹那间那几个指头像烙铁一样灼热,这热度一瞬即消失,而我一下子全身瘫软无力,像喝醉了似的,别说什么功夫,连想像个小流氓似的拿块板砖拍人,都使不出力来了!只能任他扭着我的肩膀,把我送到肥猪衙内面前。

这算什么功夫?我咬牙。混账向予,他教我时,一定藏私了,还夸我学得多好多好,在他面前一比根本屁也不是。

“衙内,人在这儿!您爱怎么带回去,就怎么带回去吧。只要……嘿嘿,念我把这个徒儿养这么大也不容易,总要有个身价钱……”他谄笑。

这样就把我卖了?我以目光鄙视他。难得是几个狗腿子跟我一起,用赤裸裸的表情对他鄙视之。做叛徒做到让自己人切齿痛恨,不算什么,让敌人都看不起,这才是真的无耻。

向予,你够级别!!

我就这么可怜兮兮地被“运送”到了衙内的猪窝里。

他的猪窝,严格来说,装潢得还是很漂亮的。如果有人要制作一本画册,给像我这样有心进取又毫无头绪的人装饰房子时作参考,这房间绝对可以放在第一页,照着它布置,一定不会有错。但我不认为是他自己的功劳。

有了钱,什么都可以包给人家去做;有爹娘,什么也都可以交给爹娘决定。只要包工的人或者爹娘够品味,他的房间就好看了,跟他本人肯定一点关系都没有。哼!

我对他怒目而视。

“小哥,在想什么?”他媚笑道。

“我是你哥吗?”我继续怒目。

“那么,贤弟,你在想什么?”他锲而不舍地套近乎。

“我不是你哥,也不是你弟。你这——”

“叫我河白。”他笑眯眯,“我叫河白。”

白他个头啊！怕人不知道他何其白痴？好的,好的,光凭态度来说,他的表现还真好。打不还手、骂不还口,我投之以白眼,他还之以笑脸。这样的人,并不是多坏的坏人吧？我深吸一口气,转换策略,跟他讲道理:“我真的不喜欢你啊,你这样有什么用？强扭的瓜不甜。我们不会有结果的,你省省力气、做做好事,让我走,不行吗？你这样好的人,一定会有其他值得你喜欢的人……”

他握住我的手:“说下去,我真喜欢听你说话。”

我刚刚那么多口水到底是浪费在哪里？他发痴啊！我要崩溃了。向予不失时机地拉拉他的衣袖:“衙内,我这徒儿性子有点倔,不如我们谈谈?”

肥猪衙内油光光的视线转向他的领口,凝视他衣领里露出来的健美肌肤:“其实你也不错——”然后抬头,“可惜我不喜欢你这一型的。”

“啥?”向予的表情难得僵硬。

“真可惜,你不是我喜欢的那一型。但你真的是一个不错的男人,真的。”肥猪衙内重复一遍,表情无限真诚。

我没心没肺地扑到桌上去狂笑。肥猪衙内又抱起我的手:“你笑了!”我的心情再度转为沮丧,甩开他的爪子,用杀人的目光望着向予:他把我们搞进这团乱麻里算是怎么回事?

“衙内,这边来,我们聊聊,怎么让我这倔徒儿温柔一点……”向予勾着肥猪衙内的肩往外走,声音无比奸诈,越来越小。

什么叫作“让我温柔一点”？他们把我当什么啊？喂！我起身咆哮。这两个人真做得出来,完全不理我,就勾肩搭背出去了。

并且,门落了锁。

并且——算他们想得出来——连窗子都落了锁。

并且我的身体还是软绵绵的没什么力气,看起来是没法子破锁而出了。

我沮丧地跌坐在椅子里发呆。

也不知坐了多久,忽听“吱呀”一响,窗子开了,有一团东西跃进来,像蓬草团似的悄无声息落在地上。

我回头:向予!仇人相见分外眼红,扑上去就掐他脖子:“你在干什么?!”

“小声,小声。”他捂我嘴,“别坏了大事。不准吵,知道了吗?”

他手上一股酒味,我被他捂得直翻白眼,只能点点头。他放开手,我压低声音,问:“到哪儿喝了酒来?你搞什么名堂?”

他笑道:“不把衙内灌醉,怎么溜过来救你?”

救我?还不是他把我陷进来的!我抬头看看窗,上面明明挂着锁,就像摆设似的,一点都拦不住他。两个脸盆那么大的窗洞,他“嗖”的就钻进来了,这人真是属老鼠的。

“喂,要我也从窗子出去的话,我不一定办得到。”我警告他。

“当然,当然。”他走到门边,轻轻一拨,门又开了,“你是君子,君子要走门的。”

我在他的手指和门锁之间,来来回回看了很多遍。这是怎么弄的?他的技术也太高超了吧!

“好说,好说,如果是脱女孩子的衣服,我还要更顺手。”他看出了我的心思,谦逊道。

神经!我瞪他一眼:“喂,快把我的功力还给我。”

他只是摸了摸鼻子。

“干吗?”我继续发怒。

“如果我没有教给你功夫,你就根本没有功力,是不是?”他问。

“是啊……”

“所以,我如果把教给你的东西又拿回去,你也只是跟以前一样,是吗?”

“这个……”是倒也是的,可总觉得逻辑上有什么不对劲?

“所以我暂时先把功力收回了,你有什么意见?”他摊摊手。

“我……”

“走吧走吧。”他拉我走,“听师傅的话。我们去办一件大事。”

他所说的大事,就是鬼鬼祟祟地在人家院子里行走。是朝一个确定的方向摸过去的。我问:“你是在领我逃走吧?”他“嘘”一声,不置可否。

神秘兮兮!我最讨厌神秘兮兮的人!闷头走了一会儿,我忽然想起件事:“对了!”

“嘘……”

“就算父母给了小孩生命,也没有资格把他杀掉啊。生命这种东西,一旦独立,就有他独立的权利和尊严了。所以,如果说,功夫如果拿回去,那把徒弟辛苦练功时的努力,都一笔抹杀了不是吗?这是不对的。”

他又用那种很佩服的目光看着我,但显然不是褒奖:“叫你别坏我的大事,你拣这种时候跟我说这个?”

“可是你一直都没跟我说什么事,不是吗?你要人帮忙时,难道不应该先把来龙去脉告诉人家吗?”我生气,“把功夫还给我。”

“坏了坏了,前面有人。”向予道。声音却并没有压得特别低。

果然有人回头:“谁?!”厉喝声。中年男人。穿着很稳重的袍子,神态同朝廷里那些家伙们一模一样——不管大官小官,身上脸上好像都有这么一股子凛然的官气,就像不管大强盗小强盗,身上都有一股子匪气。

谁都猜这个时候,向予应该马上带我逃吧?但是他没有!他很匪徒地飞快对我说:“告诉他,他儿子把你抢了。这样你才能得救!”然后一把把我推了出去,他自己就消失了。

我重重地跌在那位大叔之前,姿势狗啃泥。

大叔厉声道:“你是哪里来的?!”

我一时不知怎么回答。

他仔细看了看我的脸,一下子勃然大怒:“你是河白那小畜生带来的?”

我无比同意地点头:就是河白那小畜生。

他暴跳如雷:“畜生、混账!孽畜!祖宗八代的脸到他这里丢完了!这头孽畜!”

我猜他不是在骂我,所以很安稳地蹲着旁听。不料他头一转,手指尖戳上我的鼻子:“你这种肮脏的东西!也敢在我面前出现?来人!绑起来——”

绑我?

是可忍,孰不可忍!我怒道:“你儿子抢我回来。你不去罚你儿子,反而来罚我。有没有这种道理?!”

他看起来比我还怒,胡子一翘一翘的,手还在我鼻子尖上:“你——都是你们这种妖孽勾引我儿学坏……”

对,天下是有这种人的,千错万错都是人家的错,他儿子没错,他自己更没错。我怒极而笑,正想不出话来骂他,听一声唱戏般的哀嚎:“老头子,你作死啊——”便见一个浑身绸缎的球状物,跃进室内,扭着河白老爸大吵大闹:“死鬼,你这个没良心的!你这戳喉咙短命的!”

我举目一望,但见这位太太,脂光粉艳、珠圆玉润,不但如河白一般肥硕,眉眼也与他相似足九成,应是他老妈无疑。

河白老爹被揉搓得晕头转向:“夫人,夫人,慢慢说。什么事?”

“还问什么事?你还问什么事?”河白老妈中气十足的尖叫——从她那肥硕的胸腔里,能发出这样尖锐的声音,真是叫人叹为观止的事情——一边叫,一边抬头看我,呆了呆,尖叫声暂时停止两秒钟,然后转为嚎啕,“原来是这么漂亮的一只兔子!难怪你跟小宝争风吃醋!”手一挥:“给我砸!”

她背后一群侍女,手操捣衣杵、捶衣棒、叉衣杆,以及各种长长短短的家常式凶器,齐喝一声,打过来。河白老爹胡须乱抖,道:“胡闹,反了! 给我停下!”家丁们上来招架,但又不敢真打,被女人们揍得抱头鼠窜。室内瞬间丁零咣啷,一片狼藉。河白老妈纵身一跃,用压倒性的优势按住了河白老爹,放声嚎骂,吹响了胜利者的号角。

在这片混乱中,我当然识时务者为俊杰,早就把头一抱,躲到旁边。大约也是程昭然的相貌起了作用,侍女们都不舍得打我,我得以全身而退。

一只手忽然抓住我的手。我回头:“向予?”

他的手指在我肩上敲了一下,我经脉一松快,清凉的气体又开始流转,应该是恢复功力了吧? 他拉我:“走。”

这次他没再玩什么鬼花样,笔直把我救了出去,一直到无人的地方,我问:“你到底在搞什么?”

他当然不会是闲着也是闲着随便捉弄我,背后当然有阴谋。可他只是笑笑,不回答。有两三个行动利索、身份可疑的人前来,与他低声交谈了几句。他志得意满地叫我:“闭嘴,跟我来。”

泥菩萨还有个土脾气呢,我怒道:“你不说清楚,我就不走!”

他倒不气,笑道:“到了安全的地方我再告诉你。现在叫我怎么说? 乖,跟师父来。”

瞧他那德性,好像我如果再跟他犟下去,就成了使性子的小孩。我只好再忍一次,跟他走,听他的话换了很旧很脏的衣服,那衣服且透着出奇的臭味。我本来疑心他故意整我,不过他自己也换了一套,然后用一种特殊的黑泥把脸涂得又丑又脏,给我也抹了一脸,又要抹我的脖子和手,“干吗? 为什么我要抹得比你多?”我抗议。“因为你比我白。”他答道。

好吧,这也算他有道理。我再忍。跟他走到一架车子的旁边,我终于明白这一番乔装所为何来。

那是个粗糙的木头车,木头的毛刺都没刮,很简陋,没有车厢,只有个底盘架子,上面放着两个滴溜溜的大圆桶,桶周围飞舞着许多闻香而来的苍蝇,桶壁上沾着斑斑点点的——拆字法里号称的米田共……

“向、予! 这是运粪车?!”我骇道。

“不错,不错。”他点头。

这个车子的面前没有牲口,只有两个把手,还有布带子,所以——“我们要拉车?”

“是推。推车。推比拉省力。”他纠正我。

“我……”说到底,我为什么要跟他一起推粪车?!

“别担心，”向予拍拍我的肩，“为师知道你力气小，所以为师作主力来推，你装个样子就好。”

多谢他的关怀。可是，关键是：“我为什么要陪你装样子？”

“因为这是计划最后的、也是最重要的一环，如果你不干，我就什么都不告诉你。”他笑嘻嘻地拉我往旁边的稻草垛上去，“休息一下。”

“呃，不是拉车？”

“休息一下，凌晨出发。”他一本正经道，“你不知道收夜香的车子都是半夜收货、凌晨出城？”

“什么是夜香？”我问。

“就是大粪。”他回答。

我一脚把稻草踢到了他身上。

好吧，如向予所说，大粪车为了避免熏着别人，是应该晚上开工收货，然后再在凌晨出城，把东西交给农民伯伯做肥料的。“记住，咱这车货收得不赖，满载，倒腾顺的话也许能赚十个钱，要是有兵总问，你就这么说，知道不？”向予切切叮咛。

“什么叫倒腾顺的话十个钱？”我茫然。

“就是说，我们收了夜香，再去卖掉，顺的话赚那么多。”向予郁闷，“这有什么难懂的？”

“这、这个夜、夜香……跟货物一样……它是货物？还要付钱买进来，再卖出去？”我张口结舌，“不应该是拉出夜香的人贴钱让我们帮忙处理的吗……”这么肮脏的东西，当然应该贴钱的好不好！

“废话！人肥是个好东西！人家白贴钱给你？”向予翻白眼。

呜呜……我咬手帕。我现今知道了……这是个好东西，人的身体一身都是宝，要珍惜……

要说这个车上的桶子还真重，活似装了几具尸体，死沉死沉的。要叫我一个人推，很够呛。向予功夫好，推起来举轻若重，装模作样地喘几声，我看他还余勇可嘉。

桶子这么沉……应该不是真的什么“夜香”吧？说书的会眉飞色舞说什么“那贼觑他包袱沉重，料定必是金银，于是……”莫非是金银？我心咚咚跳。

对，我是曾经视金银为粪土，挥挥手告别京城，但如果粪土真的变成金银，那毕竟是不一样的！繁华的京城好像是涂脂抹粉的美女，再美，跟我没什么关系；而大粪桶里的金银，那是……

我的手都有点抖。

守门的官兵捏着鼻子把我们放行,我看看走到了僻静地方,立刻忍不住问:"这里面装的是什么?!"

向予微微笑:"与其问这里面装的是什么,不如问我们为什么要装成这样子出城。"

"那,我们为什么要装成这样子出城?"——我怎么总觉得他在把我当小孩耍?!

"因为呀,官衙失盗,全城戒严,除了运夜香的,还有谁能走呢?"向予道,"你没发觉兵总比我们进城时多了好多?明明是凌晨,他们非像打战一样瞪着两个眼睛跑来跑去。"

"说得也是。"我颤抖着手,指向粪桶,终于有了点真实感,"那、那你是打劫了河白他爸?劫得的东西就——"

"是妙手取得的东西。"向予再次纠正我,眼睛微眯,很是自得,就差手里没摇一把鸡毛扇。

"到底有多少?"我喘了口气,问重点。

"你自已看看不就知道了?"他道。

我深呼吸,屏着气掀开桶盖,一愣。

"只看到粪水对吧?要用个木棍拨。来,我拿个木棍给你……"向予殷勤地往四周找木棍。

"不,我想不用了。"我盯着粪桶里的"物体",叹口气。

"什么意思?"向予面色一变,一个箭步冲上来。

跟沾得脏脏的桶外壁不同,桶里边什么粪水都没有,干净得洗过一样。像是要欢迎向予似的,一大团绸缎,从这里边冉冉升起。

——绸缎照理说应该是一"张",之所以用"团"的,是因为它裹在一个东西上面,裹得严严实实。

而那个东西像任何球形物体一样憨厚可爱地抖了两抖、把脑袋探出来,笑眯眯跟我们打招呼:"嗨,外面的空气果然比较好。"

他一笑,向予就不笑了。不但不笑,脸色还像菠菜叶子一样难看。

这只球状物体,正是河白,河衙内。

"你为什么会在这里?!"向予难得风度尽失,面青唇白,并且像兔子一样飞快地前后顾盼。

"对啊,我为什么会出现在这里呢?这不如问,这位美人为何会突然出现在我的面前吧?"河白依然笑容可掬,望了我一眼,"这就是所谓'仙人跳'的'仙人'、'放白鸽'的'白鸽'吗?"

"……?!"我终于明白过来,瞪着向予。

向予头一昂，承认了："我知道你好男风，让徒儿出马，必定勾引到你。我也知道你那个时间在那里饮酒作乐，放下香饵，一钓一个准！"

河白摸摸下巴："然后下麻药把我放倒，透露风声让我爹来捉奸，又跟我妈说我爹在跟我抢同一个美人，害得我妈跑去闹，你们就趁机下手偷我家东西？嘿，真有才华！连本衙内都不由得肃然起敬。"

我恍然大悟："难怪那时你妈忽然跑来说什么'跟小宝争风吃醋'，原来小宝就是——"

"小宝就是我。"河白挠了挠肥肉，承认。

我想忍住笑，但实在很难。

向予的脸色也缓和了些："衙内好像没有带官兵来。"

河白头摇得像拨浪鼓，肥肉随之甩动，映着朝阳，白里透红，光泽悦目。"当然没有。"他说。

"然则，衙内意欲何为呢？"向予一镇定，语气顿时变得客客气气、文文绉绉。

河白怪伤神似的偏了偏脑袋，低下头来，他颈子上的肉实在太多，很费了力气，也只能略为低下来一点点，之后用两个圆滚滚的手指，拎起绸布的一角，很小心地铺在粪桶边上，这才把两只小肥手搭上去，想往外爬。粪桶一侧，不堪重负地翻了。河白伸出圆滚滚的胳膊："救我——"

向予只好去救他。

河白扶着他的胳膊，老实不客气地把全部重量都倚在上面，喘了几口气，道："你们可以带我江湖上逛逛。我早就想逛逛了。所以，我还给你们留下了盘缠……"

向予挑挑眉毛："盘缠？"

"是啊，"河白很怕我们听不明白似的，用力比划着胖手，"比如你们藏在粪水里的那些金银器皿啊！我要人悄悄地把那些脏东西倒掉，很费劲才把桶子里面刷得基本干净，可以藏我，又很费劲才把那些金银器皿刷干净，还给我娘，所以——"

"所以，衙内把另一桶子里的金银器皿给我们剩下了？"向予目光转向另一只粪桶。

"不，"河白露齿一笑，"我怕你们搬的东西太重的话，就会带不动我。"

"所以？"向予此刻目光中带了杀气。

"所以，我当然把另一只桶也清空了啊。"河白道。

"你什么意思啊！又说清空，又说留了盘缠，这根本矛盾的好不好？"我忍不住出声。

"看起来最冰雪聪明的，其实是最笨的；看起来最气派的，其实是最有心机的；看起来最色迷迷好骗的，其实是最狐狸的。"河白不回答，反而这么对向予叹道，"两个桶子都空，您车子还是不空的。大侠的算计，连我都佩服，不知大侠怎么称呼？"

“他姓向，叫向予。”我代替向予回答，插话问河白，“色迷迷好骗的狐狸指的是你？”

“当然是我。”河白当仁不让。

好吧，那这只狐狸也够胖的。那最笨的大约是说我了。我暂时不跟他计较他骂我，先问道，“盘缠到底是什么意思？难道——啊！”

我终于想到，这个车子沉得不像话，就算载了河白一个，都还太沉。既然粪桶里没有金银，整部车子统共就这么大，还能藏在哪里？“车杠子里？！”我问他们。

他们两个一起点头。

还真是的！我立刻跑去瞻仰这副神奇的车杠。两个可怕的男人站在旁边闲聊天：“还是金银锭子方便，塞哪儿都好塞，对吧？”“还好，其实金条更方便。”“那倒也是，我觉得这个总数合计怎么的也值上八九十两九足金了吧？”“衙内客气，您不还有珍珠吗？那价儿得过五百！”

我脑海里飞快地计算：我当侍郎时，杂七杂八发放的米帛不论，每月官俸定制才二百一十两白银，听说宰相也不过三百两，那五百两岂不就等于……呃，不对，他们说的是黄金，还要换算成银……呜，好乱！我正想命令他们直接帮我算成银子，河白忽发悲鸣：“你看，这么多钱！你们还要搭金银器物。那我老爹这年的税谷就凑不够，凑不够就交不到上面，交不到上面就会被查办。你这不是逼他的命吗？你还想让我给你留一粪桶？！”

向予擦汗：“衙内教训得是。”

“不过，”河白话锋一转，“我是爹娘的心尖儿，你们如果肯带我出去玩、并且好好照顾我，他们老人家损失这么一车杠，大约也还损失得起。这个我可以代他们作决定。”说着，再次笑起来。

“衙内明知我们是盗贼，还瞒着爹娘藏在这里跟我们出城？是真的要跟我们走？”向予问。我蹲在地上仰脸同问。

“在下一言九鼎。”

“你不怕我们杀了你？！”向予面露狰狞。

“在下阅美人无数，未见过二位这般如此的一双绝色，正所谓，美人花下死，做鬼也风流。有什么可惜的？”河白慷慨陈词，然后靠我近一点，“当然，在下的心是向着你的。”又转对向予道，“您别生气。您也很好，可在下爱的不是您那型，对不住呐！”再问我，“敢问美人可姓程？”

向予面色一变。我也愕然：“你怎么知道？”

“实不相瞒。”河白容颜一整，“在下有一位结拜兄弟，是在京城的，侍郎也许记得，他叫方铮。”

呵，方铮！这方铮两个字一蹦出来，那个鲜衣怒马的公子、跪在圣驾前为了朋友朗朗陈词的少年郎，连同那段日子一起卷回我心头，五味杂陈，我别的都顾不上了，只道："听说他到北边从军了？还好吗？"

"应该好吧。那家伙的蛮力和运气，一向都叫我们佩服。"河白笑道，"不过在下想说的是，他曾告诉我们说，他见过了传说中的程昭然，是绝世的蠢、同时又绝世高贵，所以也绝世的令人心折。见到您的时候，在下想，像您这样的人，不应该默默无名吧？那么如果有名，在下希望您就是程昭然。考虑到程昭然忽然消失在京城，再从些前因后果来推断，您跟一位大侠师父出现在这里，也不是不可能。"

"那个……"我忍完那么多叫人脸红的滔滔赞赏，道："能答应我一件事吗？"

"什么？"

"我不是侍郎了，不用您啊、在下啊这么麻烦称呼吧？听起来……真的很麻烦。"

"好。"河白鼓掌，"我答应了，你们就带我走？"

我望望向予。他没有反对的意思。河白大喜道，"那我们走。再晚，当心我爹追过来，那就不好玩了。不过最好尽快给我找辆马车，我那个……不比方铮那厮，在下体力较差。另外，两位还是先洗洗吧。您们长得这般美丽，抹成这样，何必呢？糟蹋糟蹋。暴殄天物莫此为甚。"

这家伙话真多。向予喉头一直哽着话，这时终于断喝道："你回答一个问题，我就带你走！"

"敢问是什么问题？"河白毕恭毕敬。

"你到底是怎么猜出我们用这种方法出城的？"向予郁闷问。

"这个嘛……你觉得这是出城的最好法子了，对吧？"

"对。"

"所以，我觉得也是。"河白一笑，肥脸上的黑眼睛映着朝阳，熠熠生辉。

那时候，我觉得看到了周阿荧眼中一样的智慧光芒。

第二章　风雨催人

有河白同行，基本上是个麻烦：他不会武功、体力又差，哼哼唧唧的只能坐马车，连骑马都不行——他倒是很愿意试一下，但为了那匹马本身考虑，我觉得还是不要让他压上去比较好。

幸好，他对向予有一种神奇的抵消作用。向予的生硬、向予的霸道、向予的冷嘲热讽，撞在他身上都像撞上橡胶球，无功而返，我看在眼里，有复仇般的快感。

哼哼，我对向予是没办法啦，但是河白可以吃住他。同理，河白骚扰我时，向予会帮我挡着。我觉得跟这两个男人一起旅行真是太好了。他们两个彼此牵制，我蹲在旁边会快乐很多。可惜——这个世界跟我八字不合，每当我稍微开心一点，就会有这么多“可惜”跳出来，给我虽然不幼小但仍然很稚嫩的心灵造成新的伤害。

那是三人旅行了一天之后，河白深思熟虑地对我说：“虽然我已经决定抛开一切跟您走，但接近这里，仍然有点心跳。”

“这里？什么？”我完全没听懂。

河白珊瑚红的小肥嘴唇立刻张成个圈圈：“等、等一下，难道您什么都不知道，而是被——”目光立刻转向向予。

我同他一起转。

向予郁闷地拍了拍脑门：“我本来想明天再说的。”

“当然，你每次都要把宝捂到最后的。”我也忍不住讽刺起来。

他耸耸肩：“既然这样，那就现在说吧。昨天那个栖城，你也看到了？现在每一处地方都是这样，严防死守，人们不准自由来去，来去必须要官引，于是滋生出流弊，想拿到官府许可的，就要给贿赂，不给贿赂的，明明需要通行，也会被各种借口卡住。商业几乎被全面取消了，营业的都是官方背景的店面。出了事，民众不敢互相作证，因为‘坊式证法’规定，一人作证，全家、全街坊为其作保，一旦证词有误，全部追罚，常有为了这个全坊倒霉的。至于税费，一律严格追讨，如果拖欠，不管原因如何，问地方官的罪，也有斩的，也有革职的，再不济也要杖责，并仍要在他身上追要税银，所以地方官对地方的搜刮，便格外苛刻。”

我大惊：“怎么会这样？”

河白抱头呜咽：“我现在知道这里发生什么事了。”——奇怪，他是栖城里的衙内，他怎么会不知道城里的事？再说——

“我在柳阳山当亭长时，从来也没听说过这些！而且、而且过路的客商，都很热闹啊!”什么坊式证法、取消商业,向予是在骗我吧?

“那里的一切,都是不真实的。你喜欢什么,就创造条件给你玩,你不知道吗?”向予唇角勾起来。

我如遭雷霆,瞪着他:“什么?”

“你过去之后,整座山区就被封起来了,像小女孩用布娃娃玩过家家一样。整个柳阳山,只是一座大的娃娃屋,专门给你玩的。笨蛋!”

是吗?季禳……原来只是割出整片柳阳山,让我“玩”?难怪我在那里推行的一切事情,都可以那么顺利。原来、原来……我把脸埋进手里,作不得声。

“不过,那里的民众都是真的,能治理得路不拾遗,也算你的功劳。”向予安慰我。

“那是周阿荧的功劳。”我苦笑。

向予一拍大腿:“这就是我要说的了!”

“嘎?”

“要说你自己啊,大家都有共识,你笨得可以!(河白一边很配合地点点头)——不过,你有个本事,一门心思埋头做事,居然也会有许多人才聚集到你身边,帮你把事情做成。”向予扳着手指,“譬如要打北虏,就有方铮、林紫砚;要治理柳阳山,就有周阿荧;要学武、要逃跑,就有为师主动献身。”他感慨,“这大概就是命吧!”

“什么意思?”我很努力地想自己猜出来,可他打的哑谜也太闷了,叫人怎么听得懂!

“阁下想必是绿眉军中‘狮王蛟帅’的‘蛟帅’?”河白对向予拱手。

“客气客气,见笑见笑。”向予很得意地点头答礼。

我在旁边瞪眼:“蛟帅?!”

“嗯……皇帝打北边时,为师带人偷袭北虏后方,这个你知道了对吧?可是你也许还不知道,当今各地都有义军,而西部绿眉军,犹是翘楚,已经割据了三湖一带?”他道,“为师就是绿眉军领袖之一,人称‘狮王蛟帅’的蛟帅。”

我直不愣登看着他,这些信息都来得太有爆炸性了,我一时接受不了:“……所以?”

“所以你师父要把你也拉入义军就对了啦!”河白代为说明。

是,他们都是聪明人,只手遮天、点头醒尾,只有我最笨。我破罐子破摔道:“我不答应!”

“不答应?你的水玉、周阿荧,还有怀光,都好端端地在我的照料之下哦。为了他们,你不答应?”向予笑里藏刀。

“向予!你不可以把他们作为人质!”我怒目。

“好、好。那不说他们。都已经告诉过你,皇帝的新政给各地民众带来多大的麻烦,那叫一个民不聊生啊!为了救他们于水火,你还不答应?”向予晓以大义。

“你说的那些制度……他到底是为什么理由要施行的?”我犹豫。那些听起来真是疯狂不合理的制度,季禳的脑袋坏掉了?

回答我的是河白:“各个城镇严格防守,是为了防流民:流则生乱。取缔小商贩,由国家统一支配物品,因为商也生乱。当国家有急难,只有老老实实、全心全意受京城控制的地方人民,才能集中最强大的力量支援前线。这个想法是很好的,但是厉皇任性放纵统治的时期,把国家基础已经搞得太弱,当今皇帝上台后,转轨得又太急,细则没跟上,所以流弊更甚。大多数制度都是这样,开始时想法总是好的,没有人说‘这是个坏制度’所以才要推行的,但是推行时机不对、方法不当,最后变得比不推行更糟。像我爹那种没大本事的官员,只有变本加厉地贪墨,欺压下面、逢迎上面,才能生存。我老琢磨着这不是长久之计,可老爹不听。老实说,他也没本事听。大部分人就是这样了,脑袋太笨,一定要有人卷起一股潮流,哄他们走,他们才会往前走的。”河白对我挥挥小胖手,“当然我不是说你,你的笨跟他们的笨法不同。我还是比较喜欢你。”

“谢谢。”我哭笑不得。

“那你就答应咯?”向予关心的是这个。

“不。”

“你有没有搞错!厉祥在台上瞎搞时,我就要你来,你非说不如去当官为民作主,结果当成什么样子?现在再叫你,你还是这样。你的脑袋开不开窍啊!”向予大怒。

“所谓义军……是去杀人,直到把对方杀到投降,然后树一个新皇帝,不是吗?”我看着自己的手。

“哪里的话!我们是行侠仗义、除旧布新……”

“杀人,不是吗?”

“是。”向予不得不承认,恼羞成怒,“不杀怎么办?打仗呀!你打动物果腹不也是杀生?有什么不同?我这些天教你什么?你怎么这么古板!”

“我不会答应。”我仍然看着自己的手。我的手,不想沾上人血,不管用什么高尚的理由都不可以,这是底线。

“有没有搞错!你全家都死了,就剩师父我。师父说的话你还不听?又不是叫你去作奸犯科!呸!”向予抓狂。

造反的话,如果真按律条来说,罪名比作奸犯科更重好不好?我不觉笑了一笑。

“答应了,嗯?”向予充满期待地揪住我领头。

“不。”

“操!”向予终于也忍不住,把我拎起来。想动粗?唉,我本以为他跟寻常土匪不一样,原来也就是这样了,我失望地闭上眼睛,准备挨揍。

拳头并没有落下来，向予把我放回地上，对河白道："真是头犟驴子，是不是？"

"可是我们都喜欢他。"河白笑答。

"真的。"向予很头痛地摸摸下巴，"你呢，入不入伙？"

对哦，还有河白的去留！我一激灵，赶紧对他道："你快回去吧！你是官家，他们是义军，很抱歉因为我的缘故把你牵扯进来，你趁早回去——"

"我难道不知道吗？"河白悲哀道。

"什么？"

"国家内外是这样的形势，我知道天下早晚要乱的，与其到时候被人家攻破，不如现在就投诚有气候的势力，到时候说不定还能封侯拜相。鼎鼎大名、却忽然行踪成谜的程侍郎您一来，身边跟了这么位人杰，出这么重的手盗我们这么多东西，我再跟北边那莫名其妙的援军一联系，就猜是这个茬儿了，本来就打算跟您混的。眼看行近三湖，想着自己猜对了，很激动。没想到您不是绿眉，是被绿眉拐带的！这叫一心跟随您的区区在下我，怎么办呢？"他语调里带着哭音。

我瞠目结舌。

敢情他前面抱头说"我现在知道这里发生什么事了"。不是知道别的，乃是知道我原来被向予拐带！

他们聪明过人，真叫我没脾气。

"是啊，我费尽心机叫我的小徒儿入伙，他抵死不从。现在你怎么办呢？"向予问河白。

河白深呼吸一口气："蛟帅在上，受在下一拜！在下请求入伙。"

"请起请起，难得小英雄识时务，比我蠢徒儿强得太多。我绿眉得英雄相助，必定如虎添翼。"

"哪里哪里，蛟帅抬爱。在下手无缚鸡之力，所会不过鸡鸣狗盗。程侍郎嘛，依在下之见，不如将他软禁，慢慢磨转来。从来烈女怕缠郎，一日不行两日，两日不行十年，还怕他不从？"

"有理有理！到时还需小英雄妥为周旋啊！"

"那是在下拿手的！在下必效犬马之劳！"

"哈哈哈哈！"

"哈哈哈哈！"

我目瞪口呆看着这两人握手言欢。他们在唱戏么？靠，三十六计，我还是走为上！

只是，脚步一抬，向予的手指已经像长了眼睛一样敲过来。我的腿再次一软，跌坐在地，失去行为能力。

我就这么被这对该死的恶棍劫持了。

向予并没有警告过我，我会见到一片焦土。是我自己在空气中闻见烧焦的气味。

木头、麦秸、豆荚之类烧后的草木香；布料、毛皮、肉类烧焦的臭味；某些食物类东西烧熟的香味；还有血腥和腐烂的味道，混合在一起，非常复杂。也许已经过了很久了，所以气味不是很浓，但是仍然深沉、浩大、熏人欲呕。这是当然的。因为面前是烧毁的村庄。

“他们把人杀光、把地方也烧光了。”向予说。

随着他的话，断壁残垣、还有更让人触目惊心的各种残骸，出现在路的前方。肉香、焦臭、血腥和腐烂的气味更浓。有个很久之前的影像在我面前一闪而过：季禳初初登基时，干干净净的广场上，鼻端仍能闻见腥味，有小麻雀叼着一缕红色的东西飞过。

我不敢看树上的乌鸦们。

我又想呕。

“他们没那么多精力跟我们打，又怕我们得到村庄的接济，所以制造一带焦土，把我们隔离，”向予笑笑，“像隔离麻风一样。”

我没有问“他们”是谁。官兵，当然的。官兵捉强盗，这不是一场游戏，是场残忍的战争。

“那时，他们把水缸都打破了，就剩个小水井，还把十来具尸体丢进去。我亲口尝了井水，没有毒，于是命令手下的所有弟兄在那里喝水，这样才可以支撑到下一个水源地。”向予轻轻道，“这之后，周边的大部分百姓投靠了我们。那段时间找粮食是个很大的难题。很多人死了，但很多人也还是活下来。活下来的，就成了厉害的战士。你看，官逼民反。造反是这样壮大起来的。”

我点头。我知道。任何争斗，都是这样扩大起来的。每个人都想活下去、想活得更好、想得到更多，如果不能像文明人一样争取，那么就像野兽一样争取。

“那口井应该还在，我带你去看。这样你会更同情义军。”

“不用。”我终于道，“我一直都知道你们有道理，可是我，不能加入。”

“为什么你就不行？”向予喷了口冷笑。

“我不能杀人！”我艰难地向他解释，“我，本来不是你们这个世界的人……”

“你在这里，就是这个世界的人。”一直优哉游哉的河白忽然说了这么句话。

我瞪着他：他什么都不明白，可是却说在点子上。不管我是哪个世界来的，我出现在这里，就是这里的人。他没错。

可是我不能杀人。我成为一个人，而不是其他什么东西，这总要有点意义的。人总要比起其他东西来有点什么不一样的地方，才成其为人。所以我这双手，不想沾上人血，不管谁的也好。这是我的底线。我不能改变。

越过这带焦土，再跨过一片干燥地带，我们终于到了三湖。所谓三湖，“三”只是虚指。三人成众，三院成府，三就表示多。所以整个三湖地域，水色连天，芦苇摇荡、怪鸟乱叫，果然是好个藏身之所，不被土匪霸占，也必被妖怪盘踞。季禳没有能早点毁掉这里，我觉得他很失策——然而或许也怪不得他。

这片湖泽地带，很多地方不是真正的湖泊，而是沼泽似的湿地，土质极软，连水鸟踩在上面，都要踏出深深的足印来，河白啧啧称赞：“这里难以行走，无怪乎官兵攻不进来，真是屯兵的好地方——只是像在下这样的身坯，又怎么进去得了呢？”向予一笑：“自然有路。我们自已也要行人走马、搬东西的。”呼哨一声，芦苇中就有满身涂着泥巴的人钻出来，灵敏得像泥鳅似的，殷勤拨开芦苇叶子，露出条干路，领我们前行。这路七弯八拐，看起来经营得法，间或有狭窄、断路的地方，也都用结实的木头、石板补缀，叶子遮得是密密的，外人绝难寻到，走了足有两刻钟，我眼前一亮，见一大块湖泊，水汪汪的，晶蓝可爱。这块大湖泊周围连缀着小湖泊，还有干燥的岛屿式地面，都扎着营帐，有人在帐边操练、巡逻，看起来很是整肃。

便见扁舟一叶，悠悠摇来，撑篙的艄公身材不高，一张脸圆嘟嘟像个肉丸子，眉毛都灰白了，精神还健旺得像少年，对向予唱个大喏：“二统领，这就过去？”乜着河白，又笑，“这货色却不好上舟，必定压翻了，作个水煮馄饨是真的。蛟帅带这人来做甚，敢末便宜包子铺发利市？”

他说的一些黑话，我虽然不太懂，猜也猜得几分。河白比狐狸还精，当然有数，当下唬动颜色：“蛟帅！”

向予对艄公笑道：“波叔，别吓唬人家。这是来投靠的好兄弟，日后必有借重他的。”便嘱咐那几个泥猴：“将河兄弟领去，好生款待着，同沈大哥说一声，我随后就来。”河白便去。我问：“我呢？”向予大笑着把我手臂一搀：“你么，当然是送你去软禁。”

唉，寂寞梧桐深院锁清秋，我就这么给软禁了。地点是湖中心的一处小岛。那岛，小是小得来，上面只有一幢小楼，旁边几蓬植物，叶子密密伸进水里去——再要多一点点面积都没有了，这么小，还要辛辛苦苦凸出来作个岛，都不晓得所为何来。

我承认我有点忧郁。

刚到小楼时，已经有三个人迎接我：楼门外一个抱着剑守门的。还有楼里两位老相识。

周阿荧、谢娘！

我高高兴兴地跑过去，握住他们的手：“你们在这里啊！还好吗？没受什么为难吧？对不起，又害得你们卷入这样的事情。”

周阿荧干笑了两声，谢娘神色尴尬。

我忽然明白了："你们投靠了义军?!"周阿荧本来就劝我起义，现在碰到向予，是老鼠掉在米缸里，当然像河白那样，一欢两好。现在在这里出现，难道是为了——"劝我也投靠?"

周阿荧咳了两声："主公，所谓大丈夫展抱负、济苍生……"

"他不是劝你投靠，是想劝你想办法当上他们的主子。"谢娘在旁边干脆道。

周阿荧哭笑不得："娘子，你不能悠着点说?"谢娘耸耸肩。

我第一反应是看向予。周阿荧当着他面劝我夺他的首领之位耶！这是很严重的事吧？可他不生气，向我点点头："只要你肯，首领的位子你大概坐得上。"

我指着他："你让我当头?"

"唔，为师比较喜欢逍遥一点，不然也不会当个二统领算数。让反正让了嘛，第二第三第四，都没有什么区别。"

真伟大！

"可不是还有个狮王吗？他答应?"

"狮王大统领，呵呵，他只要杀个痛快，本来就不耐烦当头目的琐碎操心！——说起这个人，你其实认识的，想得起来不?"

"呃?"我到哪儿认识一个水泊梁山大统领，"是不是以前认识的？以前的记忆我明明都没有……"

"不。是你寻死之后认识的人哦！而且，正是因为你对他做的事，他也很心悦诚服肯把位置让你呢!"向予捏着嗓门对我抛媚眼，"你答应了，我就告诉你他是谁，如何?"

故意卖关子！虽然我很好奇，但……但代价我付不起。

我叹口气："你们还是软禁我吧。"

周阿荧愁结眉心："主公，当今皇上虽对你有恩，但天下逐鹿，无关私人恩怨，你何必这样作茧自缚?"

我默然：我拒不加入义军，难道只是因为，不愿意跟季禳为敌?

不，如果他真的害苦天下人，如果杀了他就可以解决一切，如果这件事一定要由我亲手来做，那我会考虑杀他，但……事情不是这样简单的吧？天下人如果有能力幸福，怎么可能是他一个人就可以阻挡；天下人如果没有能力幸福，怎么可能除掉他一个人就带来改观？我的头绪很乱，忽然好想见他，听听他的意见，要他亲口跟我解释：为什么要骗我，为什么让他的国家发生这样的事情。季禳，那样白袍沉静、眼眸如星的季禳……我闭上眼睛。他在做什么事呢？我不知道。

"你们要软禁我，就软禁吧。"我疲惫道，"你们的要求，我办不到。"

男人们出去了，谢娘从食盒里拿点心出来给我吃，动作很慢，没有从前那种麻利劲儿，好像有心事，拿着拿着，忽然把碗朝桌子一顿："受不了了！"

"啊？"我茫然把目光转向她。

"打仗这种事，你肯就肯，你不肯就不肯。天下又不少你一个打仗的，唧唧歪歪有什么好磨叽的！他们脑子有病！"谢娘爆豆子一样爆出来，"我是嫁鸡随鸡，死老头子要上山种田，我跟着当农妇；他要投绿眉红眉，我都跟着当强盗婆子。可他要扭着你做啥事，我不能帮他！你又不是他婆娘，又不是他妹子，他有什么好指手画脚的？哼，就这么的吧！我代水玉照顾你，可要帮他们劝你啊，免了！那种扭着脖子硬拧的事我做不出来。"她重重点头，"唔，就这么着！"

"谢谢你，谢娘。"我笑了笑，"那么，水玉一切都还好？"

"当然！她是你的人，你师父能不把她照管得好？还有怀光，为了运过来，全身都染成棕红杂毛的了，还洗不掉呢！瞧它非得把这身毛褪了，长出新毛来，才能恢复往常样子。不然，你现在见到，只怕都认不出它来！"

"我想见它，还有水玉。"我恹恹道。

"他们……因为不会劝降你，所以你师父说了，不让你见，你点头答应了才让见呢。"谢娘为难道。

怀光是匹马，不会开口说话，所以当然无法劝降我。而水玉，因为只以我的意见为意见，所以不会勉强劝我做任何事吧？我默默低头。

"其实吧，不见也好！"谢娘劝我，"水玉姑娘要是见你这副样子，还不把心操碎了？现在我们只哄着她，说你帮你师父做点事，暂时没空见她，有师父罩着，你很安全。她听了倒还放心些。"

这话在理。我点头。谢娘又说了会儿话，走了，房间静下来。风吹着叶子，湖水静静荡漾，把水光映到窗框上。门外那个男人还是抱剑站着，一动不动。他很瘦，但仔细看看，皮下都是肌肉，好像没有任何多余的脂肪，眉目生得模糊，属于不管看多少眼，丢进人群里还是很难认出来那种。

"你是杀手吗？"我试着问。

他不回答。

"你是向予的什么人？"

他还是不回答。

"站在这里多久了？累不累？"

他仍然不回答。右袖管背在身后，看起来怪怪的，好像里面没有手臂。

我叹口气，转身回房间，放弃跟这个怪人交流。练一会儿向予教的功夫，看房里有纸笔，又练练字，时辰向晚，我倒一盅茶给门外那人端出去："渴不渴？润润喉咙吧。"

他不接，也不说话。

“你是不是怕上厕所，所以就不喝水?”我猜测，“可是老是不喝水、也不上厕所，会不会死? 吃喝拉撒都是人类本能，你不要逞强。”

他嘴角抽搐一下，还是不说话。

好吧，也许人家是大侠，自有办法，不必我瞎操心。我耸耸肩:“那我如果想问你叫什么，也好有个称呼。你也不会回答的咯?”

他用沉默回答。

“乖徒儿，怎么站在外面吹风哪?”向予春风满面的来到，手里挽着个食盒子。晚饭时间到了? 我伸长脖子向他身后看，很希望看到谢娘，结果只看到晚霞满天，映着湖光。

“别看了别看了，只有我一个。”他挽着我的胳膊推我进屋，“水玉啊、谢娘啊，凡是能帮你解闷的人，都不会来的。这是河白的建议。”

“啊?!”

“你软硬不吃，这咱们都知道。”他拍拍我的手，“可河白说了，再倔，倔得过寂寞吗? 十天半个月的没人说话，包你见到石头都想聊天。那时候再邀你入伙，你就当图个热闹，总狠不下心拒绝了。我听着觉得很有道理。”说着，亲切地对我露齿微笑。

我想哭!

他把菜碗饭钵叮叮当当拿出来，再把不用的点心盘子放回食盒里:“你那几只碗吃完了，就先搁着哈! 下一顿送饭时再把上一顿的脏碗收走，明白了? 那下一顿见!”

“等等，这是什么意思? 你不等我吃完?!”

“说了要让你寂寞啊。连我都要尽量减少跟你相处的时间。今后，我对你说的话只有一句:从了吧!”他道。

“从你个大头鬼!”我咒骂。

“咦，你对这个安排有意见? 河白本来自告奋勇说由他来送饭，我怕他趁机对你动手动脚，严词拒绝了。难道，你更希望由他来跟你谈判?”

“去死!”我抓起手边的书本砸他。

“爱惜字纸，爱惜字纸。”向予像丹顶鹤一样拉开长腿跳来跳去闪避，几下跳出门去，又伸进一个脑袋来，“你刚刚跟门口的哥哥搭讪了?”

哥他个头! 搭讪他个头! 我翻白眼。他啾一下又闪回到我身边，奸笑:“你知道他是什么人吗?”

“什么人?”我忍不住问。

“他的父亲在外面又生了个妹妹，只到快及笄的时候才接回家里来，想让她认祖归宗、攀个好亲事，没想到她已经被别人糟蹋了。他父亲很生气，叫他去查那个王八蛋是谁，好好教训一下。他答应了，几天之后回来，长跪在他父亲面前问：‘那人的独养儿子是个知名剑客，与孩儿一样。孩儿现在把他独养儿子使剑之右臂斩断，算不算教训了？’他父亲点点头道：‘算吧。’他就抽剑，反手一挥把自己右臂斩下来，呈给父亲说：‘这样就完成您的吩咐了。’原来他妹妹在外头当下女维生，他父亲某夜醉后遇见她，就糟蹋了，既没认清她的样子，事后也根本忘了发生过这回事。”

我惊呼出声：“这怎么——”

“还好还好，反正已经发生了。”向予飞快道，“我说这件事的目的在于告诉你：他为了完成父亲的命令、又不伤害父亲，可以牺牲自己的右臂，这是多么孝义双全、靠得住的好汉子！他答应我要看着你，那是一定要看着的。而且他修炼过龟息大法化出来的神功，几昼夜不眠不休不吃不喝不在话下。所以你就不要费脑筋想跟他拉近乎找机会逃跑了。他是绝不会被你动摇以至于叫你有机可乘的！再说，他疲倦时，还有为师亲自顶住嘀！”

我是在动手脱鞋子，准备砸他了。他知情识趣，飞身跳走。我等了半天，他也没“啾”回来，这次是真走了。

他一走，室内静下来，只有风吹动芦苇的声音，夕阳早掉下水底去了，晚霞像抹在天边的水彩色，渐渐融开，由红至紫、变蓝、变灰，成为黯黯的灰烬，直到天空化作墨蓝，它们又变回白云，挺羞涩地抛尽夕阳那里得到的颜色，萦绕在月牙儿身边，有几片却担心这样的行为太不忠贞，颜色仍然维持在月白与银灰之间，远远逡巡。

有只小小的甲壳虫爬到窗台上，把两片黄褐色甲壳抬起来一点，亮出下面半透明翅膀，轻轻拍打，倒不飞起来，只是像锻炼锻炼似的，拍打、拍打……“啪啪啪，啪啪啪。”我发现有人在替它配音，然后发现这个人是我自己。

呜，才多久没人陪着说话，竟然已经到了给虫虫配音的无聊地步。不行，这样下去真的要疯掉！我抱起一件袍子出门去，到独臂剑客面前，讨好的把袍子递给他：“披上？晚上怪凉的。”

人家目不斜视、直视前方，挺胸收腹、气沉丹田，不睬我！

算了算了，不睬就不睬吧。我把袍子抱在怀里，吹吹门槛前的石头，坐下来，仰头看他：“你不说话也没关系，我说就行了，发泄发泄，对人说话总比对一只虫子说话好一点，对不对？看起来好像不是那么神经错乱的样子。其实我以前也没这么话痨的，埋头看书时，水玉老来找我说话，我还会怪她啰嗦，埋怨她不让我清闲清闲。可现在被软禁这么多天、这么闲，再不说话就太郁闷了是吧？越闷，头绪越理不清。我有时简直不知道我在这个世上干什么。经历那么多事，最后怎么样呢？那么多人期待我做这个做那个。

开玩笑！连我都不知道我能做什么。以前啊……以前我连这个问题都不太想的。反正飘啊飘的，年年月月哗啦啦就过去了。如果不是遇到了特别的事，让我觉得我有自己的意愿、也许我可以按自己的意思生活……但也许人根本不可能按自己意愿生活的是不是？吃饭、睡觉、忙着找另一餐饭，并且应付很多很多人，直到老了死了，也就这样。如果从婴儿时就死掉的话，这个世界也不会有什么损失吧？自己也不会有什么痛苦。这样无聊也还要拼命地活下去，真是好笑。如果这是人类天性的话，人类还真是好笑啊……你真是个好的聊天对象，不嘲笑、也不反驳。我猜你会受很多女人欢迎的，是不是呢……”

最后这句话，我不知道自己有没有说出口，就沉入了梦乡。

梦里我是个小孩，身体很虚弱，被子压得我有点难受，房间光线很暗，有点闷。有个人坐在我身边，我只能看见他的背影，但心里知道他是我的亲人，就觉安宁。可他突然咳起来，手握住嘴，我看见红色的东西，惊呼：“哥！哥你吐血。”“不，阿季。”他忙着安慰我，“是净灵石。”说着把手掌伸到我面前，上头果然是一些碎石，“只要修炼成完整的，就可以救你的命了，阿季，这是我跟你说的净灵石啊！”“净灵石……”我跟着喃喃，房间忽然用力地摇晃——不对，是有谁在用力地摇晃我。我睁开眼，看见独臂剑客的脸。

“你见过净灵石?!”他急迫地问。我还没有完全清醒，只能茫然道：“什么?”

“净灵石啊！你在梦里还叫哥。你哥哥是谁？他有净灵石?!”独臂剑客原来一点都不哑巴，可以炒豆子一样连串问下去。

我回忆起了梦境，脸色不由得发白。

那不是我的梦，一定是季禳的。而净灵石这个名称，我听见厉祥说过，在我刚见他时。他碰着我脖颈：“所以净灵石就这样用掉了啊……”

“那是什么石头，有什么用?”我问独臂剑客。

“起死回生。”他斩钉截铁的回答。

“那，它是什么样子的？海棠红……还有裂痕?”

“应该是更鲜艳的红色。如果发暗碎裂，就是失效没用的。你见过？在哪里?”他道，“带我去！”

这样急，哪怕有一点点线索都不肯放过，也许是想救什么人吧？厉祥已死了，那线索要问的话，也在季禳身上。要不要回去找季禳呢？我看着独臂剑客焦灼的神情，心一软：“好吧，我试试看陪你去，不过结果不一定……”

“你陪？可是你要呆在这里，不准离开。”他脸色很惊诧。

我比他还惊诧：“难道你要我把线索告诉你，让你去找，然后我自己再乖乖呆在这里被软禁？喂，是人都会用这个威胁你，放我逃跑吧！——再说，我想不威胁你都不行。

要去,只能我带你。你一个人去是没有用的。"

真的,他一个人去问季禳找线索?想也知道不可能!

独臂剑客脸上明显天人交战,就像个小孩对牢一块棒棒糖:"我真想吃了它,可是妈妈说不行,可是我真想吃了它……"循环无限次。

他终于猛一甩头:"好,我带你走。"

"好好!"我高兴道,"不过你有没有办法解开我的功夫禁制?这样我们逃跑更方便——还是,你没办法解?"看看他脸色,担心问。

他摇头:"不是。这是师叔给你下的禁制,我要解了,有违礼数。"

敢情向予还是他师叔!我怒道:"那怎么办?我手软脚软,怎么逃?"

他向我一拱手:"得罪了。"打横就把我抱起,啾的向外飘出去。

向予来的时候,我就奇怪:怎么没听到桨声,人像是从芦苇里随随便便就飘出来了。难道他们船都不带声儿的?错!原来大侠们都是不用船的!啾的就飘来飘去了。足尖在水面点点点,比兔子奔得还快,真正是轻功水上飘啊……

可是我被他这么一扛,这么一颠,胃有点顶不住,嘴一张,酸水就吐出来了,正溅在他足尖点下去的地方……

咦,我怎么好像看见他足下有个黑乎乎的桩子?

他鞋子被我酸水溅到,一时停步,回头问我:"怎么了?"

"没什么……"我呆呆回答。而他就这么停在水面,风吹动衣襟。一秒钟、两秒钟……这明显不是任何轻功能达到的境界!

"所以,水下打了桩子哈?"我擦汗。

"唔,兄弟们来去方便,省得每次撑船。"他道,皱眉看着前方,"不过前面没有了。"

我们前面,芦苇也已经到了尽头。一大片明镜般的水面,远远有几只船舶来去。要找船吗?那可能还是直接游泳来得现实吧……

"我不会游泳哈。"我主动举手承认。救卢仲均那次去是走池底,回来是利用浓盐水漂在池面上,不算。

"我也不会。"独臂剑客摘下一片芦苇叶,向旁边一丢,道。

那片苇叶是像飞刀一样"丢"出去的,我听见一声闷哼,不像幻觉,因为那边的水里随即爆出一片血雾。

"你杀人了?!"我眼珠子差点没瞪出来。

"大非,你再不出来,我不只是叫你挂彩。"独臂剑客手指间仍拈着一片叶子,道。

"哗喇"水响,那里伸出个脑袋来,眉骨很低,压在脸一半的地方,眉毛倒是又细又长,以它为分界线,上面一半都是额头,下面一半就用来长了大鼻子,几乎看不见眼睛和嘴，脖子同脸一般粗，缩在两肩之间，短得像没有——他整个人看起来就像一条描了美人眉的鲶鱼。

“大非，过来。”独臂剑客手指紧挟苇叶，一动不动盯着他，喝令。

大非委委屈屈头一别，手还捂在脖子的伤口上，没见怎么游水动作，人那么一低一高，就出现在我们身边，待要再近些时，独臂剑客喝道：“停住！”一副如临大敌的样子。

大非苦着脸道：“约伯哥，这是干啥？”

独臂剑客原来叫约伯。这名儿倒是清俊，挺配他的气质。当下便听他命令道：“去给我搞条船来。”

大非张开嘴要叫唤，约伯苇叶一颤，他忙闭嘴，咽口唾沫，这才哭丧哀告：“且不说狮王，就让蛟帅知道，我也要死了。再说，船都是波叔管着，有数目呢。哥你这不是为难我。”

“不搞船，你现在就死。”约伯脸上一点表情都没有。大非只能投降道：“好，好。”便要游开。双肩甫一动，约伯苇叶早又逼近他：“你干什么？”

“叫船啊！”大非脸上一片天真烂漫。约伯冷笑：“当我傻子么？放鱼归水，我再还揪得着你么？”大非悲恸道：“约伯哥你讲讲道理！我窝在这里，又怎生叫得着船？”

约伯目光不离他，下巴向远处船影一扬：“蛟帅叫你守在这里，必定给过联系法子。休打歪主意，快叫船。”

大非恨恨地斜他一眼，眉毛下面总算看见了眼珠子，嘴唇刚撅起来，约伯又道：“别乱叫。有一点不对，最先死的肯定是你。”大非嘴唇立刻扁了三度，这才发出唿哨声，倒是清越好听。那边便有条船悠悠撑来，近得三尺时，那掌桨的原来便是先前渡我上岛的艄公波叔，人老成精，极是机敏，眼一搭，发觉情形不对，立刻要张嘴呼喊。约伯苇叶飞出，艄公应声倒下，大非趁机一头扎下去，消失在水中，约伯左足一扫，几片苇叶如小箭射入水中，也不知结果如何，他同时右足一点，已经挟着我，平平掠过水面三尺，向船上去。

彼时月色如银，船前两尺半空空荡荡，全无芦苇遮挡，我不敢看我们在水中的倒影有多清晰，只是死死抓住约伯的肩膀，心里很怕听见一声暴喝：“快看，那两人要逃跑！”

约伯掠出三尺，只要两个呼吸的时光。

第一个呼吸时，我们在第一尺。换第二个呼吸时，西边忽然闪出火光。

锣声发疯似的敲响。

约伯的足尖点上小船。

波叔伏在那里一动不动，面颊冲下，不晓得鼻子有没有压扁，太阳穴边一道血痕。我担心道：“他没有死吧？”约伯摇头，随手把他掀到水里去，手指旋即掐上我的喉头，冷冷道：“你——”

他的劲气可怕，指尖刚挨上我的脖子，我已不能呼吸。而他话刚说到一半，手已经收回去："你是女的?!"神情非常惊骇。

男女的脖子不一样，男的有喉结，女的没有。我一直都穿男式袍子，衣领便掩住脖子，而今约伯手指捏过来，大约捏到我没有喉结，于是发现内情。我顾不得问他发了什么神经忽然捏我，只是弯腰不停咳嗽——这家伙下手真重!

"你为什么骗我?"他踏前一步，继续质问。

"谁……咳咳，又不是故意骗你……男装方便，不知不觉就穿下去了……"我边咳边回答。

"你骗我救你，朝廷乘机攻打水寨!?"他道。血泪质问的原来是这个，真正六月飞雪。"我没有……朝廷在攻打水寨?!"我大骇，"哪个朝廷？——我是说，谁领兵？他们现在在打向予?!"

约伯凝神看了看我，又不说话了，闷头摇船，一直摇到岸边。没有人理我们，喊杀声都往西边去了，看来是场大战。

"向予他们撑不撑得住？我们去帮帮他们!"我发急地摇撼约伯，很怕向予现在已经被季禳杀了。

"急什么？你不是朝廷那边的人，不是宁肯被软禁都不肯帮义军的?"约伯眼神当真困惑。

我……我确实不肯帮向予打仗杀人，但现在已经打起来了，已经有危险了，那是两回事啊！再说，还有水玉她们。是不是安全、是不是很害怕、是不是在找我？我不可以抽身离开!

可是约伯拉着我："如果你没有骗我，那就是我们运气够好。趁他们打得这么乱，我们快抓紧机会逃走!"

"向予不是你的师叔？你不去救他?!"我不能理解。不说他是有担当的好男儿吗?

"当我决定带你走时，你以为我作了什么决定?"约伯硬声道，"如果能力有限，我只能争取一件东西的话，那是净灵石。我必须得到它。对师叔有所辜负，回来再交代。如果你欺骗我，我没有别的选择，也只能先相信你，如果确实受骗，那么杀了你，再对师叔交代。就算他今天战死，我到时候也无非一个交代。"

什么交代来交代去的。我皱眉。杀来杀去又是死活一个交代——"难道你像传说中的那种蠢蛋，对不起师叔，就打算自杀谢罪?!"

"这是对忠义和承诺的坚持。"他强调，"我也答应过别人，一定要找到净灵石。我很抱歉几个承诺之间有了冲突。"

"你傻啊？办不到承诺就要死，那世上还有活人吗?！唉，先不说了。急事优先，我要去找向予——"

"你见了他,就走不了了。"约伯死死拉住我。

"放手! 我至少要去救水玉——"我抬脚踹他。

他一家伙把我扛到了肩上:"我必须尽快拿到净灵石。"

我不知道他急着救谁。但水玉的命也是命! 还有谢娘,虽说周阿荧照理说应能保住老婆,但谁知道实际上怎么样。约伯必须放开我! 我狠狠一口咬下去。

练过武的人,肌肉是真硬,不说像块石头,至少也是块硬牛皮。我咬、咬、用力地咬……呜,真怀念河白,那身肥肉咬起来会多方便……

"你带来的姑娘都住在水寨里头密实的地方,官兵应该攻不破。担心的话,我们绕到侧面去看好了。"约伯走了一段路,道。

我总算松开嘴,牙根都咬麻了,血已经顺着嘴角往下流——不是我自己的血。他肩上被我的牙咬出好大个血洞。我看着,内疚起来:"对不起……"

"哼,女人。"他哼一声。

"女人怎么样?!"我怒道,"我说的话没道理吗? 你把波叔老爷爷打昏了丢进水里,你才是心狠手辣,而且完全没有必要!"

"大非没有走远。把波叔打晕了丢下去,大非势必要先救他,这样可以拖一点时间,免得他太早跑去报讯。"约伯解释,神情漠然。

又是我错怪他,我歉然低头:"对不起。真是不好意思!"

"没关系,作为同伴,我要把事情跟你讲清楚。"他回答。

"同伴?"

"我说过,我要净灵石。在这段路途上,我们必须同行,那就必须成为同伴,这是要做一件事的最好方式。"他的目光像铁钉一样冷漠、坚定。

第三章　逃亡奇变

三湖水系之间，有许多岛屿、小山，仿佛是上天也知道仅仅是一片汪洋沼泽、不足以藏身操演，所以予他这许多便利，特意要他够资本同中原正统军队抗衡般的。若是那些善感慨的文人，来此处看到，又不知能议论出多少文章来。当下约伯带我爬上一个岛山，指引我看湖中水战，果见那些官兵，舟楫又不熟、人又蠢笨，不断从船上翻进水里，有的还陷进沼泽，被绿眉军围着厮杀。我隔那么远，也见到血光，

那样的场面像是演戏，可明明不是。明明有那么多真实的人，在那里受伤、死亡。我全身血脉冰凉，心在胸腔里狂跳。约伯可是镇定得很，哼哼冷笑道："官兵真是蠢，平白派人来送死。"

我心里一个念头忽然闪现："他们以前这样来攻打过没有？"

"没，他们知道打不赢。不过这几个月朝廷逼得特别紧，所以送死也要来送一下。"

我深呼吸："你老实告诉我，我在向予手里，是不是也有人质的意思？他用我同朝廷谈判吗？"

倘若向予扣我作人质，季禳要救我，那么引发大战，便说得通。

约伯一窒："我不知道。"上下打量我，"你到底是谁？"

我苦笑。到现在，我也不知道我是谁了。绿眉军大帅是我师父，现任皇帝是我的桃花债，死去的变态皇帝不断出现在我梦里，江湖剑客无论如何想得到的起死回生净灵石曾经挂在我的胸口。那么，我是谁？

这些且不论。如果，我在季禳心中还有点分量；如果，他确实知道我在绿眉军中。那他何至于不先谋定而后动，这般贸然派人来送死？

我咬着唇，心里觉得很不对劲，但一时说不上来。约伯目光转动，忽然"咦"了一声，我顺着他的目光方向望去，隐隐看到大青石后影影绰绰有几道人影。我看到他们时，他们也一定发现了我，身子一缩，消失在石后。约伯略一踌躇，到底不敢放过，长身掠去，暂丢我在原地。

那石头后出来一人，身着白衫，倒是儒雅，看起来似乎是个书生，面上微微含个笑，颇有些和蔼可亲的意思，似乎要开口说话。约伯却好生凶狠，左手一反，将宝剑抽出，"唰"划出扇面般雪亮剑光，劈面打去。我失声惊呼，那白衫人百忙之中看了我一眼，道："在这里了！"肩膀一动，避开剑锋；手腕一翻，向约伯腰间戳去，速度也是奇快。约伯剑锋一回、一闪，白衫客手臂就垂了下去，一柄泛着蓝光的怪样小兵刃"当啷"落在地上，袖子上泛出血痕来，急退。石后早又掠出几人，有黑衣大汉，有华服怪客，有锦袍瘦

子，还有个穿着紧身水靠的矮小人物，手里也有折扇，也有皮鞭，也有分水刺，向约伯包抄。

“不带几个打一个的！”我急道，“约伯你解我穴道！”虽然我学艺不精，但帮他一帮也好，不然他实在眼见要吃亏！

约伯也发现形势凶险了，双足一蹬，要翻回我这边。白衫人却叫道：“那边是程侍郎否?!”

嘎，认得我？我明明不认得他。我莫名其妙地点点头。

“这位英雄是护卫侍郎逃出来的?”白衫书生满面堆笑，“那误会了，我们是——”

约伯更不打话，剑势一挺，向他脸面刺去。他剑势狠绝，白衫书生又不及防备，“啊哟”一声，举手捂脸，满面是血，也不知伤在哪里，“扑通”就跌到地上。其他人大惊，霍然挺身，向约伯杀去，兵刃虽然各不相同，招式却好像彼此配合，四方呼应，将约伯围在当中。约伯左冲右突，到底占不得上风。我在外围急得跺脚：“这到底是做什么?”

锦袍瘦子应了声：“侍郎，皇上派我等来救你。”我顿时醒悟：趁前头打战，他们几个高手到后面救我，倒是个好主意。尤其还有个穿紧身水靠的，看来是水中健将，在水寨中救人算是材尽其用。

说时迟那时快，约伯逮住空档，剑势一变，黑衣大汉怪叫一声，跳出战圈，左手捂住右拳，眼见吃了亏。华服怪客忙用折扇掩护他的去路，扇面拍向约伯胸口，约伯不敢怠慢，剑锋划向他手腕。锦袍瘦子哪容他从容应对，鞭子挥动，早吐出七道鞭影，威势惊人，水靠矮子分水刺一声不吭夹在鞭影里刺向约伯，招式歹毒。好个约伯，脚步好像没动过，手臂却忽然好像变成十来只，“当当当”辘轳挥动，一圈都挡过来，华服怪客脚步踉跄，好像也挂了彩。一直趴在地上死了似的白衫书生在这节骨眼上猛然撑起身子，喝道：“闪开！”怀中掏出一物，我觉得眼熟。

管子状的，金属制的，有扳手……是什么器械？我的脑海中忽然闪过黄光的影子。

苍松的影子写在窗棂上，我蘸着茶水对他说：造一个管状的火器。

约伯愣着不动。我扑过去：“躲开！”

“轰！”火器发出巨响、喷出白烟。我耳朵震得快聋了，人腾云驾雾飞起。有那么一刻，我以为自己已经死掉了。

其实只是锦袍瘦子挟着我躲开。

约伯剑上逼出五彩光华，直刺白衣书生手中火器，“夸喇喇”竟如破竹般，一剑劈裂那金属管。白衣书生脸色大变，撒手后退，约伯如影随形，刺向他的左胸，水靠矮子纵身施救，分水刺扎向他后心，华服怪客与他并肩攻击。约伯身形摆动，剑势激荡，逼开华服怪客，仍然刺中白衣书生。白衣书生再次倒下，这次真的不动了。约伯剑要回刺水靠矮子时，滞了滞，慢了一刹，分水刺已经扎进他的右肩。他单膝跪地，仍然硬挺着不倒。我看到他的腹部已经有一团血迹，那是火器伤的。

与此同时，水战那边也有很大声的喧哗。出了什么事？我已经全然没有头绪。但是我不希望他们再打下去。我挣开锦袍瘦子的手，站到当中，想说点什么，忽听马蹄踏踏，一声雄壮长嘶、伴着一声雷霆般的怒吼。是谁来了？我抬头，几乎被霞光晃花眼睛。那匹通身雪白的骏马，鬃毛是漂亮的红棕色，仿佛雪地上映的晚霞，烈烈飘舞。它身上的骑士，同它一样高大，那样的威风凛凛，虽然没穿什么豪华装束，但毛发戟张，背光看去，就如同狮子一般，手里且握着一把长刀，银光闪闪，舞个势子，冲过来吼道："程昭然须留下来作大寨主的，谁敢带他走！"声音与相貌都似曾相识。电光火石间我明白了："蛟帅狮王"的"狮王"、向予口中的"沈大哥"，就是眼前这位奔来的骑士，也即是我在后花园曾赠马助他逃脱的大熊马伕，沈虞孙。

拼图一块块归拢，件件事首尾呼应，我生命中的这些人，原来都凑在了一起。

沈虞孙长刀挥舞、威势逼人，季禳这边派来的高手们哪肯坐以待毙、早也准备出手，连约伯都忍着伤挺起肩要站起来，手把剑柄握得紧紧。多奇怪，他们所有人都对我没有恶意，可是彼此间，眼看不死不休。

我只在枯摩山绝壁上看见罗狗子死在我面前，那已经足够。一个人一生中看见一桩死亡已经足够。我不愿意任何人死。

我探手入怀，扯开衣襟、拉下白布，露出半个胸口："住手，我不是程昭然。"

他们的目光都集中在我身上。我到底不习惯面对这么多人半裸着身体，脸上微微发热，但还是坚持说下去："你们都弄错了。兵部侍郎程昭然是男人对不对？我不是程昭然。"

沉默，一片沉默，他们都不知道该怎么说。唯一没压力的是约伯，他早前已经震撼过一次了，现在只要我能帮他找石头，他随便我是男是女。

"程昭然的问题，你回去跟向予讲好了。他会知道。"我对沈虞孙道，又转向那几个高手："是……皇上派你们来的？"

他们点头。

"那你们带我回去，我保证皇上会满意。"我回手握住约伯，"你不要担心，这就是你要找的线索。相信我，我向你保证。"

约伯当时没有动，可那几个高手对视一眼，几个向沈虞孙杀去，另一个向我扑来，想擒住我。

原来还是信不过我，想先擒下我，再找找看有没有正主儿程昭然？我心下发苦。华服怪客已经跃在空中，折扇直捣鸿喜的眼睛。沈虞孙坐在马上，伤了马等于伤他阵脚，他自然招架，招式虎虎生风，眼见华服怪客不敌，水靠矮子就地一滚，分水刺势如虎爪，攫向沈虞孙脚踝，黑衣大汉为他掩护。锦袍瘦子离我最近，伸手过来抓我。约伯挺剑，向他掌心点去。锦袍瘦子手腕一沉，速度陡然由慢至快，“啪”扫中约伯肩侧，他自己却不再来抓我，身形一转，鞭子吐出，狂风暴雨般扫向沈虞孙。

华服怪客也脚尖一点、不再同沈虞孙纠缠，同锦袍瘦子换个身法，飞回我这边来，扇缘割向约伯的后背。我急道：“不要！”他手腕一翻，换作扇面平拍。约伯吃亏在已受了伤，身手大打折扣，虽然勉力应付，到底给扇风打中，口吐鲜血，晕在地上。华服怪客也闷哼一声，右胸上有鲜血渗出，原来给约伯刺了一剑。沈虞孙带来的绿眉兵，已经发出烟花讯号，大约是找帮手。华服怪客急忙上前来拉我。我顾念着约伯，探他仍有鼻息，也不知到底伤势如何，实在不忍心走。那边，沈虞孙大发神威，暴喝了一声，如平地起个惊雷，长刀连环舞动，干净利落，如烈日融雪般，竟把锦袍瘦子的鞭影彻底破开、将他四人都扫倒在地，腰一弯、手一绰，道：“拿来吧！”水靠矮子的分水刺便给他夺在手中。他大笑道：“哪里跑！”举手一投，射向华服怪客。

那时，我跟华服怪客原是站在一起，沈虞孙大约怕误伤了我，投的方向离我们偏了些，从大半米外飞过去，但我耳边仍能听见“唰”的劲风声，肌肤为之一凉，头发也飞了起来。他这一投，力道之大，竟至于此！

伴着分水刺出手，他打马也已经奔过来，目标自然是华服怪客。华服怪客魂飞魄散，暂时顾不得拉我，且逃开去。沈虞孙笑道：“纳头来！”打马追穷寇，长刀已经举在空中。

我叹口气，挺胸挡在面前。

马蹄如奔雷一般踏向我脑袋。沈虞孙大骂：“你干嘛？！”手把缰绳拉了一下。

有一刹那，鸿喜的眼睛离我那么近，手掌大的明眸里映出我的影子：披头散发、手臂张开，像一个傻瓜。

“你在干什么？你以为你是救世主？你有多大的力气，拦一匹马？”它好像在这么嘲笑我。事实上，我也很想嘲笑一下我自己。

如果它踩死了我，不怪它，是我自己蠢。

可它蹄子毕竟从我身边擦过了。我鬓边散发被风势带起，与蹄铁轻轻一触，方才分开。它落足在旁，蹦出几小步，再踱回来，瞄了瞄我。我双腿脱力，坐倒在地，勉强抬起手来想拍拍它：“谢谢。”它不屑一顾地喷个响鼻，避开，驮着沈虞孙在我旁边踱步。

对了，我已经不是它的主人。它现在只是沈虞孙的坐骑，与我无关，我何必自作多情。

“你不是程昭然，为什么长得一模一样？程昭然现在在哪里？”沈虞孙弯腰问我。

“我……”我还没有想好该怎么回答,一缕指风射过来,沈虞孙一躲,后头又“嘭!”的巨响,一个鸡蛋大的东西丢到地上,炸开了,喷出呛死人的烟雾。我弯下腰呛咳不已,泪水哗哗地往下流,一只手伸过来挟住我的手臂:“走。”我便身不由己随他而去。

这人的脚程真是快,三刻来钟,已不知奔出了多少路——那时候我被烟雾呛出的眼泪才止住些,也能张开眼睛了,看这个劫走了我的人:原来竟是白衣书生。

“你不是被约伯打在地上了?我还担心你死了呢!”我诧异道。

“卑职不会死,只会装死。”他很有些自得。

好吧,好吧,装死也是一种本事。我又问:“刚刚那是什么烟,对人体有害吗?”

“您放心,这是黄工部研发的新神弹,保证没有长远的害处,只是刚接触时呛一会儿。卑职刚刚情急,不得不用它,您恕罪。”他毕恭毕敬回答。

“我不是程昭然,你对我这么客气干什么?”我迟疑道。

“是。不过您说,只要带您去,皇上面前就有交代不是吗?卑职愿意相信您。”他笑得别有深意。

我不知道他是猜到我是程侍郎呢,还是以为我是程昭然的孪生妹妹。这且不管了,刚刚把布条拉松,跑起来,胸口一颤一颤的有点碍事,女人的身体,麻烦是麻烦一点,我向白衣书生告个罪,背过身把布条束好,继续赶路。他是个聪明人,只装什么都没注意,我也老着面皮,不费那劲儿害羞了。

才没赶多久呢,又有情况发生:两匹马并肩跑来。那马又瘦又高,骨架子就带着种蛮夷气息。马背上坐的骑士穿着白钢丝串着老牛皮的铠甲,脸上抹得五彩缤纷,发型千奇百怪、都扎着毛皮和布条儿,手里还拿着怪样的弯刀——哪儿来的蛮子?

白衣书生对着约伯和沈虞孙还有点儿怕,对蛮子可是一点儿畏惧都没有,当下要挥剑,我拉拉他的衣襟:“后面……”

不只是后面,还有左边、右边,都有不少蛮人和蛮马的脑袋探出来。我们被包围了。

明明在中原地带,还会被蛮子包围?活见鬼!我问白衣书生:“附近是什么所在?莫非一边三湖水寨、一边蛮子营寨,并肩儿扎的?怎么绿眉军里没人告诉我!”

“呃……”白衣书生眼神比我还茫然,但是手上不慢,拉着我,手向右边的蛮子捣去,也不知亮了什么兵器,我但见紫光一闪,背面忽有个蛮子大叫:“孙、李!”也不知是什么蛮语,只见右边的蛮子还没什么事,前面那两个蛮子却齐齐向后仰,旋即血光溅起,一个人整只右臂飞到空中,另一人胸腹被划开长长的口子。

原来白衣书生声东击西、声右而击前,如果不是背面蛮子示警,前面蛮子也许是双双死掉的命?我倒吸口冷气。

几面的蛮子都怪啸着向我们包抄过来。

白衣书生抓着我向刚刚杀出的缺口掠去，我回头，见到刚刚发声喊叫的那个蛮子一马当先冲在前面，手里竟连个金属兵刃都没有，是根棍子似的东西，棍子头上又装着燧石般尖锐的头，形状像长矛，相貌长得倒是浓眉大眼、肌肉强壮，不过汗毛是真重，像是大猴子稍微变化变化就过来冒充人类似的。他打声唿哨，蛮子们的队形随之而变，尤其是我们的前方，几重铁壁阻挡过来——要命，这队蛮子兵足有一个班的人数！

我正琢磨着他们是从哪儿冒出来的呢，打头那蛮子兵器已经打过来，煞气好重！我被那阵气势逼得不能呼吸。白衣书生刚打翻数个蛮子，回身应战，手臂刚抬，打头蛮子那长矛“啪”如惊雷般打下来，白衣书生功夫原来不甚济事，被他打中，手臂立刻像烂草绳般垂下去，我也跌在地上，听见“嘭！”熟悉的爆炸声，立刻屏住呼吸、并闭住眼。

这书生又扔了黄光研制的可恶烟幕弹。

一只强壮的胳膊抓起我，腾云驾雾的奔走。好，幸好他只有一只手臂被打坏，不然救不得我。我心中这么感叹的时候，听见蛮子的唿哨声。

唿哨声从我头顶响起，属于抓着我的那只胳膊的主人——这么说有点拗口。总之，抓着我的人发出蛮子的唿哨声就对了。

我张开眼，看见那个打头的蛮子，闭着眼睛，把我劫在马背上，微侧着头，似乎仅仅靠着听觉，发出命令。所有蛮子一律拉起毛皮捂住口鼻，埋头狂奔。至于白衣书生，我已经看不见他。他早被落得远远的了。

“你见过黄光？咳咳。”刚刚过早的张眼让我流泪不止，我只能泪眼婆娑问打头蛮子，喉咙呛着烟，又咳了好几声。其他许多蛮子防护不够周全，一起流泪咳嗽，同我作伴。

打头蛮子又奔出一段路，抹了把脸，才张眼回答我：“黄光是谁？”

“你不认识他，怎么知道烟雾有毒？”我奇道，“还有，刚刚你没张眼，跑路都不会撞到树的？”

“我看见他闭上眼才丢，猜不是好烟。路，刚刚我从这里过来，就记住了。”他回答。

是牛人！我作高山仰止状，再问：“那你们劫我做什么？不是皇帝派来的吧？”

“当然不是！”他大笑，“中原皇帝——”话才到一半，有追兵过来：“哇呀呀，把人给我放下！！”

是沈虞孙跨鸿喜而来。

我用遗憾的目光看着他。

因为我们之间，隔着一条沟，很深很长的沟。跳下去会摔死、绕过去要半天的那种。所谓天险。

“再不放下，看爷爷过来把你们拍成肉饼！”沈虞孙仍在叫阵。

“好，你过来好了。”打头蛮子很幽默地反剪着我的手，把我推向前面给沈虞孙看，

明明面对面能看见，说话也能听见，但隔着那么道沟，过不来，又有什么法子？我认命地看着沈虞孙：“算了。”“妈个巴子。”沈虞孙骂了一声，掉转缰绳，要找其他路绕过来。蛮人们在我背后狂笑。

等他绕过来还不知要绕多久，我叹气。这是命。我就不指望他能搭救我了。

鸿喜在沈虞孙操纵下奔开，姿态一如既往地风火，可是……是我的错觉吗？它的蹄子奔出几步后放慢了，像趟在泥潭里，那么拖过数步，沈虞孙急得拿鞭子打它，它扭过脖子，向我这边看看，猛然“咴”一声长嘶，如金玉崩裂，惊空遏云。

抓着我的蛮子变色道：“真是好马。”

随着那长嘶声，鸿喜竖起前蹄人立，不断蹦跳。沈虞孙拉缰绳已经不管用，直接抓着它鬃毛大叫：“吁，吁——这马疯了?!”鸿喜仍然狂蹿怒蹦，一个冲刺、一个煞蹄、又猛地一扭身，沈虞孙终于被甩下去，手里还揪着一大把红鬃毛。我看得心疼，冲鸿喜大叫：“你疯了?!”

它不言语——废话，马当然不会言语。这哑巴畜生真叫人窝火。它就一头对我冲过来。

我们之间仍然隔着深沟，它就这样冲过来！

加速，面临深沟，后蹄使劲、前蹄腾空！

“停住！！——”我尖叫。它以为它在干什么?!

它高高跃在空中，背着西斜的阳光，鬃毛如烈火，身影似凝霜，四蹄凌空，矫矫如龙。

“龙马。”背后的蛮人喃喃，手不觉放松。

鸿喜已经飞跃过来，真是难为他，那沟总有几人宽，它竟然一跃而过！

可是，后蹄却不幸踩在边缘上。

砂尘飞扬，它努力想挣扎，身子却没有办法地滑下去。

它的眼睛在看着我。

明镜一样的眼睛，根本早已从我身边离开，为什么又要在这样的时刻奔回来？为什么，在这样的时刻，要这样的看着我？

我冲上去，狠狠拉住它脖子上垂下来的缰绳。它沉甸甸的重量，几乎要把我手勒断。我无法抗拒地要随它滑下去。

“你疯了?!”打头的蛮子在我后面叫。这句汉语倒出奇标准。

对，我到了这个世界之后，就没做过什么聪明事。但我确实去援助了季禳，也帮忙

了绮君，约伯没有死掉，劫持我的那个白衣高手也没死掉。虽然说，也不全是我的功劳……但至少他们如我所愿，真的都没有死掉。所以，现在，我这两只手伸出去，抓住鸿喜。如果我真是有福气的人，这个福气也要分给鸿喜。它不能死掉！

一双胳膊从我后面伸过来，手盖在我手上，拉住缰绳。是那个打头蛮子。他且向同伴们用蛮语招呼一声，那些人都上来，帮我拉住鸿喜。

鸿喜自己也在使劲。蹄子滑下去一寸，再挣上来半寸；滑下去，再挣上来。

"如果它小半个身体滑出去，我喊一二三，大家一起松手，不然所有人要被它拖下去。"打头的蛮子道。

沈虞孙在那边只是跺脚，"龟蛋！疯了！"不知在骂鸿喜还是骂谁。

我仰头看鸿喜。对的，为了一匹马，把所有人拉下去，那是不合适的。可是鸿喜，我不想白白为你忍受手臂几乎勒断的痛苦，我希望你能挣过这道坎，活下来。

它腰又往下一沉。我以为我要失去它了。打头的蛮子已经吼出："一二——"

它的蹄子踩到了突出的山石，借力一跃，跃上悬崖。手上的重量骤然失去，我们都跌在地上。我好歹有打头的蛮子跌在后面当肉垫，但手肘撑到地上，还是痛得龇牙咧嘴。

鸿喜你这个家伙！都是你害的！我怒目瞪它，心道："过来，我要抽你！"

它真的小步过来，低下头，脖子在我脸上厮蹭，我闻见汗淋淋的马臭味，举起手，拍了一下，转为抚摸。

算了，不怪它了。没事就好。

"这是你的马？"打头的蛮子在我身下询问，语音艳羡。

鸿喜身上的鞍子已经歪了，我把它解下来。全套的马鞍，重得不像话。打头的蛮子戒备地抓住我的手："我来。"这倒不是怜香惜玉，他怕我重安上马鞍逃跑。我指着鞍子给他看："带子断了。""哪里？"他低头研究。我把鞍子全推给他，顾不得双臂还在酸痛哀鸣，抓住鸿喜的鬃毛，纵身一跃。

在季禳的教导下，我骑马已经比较熟练了，但都是有缰有鞍的。水玉曾经说过，程昭然能够平地跳上光背马，我只好赌一记，赌这具身体仍然能完成这样高难度的动作。

要逃跑，我只有这么一个机会。

鸿喜真是好样的，四蹄稳稳不动，腰背略往下一矮，配合我。我真的成功跳到它背上。它等我双腿夹稳，立刻放蹄狂奔。

那些蛮子们一时没反应过来，呆了好几秒，才发声呼喊，上来拦我。沈虞孙在那边急得乱转，只苦没法帮我，吼了声，搬起石头向这边砸！可怜他也没学过飞蝗石什么的，只靠个力气，丢倒是丢过来，砸谁没个准儿，添乱比帮忙更多。幸是鸿喜剽悍，厉嘶长跃，早跃到外围去，前面还有个蛮子不要命地拦着，鸿喜蹄子一扬，又要冲他脑壳踩下去。这场景似曾相识，我急把鸿喜脖子一拍，冲前面骂道："快闪开！"那人总算比九娘机伶，团身在地上滚开。鸿喜因为要听我的命令避开这人，蹄下稍慢，我只听脑后风声，沈虞孙大叫："当心！"打头蛮子那怪样兵器冲我而来，锐光在空中划出一道虹彩，快捷无伦。我百忙之中把鸿喜往边上一带，沈虞孙同时也砸了块花盆那么大的石头过来，这次准头比较好，正砸在打头蛮子边上，打头蛮子脚步歪一歪，仍然跃向我，兵器失了准头，击中鸿喜。

鸿喜左前腿一软，跪倒在地，仍然挣扎着想站起来。我低头，看到它腿上淋漓血迹，心下疼痛，滑下马背，向打头的蛮子摇手："不打了。我不跑了。别打了！"

"鼠辈，等爷爷来！"沈虞孙已经急得手脚并用爬下沟去，打算到沟底再翻上来。打头蛮子真有幽默感，倒笑了："傻子才等你。"把我一挟，吹个唿哨，与同伴一起飞驰而去。

我最后回头时，见到沈虞孙已经爬上沟岸，鸿喜仍跪在地上，伸长了脖子对他嘶叫。

他一定会照顾好鸿喜的。

我想。大蓬绿树和山崖随之遮住了我的视线。

到了比较安全的地方，蛮子队伍放慢了速度，打头的蛮子发了几个简单的命令，他们就地休整，人不卸甲、马不解鞍，看起来纪律井然。打头的蛮子很有礼貌地向我打招呼："你好，我叫登乐尔，你记得我吗？"

"呃……"我想告诉他我失忆了，前尘往事一笔勾销，可又有点犹豫：程昭然当年难道连蛮子都认识？不至于吧？

"双瞳山，我差点打死你，后来你们皇帝救了你的？"他给我提示。

"呃……"我去援助季禳时，曾经看见一道刀光向我劈来，随后就失去了知觉，难道竟不是刀，而是石矛，而拿矛的人——"是你劈的我啊？"

"对，对！"登乐尔非常开心，手舞足蹈跟我描述，"那个时候，有天神帮助你们，我们要败了，我心想管他的，杀一个够本！刚好看到一个人晃晃悠悠走过来，我想啊，这丫的一看就不像个打仗的，犯在我面前，劈了算了。矛都举起来劈了，你啊，躲都不躲，我想着：别不是有天神护体，所以不怕吧？手上缓一缓，'当'的斜刺里就有一个人帮你拿剑架住。嘿，真是好兵刃、好臂力！拿剑架我的矛，居然给他架住！我知道来了好手，抬眼睛一看，穿红皮甲的人，模样跟你差不离儿，都像个娘们，可那皮甲做得真好、马也真好、兵器也真好，看样子是大将！我照头给他一矛试试，他剑不知怎么一闪，我胳膊有点儿疼，划了个口子，幸好躲得快，不然说不定就给废了。我知道来了劲敌，抖擞精神，搂腰、戳脖、点头，连环矛使出来，他是个好手！全给接了，还叫我腿上又挂了彩。我不信伤不了他，正和他大战，几个柴犬的兄弟跑来，我一想，还得带他们走呢！那不能打下去，就使个脱刀计，好歹——”

“你是柴犬？”我想起来，季禳跟我说过的，“你们是北方战斗力很强的一族，真族的先锋兵？”

“嗯！”他很光荣地点点头，“后来我才知道，那个跟我打的，是你们的皇帝。而你是兵部侍郎程昭然，帮你们皇帝打退了我们草原八百部族围攻。英雄！”竖起大拇指。

“呃？我没有做什么啊……”我彻底茫然。不就是送个粮包，什么时候传成了打退八百部族？就我这点小斤两，别说八百部族，就算八百个人冲上来，我也只有变成肉泥的份。打退？开玩笑！

“你给皇帝推荐的人，发明了天神的兵器。你的朋友在我们后方发动奇袭，把真族的老巢差点给他们端了。你的哥儿们，现在镇守孔地，把我们挡得没主意。”登乐尔扳着手指，如数家珍，“你是中原皇帝背后的铜墙铁壁。”

“你从哪里听来的这些话？”我诧异，“还有，你们怎么会出现在这里？”

“因为孔地不好过，所以我们借道元城旁边过来了。你们的皇帝在打绿眉王嘛，所以我们可以趁火打劫。”他倒老实，耸耸肩，“我这个先锋军是打得挺好的啦，不过古苏那实在不争气，大部队在后头被打回去了，我怀疑是方铮将军带兵包抄——顺便提一句，你们这位年青将军我挺佩服的——唉，早跟他们说小心咯，他们防不住，那没办法了，就留下我们在这里。”

“所以，你们柴犬作为先锋队，推进得太快，现在真主古苏那率领的大军被打回去，就留下你们在这边，是吗？”我终于有点搞清楚状况。

“嗯。”他点头，咧嘴笑着，居然还是很开心。

“那你们要怎么办？”连我都替他担心。

“本来是不知道怎么办啦，但一看到你，就好了。”他回答。

“我？”我愣愣指着自己。

“对！用你做人质，中原皇帝打老鼠顾忌着玉瓶儿，不敢对我们追得太凶，我们就可以顺利打道回府了。”登乐尔笑眯眯。

他阁下中文还真溜！我顿足自救：“你弄错了。我不是皇上的亲信了。我已经被贬职，你可以去查！”

“我不信。”登乐尔头摇得像拨浪鼓，手在背囊里抽啊抽，抽出一根长绳子，“英雄，为了以防万一，能不能让我先捆上你？”

我……我反对有用吗？

远远忽有一声马嘶。

登乐尔刹那间有点变色，想招呼柴犬弟兄逃跑，但是，来的不是什么大部队追兵。

那马嘶只有一声,孤独、壮烈。

我甚至能在里面听出些喜悦的意思。

拨开枝叶、引颈而眺,见到红鬃毛的雪白身影,一瘸一拐,但是坚决地跑来,跑到我面前,前腿一软,跪在地上。

我震惊地捧起它的头。鸿喜,为什么出现在这里?为什么追我而来?沈虞孙呢?他又在哪里?

"这是你的马吧?"登乐尔在旁边轻轻道,"真是匹好马,它一定是把刚才那只熊甩了,跑来找我的。"

他说的熊是沈虞孙。

"鸿喜来找我,为什么要把沈虞孙甩掉?"我仍然不解。驮沈虞孙来不是更能救我吗?

"因为它已经受伤,没有力气驮着别人来找你。它只能自己来。"这就是回答。

我捧着鸿喜的脑袋。不,我还是不明白。我把它送给沈虞孙时,它不是毫无留恋地离开了吗?再见面时,它对我不是也没什么特别的反应吗?那么它现在算在做什么啊!

我的手触碰到它的腹部,满手的血。

它来的路上,一路蹄印、一路血。

原来,刚刚它不只是腿部受伤,连腹部也伤了。

那么深、那么深的伤口,我把手按上去,按不住。它的生命从那里流掉了,按不住的。

它哼哼了一声,眼睛像那个月夜一样明澈骄傲,用最后的力气梗了梗脖子,到底把整个脑袋的重量都搁在我怀里,眼神柔和下去,像个孩子,同我讲了和,温顺地闭上眼睛,死了。

我忽然明白了:有一种生物,它一生只认一个主人。如果它认了你,你尽可以辜负它、抛弃它,它是这样骄傲的生物,不会报复,只会昂起脖子离去,从此视你如陌路。除非最后要紧一刻到来,你才会知道,你仍然在它心里。它只愿意在你怀中死去。除了你,没有其他主人。

这就是鸿喜,我却直到它死去之后才明白。

"真是匹好马。"登乐尔站在我身后感叹,"不过我们要走了。"

我抬起眼睛看他。

"我也很爱惜好马,但现在没有时间把它体面地葬掉。你看,我们要逃跑,你要作我们的人质。"他解释,语气居然非常抱歉和难过。

我默默把双手伸给他:捆上吧。

鸿喜的尸体就这样留在了我们的身后。它没有坟。

季禳的军队，在我们屁股后头咬了很久，一直没有真的打，只是不断放箭，要求柴犬释放我。如果那样的话，他允诺不会为难柴犬的人，而且会给许多金银珠宝作我的赎金。

登乐尔没答应。“中原人有什么信用？我们要平安回到草原才释放你。”他这样对我说，并叫我按这个意思写个条子——他不会写汉语。

这个条子，就绑在箭上射给季禳军队了。军队的回答是不遗余力的攻击。

“搞什么？你们皇帝不要你的性命了?!”登乐尔一边狼狈逃窜，一边这么喊叫。

可能觉得救我无望，所以干脆猛打？我记忆中那个温柔的季禳，好像不会做出这种事；但是在各处流浪以来，所有人口中的那个辣手皇帝，又像是能做出这种事来的。我很混乱。

逃亡太疲倦的时候，我在马背上打了个盹，梦见自己被乱箭穿心，尸体跟柴犬的军人们躺在一起。朝廷的军队来收尸了，季禳亲自前来，在我尸身前肃立片刻，喃喃道：“我真的爱过你。”一滴眼泪流下来。很缠绵、很感人，但对已经死去的我来说，于事无补。我从梦里醒来，眼角还留着一滴泪，真实的箭在身边呼啸，当中还杂着火炮声。幸而那些火器，如果真是黄光研发的话，还处在相当粗糙的技术阶段，声音比雷还大、射程比箭还短，所以放过一阵吓完人之后，终于被撤下去了，改作纯射箭。箭雨越来越密，登乐尔把我一挟：“快跪！”有几个柴犬兵士中箭，跌倒在地。

我绝望道：“我作为人质根本没有用。丢下我，你们跑吧！”

“丢了你，我们更死定了。”登乐尔咬牙，挟紧我，带着所有人纵马狂奔。季禳的军队紧追不舍，从凌晨直到正午。登乐尔始终不许柴犬回身迎敌，全部精力都放在逃跑上，如果有人受伤掉队，那就掉队算数，主力军队绝不回头。草原马的脚力到底比中原的马快，渐渐拉开距离，到正午时分，天色忽然晦暗，大风劲吹、飞沙走石，柴犬趁此良机，终于甩脱了季禳。

我以为吹这么大的风，应该会下暴雨了，结果没有。“再前面就是枯摩山，每到秋冬季，那山里经常会吹出怪风。草原上秋冬时总是刮北风，说不定是草原的北风吹进山脉里，被山崖一夹，再出来，就成了怪风。”登乐尔这样说，“中原这边的天文地理，我早就打探清楚。秋冬我们自己马匹的草料就紧张，如果中原风调雨顺、万众一心，我打死也不听真主号令往中原来。这次举兵，胜算本来还是有几分的，可……唉。”摇摇头，整顿人马。

这一战，柴犬丢了大约大半的马，还损失了三分之一左右的人，全靠着登乐尔的机敏与神威，才算逃了出来。幸存的人大骂我：“这只中原兔子愣是一点用都没有，宰了他！”我反应比较漠然，倒不是真的多么视死如归，而是面临死境太多次，难免有点麻木，总觉得自己能够死里逃生似的。除非刀子真的扎进肉里，否则懒得害怕。

登乐尔果然挡在我面前，帮我劝阻他们："叽里呱啦瓦里瓦拉。""布喝瓜？"他们问。"叽里木鲁沙达耶奇瓦嘟摩。"登乐尔回答。

那些人看我的目光顿时多了敬畏，躬腰退下，准备饮食休息，没忘记给我准备一份吃食和铺盖，并且表情心悦诚服。我暗地里问登乐尔："你跟他们说了什么？"

"说你是福将，不管碰到什么危险，都能保住性命。我们只要紧跟着你，沾一点福气，逃生的希望就大大增加。"他回答。

他还真能扯！我一时无言以对。

"我说的是实话。"他认真道，"战场上除了实力，还需要一点运气。我觉得你有运气。"

真有运气，还隔三差五的被人绑着跑，身边的一匹马都没能力保护？我不看他，别开脸。他倒也不再说什么，我们吃了一半野果野草、一半干粮，再加一瓢凉水的晚饭，就地躺下睡觉。

晚上，我肚子不太舒服，可能是那瓢凉水的关系——因为怕被追兵发现，他们不敢生火，喝的都是凉水。他们大草原来的肠胃倒好，没出什么事，我可吃不消了。

拉肚子是一件尴尬的事，被劫持时尤其如此。登乐尔押我去草丛解决，而且还打算盯到底的那种。我大怒："你有病啊？！"

"你趁机逃跑怎么办？"登乐尔不为所动。

我、我……我难道拉个肚子还非要告诉他我是女儿身不可？如果告诉了，他趁机非礼我又怎么办？我一边忍耐着腹部的不适，一边恶狠狠抬头瞪他："你如果不站远点，我就大声喊叫让追兵听见，要不然我就自杀！如果不死，我发誓让你们都尸骨无存！"

他怔一怔："什么？"

"你马上走开！不然我用天神的火烧你！"我低声咆哮，赤裸裸地威胁。哼，我就不信了，活人还能让屎憋死！他如果两秒钟之内再不站开，我、我、我——

"什么人？"登乐尔忽然向旁边掠去，那里有个猫腰的人影。

难道是向予救我来了？那我也顾不得了！提着裤腰带，赶紧先往草丛里面钻，呜……如果真是向予，辛辛苦苦追上来救徒儿，结果徒儿我正在拉肚子，还要靠他转移敌人注意力才能拉成，这是多么丢脸的状态。人生没风度之事十居八九啊……我掩面反省。

好容易轻松了，我走出草丛。登乐尔正在对一个柴犬士兵低声说着什么，原来刚刚那人影是他。士兵不停点头，登乐尔把手一挥，他就走了。登乐尔留在那里，作沉思状。

我走过去问:“怎么?”

“哦,我在想,别看你长得跟玉雕的似的,原来拉肚子也是臭的。”他回答。

我脸一红:“废话。我是正常人好不好?”正常人拉屎有不臭的?神经!不满意的话,他再去找一尊玉雕好了,看能不能见天儿的屙金子给他,哼。

脚下突然踩到个软绵绵的什么东西,难道是虫子?我有点怕,可是人真奇怪,越怕越要看的,我低头,见到一只小皮口袋,上面刺着老虎皮一样的连环圆纹、还画着尖刀。“这是什么?”我拣起来问。

登乐尔的神情无比惊喜,从我手中接过:“要不怎么说你是福将!”

“什么?”

“刚刚他就在找这个,我把他劝回去了。幸好你找到!这下他安心了。”

“到底是什么?”我好奇心旺盛。

“护身符。”他道,“家里的女人求给出门的男人的。”

啊,对,他们家里也有女人,也有老人孩子。我忽然认识到这一点,很受惊吓。

因为之前,我根本把他们当一种异样的动物看,没有进化完全的、野蛮的、只知道到处劫掠的肉食动物。可是他们也有家人,家人也都在虔诚地用吉祥物求他们平安回家。

“自己也有家人,为什么要出来劫掠杀人?”我轻声这样问。

登乐尔很好笑地看着我:“你们中原人没有杀我们草原人?”

“我们也有?”我张大眼睛,

“对,抢我们的牲口,杀我们的人,把我们抓过去当奴隶,逼我们交税。”他耸耸肩,“那是以前的事。那时候我们打不过你们,活该被欺负。现在不一样,我们养了好马,造了强弓,也学会了有用的攻战方法,现在轮到我们来打你们了。”认真地看看我的脸,“你不知道?哗,真是纯洁,你们的皇帝什么都不告诉你?”

我张口结舌。

“你回去睡吧。我先把护身符拿过去。都抓紧休息,过两个时辰还要赶路。”他道。

现在大概是半夜,两个时辰后正是凌晨,是天最黑、好梦最酣、人最不想醒来的时候。那个时候要行军逃跑,会比较容易躲过季禯的耳目吧?我知道严重性,虽然想赖床,也没有试图提抗议,乖乖回去和衣躺下睡觉,越想睡,越睡不着,迷迷糊糊听见登乐尔回来了,他也不睡,摩挲着什么东西。我睁开眼睛,见是个笛子似的东西,也是木制管状,但两端有角,而且向上弯着,孔很少,好像只有三只。我问:“这是什么?”

“笳,”他耸肩,“胡笳。”

“胡笳?”中原把他们称为“蛮子”,称为“胡”,所以他们用的乐器,就被称为“胡笳”,就像皇上吃的饭,被称为“御膳”一样,加个前缀,尊卑褒贬,都在里头。那个冠了“御”字的，实际上是什么东西，我算见识过了；这个加了“胡”字的，是个什么？却要好好瞻仰一二。

它的光泽甚好，近了看，原来不是木头做的，材质像是芦苇秆，制作自然没有那些琴啊箫啊什么的精致，但也自有种用力的力量。“它吹起来好不好听？你会吹吗，怎么不吹？”我问他。

“太悲伤了。吹响这个，所有人都会想家的。”他把胡笳放回去，“行军中，我不允许吹任何乐器，除了军号和战鼓。”

这个满身肌肉的蛮子，竟然有这样的心思。北虏中，像他这样能干的将领还有多少？我有点儿为中原担心。

可是他这样坚定地不肯吹笳，又忍不住取出来抚摩，也许心底确实是想家了吧？这样想家，为什么又要出来带兵打战呢，千里万里，还不知回不回得去。我又有点为他伤心。

“睡觉。”他命令我，“不然待会儿没力气走。”

我倒是想睡觉，可是他脑袋一放下去，就打起呼噜来了！真正的声如雷鸣啊。呜，我发誓以后我如果嫁人，一定要嫁不打呼的！这得作为首要的、必要的、坚决的条件！

我是一边下决心、一边蒙眬睡去的。刚眯了下眼睛，又被叫起床，摇摇晃晃往前走。

面前一条必经之路，枯摩山脉在这里开始绵延。越拔越高，到东北边，就成了我援助季禳时曾攀缘过的绝壁。如果说那边的山就像个顶天立地的汉子，这里的山还只不过是顽皮的少年，不但矮了许多，而且不肯老老实实站成一座石壁，当中裂开一道，成了峡谷，这峡谷听说蜿蜒通向北方草原，正是登乐尔来的途径，也是他回去的唯一途径——如果他不想往孔地去绕道的话。

这一块地域，照理说行政区划该属于“元地”。周阿荧跟我说过的，元地跟孔地一样，扼守着中原对北边的咽喉，而且地势比孔地更险，又紧接着粮米丰富的西南，是兵家必争之地。而元地的首府，就叫元城了，是“我”当年父亲当官的地方。而今元地太守，却是位皇亲国戚，人指地为号，尊称他“元王爷”的。

“元王爷在哪里？他就让你们这样来去自如？”我问。登乐尔只是耸耸肩，别有深意的笑笑，看着面前的峡谷发愁。

峡谷的西边是荒漠。他有两个选择，一是从峡谷当中走，二是从荒漠绕过去。中原军队在这里有没有伏兵？如果有，到底埋伏在哪条路上，峡谷还是荒漠？这个选择就意味着：生，还是死？

峡谷老树参天、藤萝森森，登乐尔犹豫很久，挥手：“往西。”

他觉得峡谷比荒漠危险。

我终于忍不住发声:“你再考虑一下。”

登乐尔看着我:“什么?”

我并不是很懂得军事,而且他们是敌人,照理说我不应该帮他们。但,那个夜晚,急得出来找护身符的敌人,还有摩挲着芦笳的敌人……唉,他们在我眼里,从“蛮兵”变成了“人”,我不忍心看人送死。

“你们剩下的兵,无论如何都比中原的军队少吧?兵力少的,打游击还有一线生机,但如果在平地被围,那是死路一条。”我道,“季禳如果够聪明,只要放百分之五十的力量在平原等你们,你们就是百分之两百的死。”

“但峡谷如果有伏兵,我们成瓮中之鳖,那就是百分之四百的死!”登乐尔瞪起眼睛,把死亡率翻倍。

这是真的,峡谷两头一堵、再放把火,像铁筒里烧老鼠,老鼠必死无疑。但,任何自然的山脉都不是铁筒,只要应对得当,总有生路。我凝视山谷走势半晌,蹲下来在地上画数字,边画边道:“这山不是很陡,精壮的兵马可以上去。你这些马,只派出三分之一受伤或较弱的,不要每匹都坐人,只坐几个人,装出赶马的样子,先从谷道把它们赶过去,但每匹马的马腹都藏着一个伤兵。如果有伏兵,他们在山高处,看不见马腹,只当你们这几匹马是疑兵,暂时不会发动。剩下的精壮,在谷这边展开旗号,装作在驻扎的样子,其实都悄悄摸上山。而平安抵达峡谷那边的人马,看山头一发动,都大展旗号,一个人作出几个人的声势,大喊着增援上来。伏兵不知道我们有多少人,而且会疑心我们得到了后方增援,也许会退去,我们就有生路了——你看这样如何?”

登乐尔没说话,我偏过头,见他呆呆看着我,不知想什么,只好再问他一遍,他嘴咧了咧,道:“你现在用词是‘我们’了。”

我脸一红,呸道:“谁跟你‘我们’! 我就是不忍心看到死人。爱听不听随便你。”

几个蛮子凑到登乐尔身边叽里咕噜。登乐尔应了几句,手掌在空中一砍:“就这么办!”

我的计划顺利实行。弱马和伤兵平安到达峡谷那端,山顶寂寂无声,像是没有任何伏兵的样子——如果真的没有任何伏兵,也倒好了,可是我们剩下的精锐摸上去时,看见了预料中的朝廷官兵。

他们身边且有怪模怪样的物色,像投石机,但是膛子很大,还有火线。

他们专心的观察着山谷,暂时没有发现我们。

登乐尔作个手势,叫柴犬士兵冲锋。

到这时候,我才领悟,这又是血肉冲突的一场搏斗,一定要有人伤亡、有人死。而且,中原人如果有伤亡,全都因为我的关系!

我直起身子，大声喊："你们被反埋伏了，快逃！快逃啊！我是程昭然，你们听我的，快逃！"

那些官兵被登乐尔他们大喊着一冲，吓得都蹦了起来，有小兵下意识地把操纵杆子一拉，投石机上的弹药投进山谷中，"轰"燃起熊熊火焰，却对谁都不能造成伤害了；刚刚到达谷那边的柴犬们也大张旗鼓呐喊而回，很是吓人。中原官兵不知对手有多少人，再被我这么一叫，抱头鼠窜。我死死拉住登乐尔："千万别追。"

"我们这点人，追他们？傻啊？"登乐尔哈哈笑，"大家快撤快撤。"

这个混乱的战场很快又太平下来，谷里的火还在烧，不知放了什么助燃剂，声势吓人，火焰卷了半壁，小半个谷底已经被烧成焦黑的。刚刚登乐尔他们如果从谷底走，后果真正不堪设想。我伸长脖子问："有没有人受伤？有没有人死？嘎？没有？"

柴犬没有，逃走的中原官兵好像也没有。这次战役，好像真的没有任何人死哎！我笑得合不拢嘴，忽然腿一软，坐到地上。

"怎么了？"登乐尔急问。

"腿抽筋……"

于是我成为本次战役造成的唯一一名伤员。

之后的日子，我们一直在山里走，避开所有的大路，以及稍微大一点的路。隐藏形迹要紧，一直在几乎没路的山里钻，无用的马匹几乎被丢光了，最后只牵了两匹，据说实在是好马，登乐尔不舍得丢。

我不愿意他们跟中原士兵再打战，于是倾全力帮他们逃过追兵眼目，想起林紫砚那些山民的打扮，便叫登乐尔他们给马身上披上草被子，人身上则密密插上松毛，果然很有蒙混效果，官兵追了我们一段，就彻底失去了我们的踪迹。只是路走得远，食物不够了，于是我们沿途积极打野兽，打到的除了供自己吃之外，遇到山民可以交换些盐巴、杂面之类的给养，还可以拜托他们给我们指路——光靠我们，在深山里转来转去的，实在头晕，虽然星星也可以判断方向，但这里不是平原，你就算知道自己要往北方走，可面前偏偏是一道悬崖，怎能不绕道？没当地人指路的话，绕过几个弯，神仙也要头晕了。

山民看到我们这样的队伍，不是不起疑。幸而我早已拜托登乐尔他们把武器包起来藏好，那造型夸张的小辫子都拆散了，身上画的彩绘图案也抹去了，披着头发，将就着看看，可以冒充中原野人，最多带一点禽兽血统，不至于立刻往蛮兵方向联想。实在有诘问的，咱就回答："给王爷当家奴的，实在混不下去，逃出来了。"山民们一则看我们可怜，二则也贪图我们送出的野味，便不再多问。

我们一路向前，枯摩山脉终于快到了尽头，双瞳山就在东北方向不远处、林家堡也就在身边了，我感怀着那段时光，不由有些唏嘘。而登乐尔的心情自然又不一样，欢欢喜喜地指给我看："那边。风吹着三棵特别高的松树的山头，再过去，就是草原了。我都辨认出风里的味道了。这种时候，中原的山还是绿油油的，我们草原的草全都枯了，放眼望去，一片黄色，风吹过去漂亮得不得了，比春天又不一样。那些草虽然枯了，大部分还是竖立着的：土地好，它们长得结实，别说风吹了，经霜都没用，要下了雪才会压垮。雪天的草原才精彩呢……你愿意跟我们一起回去吗？"

"什么？"我本来在悠然神往的想象冬日草原风光，猛听这句话，吓一跳。

"你们的皇帝不救你的命，你还跟他干什么！跟我去草原吧。我还有个妹妹叫吉伦安米娜，意思是阳光中的小鹿。她本人像她的名字一样活泼美丽，你一定会喜欢她的。来不？"

这算什么。色诱？我微笑："那登乐尔，你的名字是什么意思？"

"一棵孤独的树。"他做个鬼脸。

我笑弯腰，再直起来时，叹口气："不，我要回中原。"

"为什么？"他奇怪，"你明明不喜欢你们的皇帝。"

"我不喜欢他？"我皱眉。

"嗯，谈到他时，你从来没笑过。"他道，"我们谈到喜欢的人时，一定会笑，不是吗？"

也许他说得有道理。但，我对季禳……我再长长地叹一口气："我要去见他一面。"

关于净灵石，关于厉祥，还有关于整个天下的事情，我有太多问题要跟他谈。不管山那边的草原多么辽阔清朗，不管草原上的男孩女孩多么美，我不能去，至少现在不行。

但我还没来得及跟登乐尔说，几只猴子便在树梢上探出脑袋。

"吱，吱吱！"

中间的那只脑袋，好像跟猴子有点区别。是猿……？不，是林紫砚。林家堡的堡主，猿人小孩林紫砚！

我刚认出林紫砚，那些猴子们已经齐声鼓噪，吵得像一大群炸进油锅里的乌鸦，张牙舞爪全扑上来。蛮人们没提防，给扑得都鬼叫起来，举手举脚要踢打，猴子们可全灵活得跟鬼似的，愣叫他们抓不着。

这里乱着，林紫砚手伸过来，把我一拉，就要拉我走，忽然撕心裂肺一声惨叫。

这声惨叫，我不知道是在我身后发出，还是在林紫砚口中发出，抑或是同时发出？

登乐尔的怪矛已经挥过来，矛尖竟是血淋淋的。他矛法强健，林紫砚怎敢轻撄其锋，闪身跳开，撮唇一阵怪啸，登乐尔也随之怪啸。

地上有一只猴子，柔软的腹部被切开两寸长的口子，露出一点内脏，是破碎的，大概里面的重要器官已经被登乐尔长矛刺碎了，它两眼圆睁，已然毙命。刚刚在我身后发出怪叫的是它。登乐尔以为它们要对我不利，挥出矛，先杀了它。

同伴惨死，众猴暴跳狂叫。林紫砚眼中悲痛比众猴尤甚，怪啸出口，众猴跳跃之势便更怪异，下爪也更狠，看来是动了杀心。一名柴犬大叫一声，咽喉之侧已被抓得血肉模糊。而登乐尔一啸，柴犬们背对背站好，挥舞着武器，要把猴子斩尽杀绝！

“都住手！！！”我张大嘴，用尽全身力气尖叫。

战局暂时停下来，林紫砚跟猴子们跃在树上，摇摇晃晃攀住树枝，警惕地望着柴犬。柴犬们大口喘气，受伤那个人倒在地上，恐惧地呜咽着，登乐尔替他止血，一边愤怒的大声问：“怎么回事？”

我对林紫砚道：“怎么回事？”

林紫砚蹲在树杈上，眼骨碌碌转，看看柴犬们，再看看我，不想张嘴。

“说出来！”我顿足。

“好吧好吧。草原上在放烟，我觉得不太对劲，去打探了，据说有个人落在柴犬手里，皇帝愿意用玉帛百担、俘虏千人，跟草原真主换这个人，真主就放烟，叫柴犬看见了赶紧联系他。我打听这个人的样子，像是你。听说你们进了枯摩山，那是我的地盘。我就等着，想把你救出来，这样你的皇帝就不用给钱了。”林紫砚生气道，“你干嘛非要我说出来，这下他们有防备，不好救了。”

登乐尔冷冷道：“你倒再救一救试试？”

他们愤恨对峙。我咬住唇，问登乐尔：“有刀没？”

“干嘛？”登乐尔问。

“给我！”

他看了看我的神色，没敢多说，真的丢给我一柄骨制小刀。我接过来，蹲在猴子旁边，牙关一咬，把刀尖冲手腕扎下去。

“你干什么！”登乐尔和林紫砚一起冲上来，又互相瞪一眼。

血淋在猴子身边。

“这是赔给它的，虽然也不太够，但我没别的办法了。”我道，“我拜托你们，现在住手，不要再为了救我而厮杀。我赔不起。”

真的，对于我这样不值一提的人来说，谁如果肯对我好一点点，我都恨不能加倍报答。那么，如果为我连命都送掉，我又怎么办呢？鸿喜一条命，已经太重。我负担不起更多。我只有一条命，赔不起更多。

我的眼泪掉下来。

“喂，要去哪里，你自己选吧。”登乐尔轻轻道。

“什么？”我抬头看他。

“你对我柴犬有恩，所以你的去向你自己决定吧。如果不想回到那个绝情的皇帝那里，想去别的地方，我放你走；如果想跟我们一起生活，我代替全族人欢迎你。”

“真主不是你们老大吗？你不问他的意思，可以自作主张？”我奇怪道。

登乐尔哼了一声：“从前敬真族当老大，那是敬古苏那的祖辈父辈，他们是真英雄，现在到古苏那身上，算个球？前几战我说不好打的，他不听，吃亏到现在，人力物力不知耗掉多少，他还敢跟柴犬找麻烦？我愿意保举你到草原，他敢啰嗦，一拍两散伙，我们柴犬又不是卖给他了。他要不识相，拿把刀，马背上说话。要打要杀我接着！”他挺胸。

这话豪爽。我笑了笑：“谢谢你，不过，我选择回去。以后有缘再见吧。”

他很沮丧：“以后再见，也许是两军对阵了。”并没有浪费时间作太多伤感，一甩头，“我送你回你们皇帝那里。”

“万一他打你……”我很担心。

“不会送得很近，看你安全再走。”他龇了龇牙，“笨蛋。”

“朝廷驻军的地方我知道，我带你们过去。”林紫砚吸吸鼻子，“那这事情算解决了？”

“算吧……”

“我的猴子白死了？打得一点意义都没有。而且你不感谢我，还教训了我一顿？”

“呃……”

“下次，我再也不会管你的事！”林紫砚狠狠撩下这句话，呼啸着领着猴子在林梢上远去。呃……应该是带路，而不是使性子乱跑吧？我们紧紧跟上，直到山林变疏，前面是处较平缓的山坳，林紫砚手指了指：“呐，他们就在那儿等着！”也不等我们回话，自顾领着猴子们遁去。我追着道：“哎——”“别叫我！我葬我猴子去！”树梢里丢下这么句话。我只好停步，登乐尔拍了下我的肩，一偏腿跳上马，“你救过我们，如果再见面，不论是何情形，我将会让你一个马头。驾！”

都没有好好地道别，就领着柴犬们呼啦啦走了，这家伙！我只好自己对他们的背影挥手，喊：“再会！”他随便把手臂摆了摆，头都不回。

真是的，我还没有来得及问他，“让一个马头”是什么意思呢！来去一阵风。我叹着气，看着远远的山坳。

那里有中原的帐子，还有一些人。他们已经看见我，很是激动。我举步走下去，山坳里的汉人也向我迎来。可是另一边，数百米之外，忽然出现一个人。

面孔白净、也算秀气，他看着我，满脸是谴责和嫌恶的神气，向我招招手，然后回身就走。

他认识我？或者说我“应该”认识他，我“应该”跟他走？凭什么！我欠过他吗？我迟疑一下，还是跟过去。

在我跟他之间，忽然又出现几个人，为首的正是三湖水泽曾试图带我走的白衣书生，右臂被登乐尔打烂了，到现在都垂着，又另外领了几个人，着装也有袍子、也有链子甲，无一例外都是武林人，从手里拿的刀剑也可以看出来。而这些武林人，都照着白衣书生的吩咐杀向那个人。

“你们干什么？住手！”我尖叫。比我的叫声更快，那个人身边闪出一个全身穿着黑色、连头脸都用黑布包得严严实实的人，手往那人肩上一搭，同他一起消失在山石后面。白衣书生这边都大喊着追了过去。出了什么事？

“你们到底在干什么！喂，喂！！”我惶急地跺脚。这时候，如果向予没有禁制我的武功，如果我有能力冲上去啊——

“侍郎，快这边来。”有人招呼我。是山坳里的将士赶了过来，打头一个人的声音真耳熟。我抬头，见到方铮。

他比以前晒黑了，穿着全套的盔甲，看起来有点陌生，但更加成熟可靠。我终于找到可求助的对象，指着那人消失的方向：“喂，这是什么状况啊！他——”

“真的是余公子吗？他怎么没有死？”方铮道。

呃……啊？什么余公子？我愣愣看着他，没听懂。

“那个人，是余公子吧。或者说下官认错了？”方铮下巴对那人消失的方向点了点。

“认错？”我已经完全迷糊了，只能重复这句问话。

“嗯，真的长得很像啊。还是说侍郎您也没认出来？”方铮道。

“呃……”我根本不认识余骏远好不好。如果真的是余骏远的话，又为什么不跟我好好打个招呼、聊聊天呢？打哑谜很好玩吗？！我有种抓狂的冲动……

白衣书生回来了，神情郁闷，向我深深拱手：“属下惭愧，没有抓到乱贼。侍郎受惊了！”

“那是乱贼？”我不可置信地问。余骏远身为官宦子弟，虽然后来阖家遭难了，跟乱贼的距离也有点远吧？他会成为向予一类的人物？

“嗯！皇上特别吩咐，这个时候，要防乱贼捣鬼，命卑职前来。卑职惭愧，没能照皇上嘱咐，格杀乱贼。”白衣书生越说越悲戚，“求侍郎在皇上面前美言几句……”

是！是！如果他当真“手刃”了，那还了得？幸好没有！我连连点头：“抓不到就先算了，没关系的。”

如此这般，他们簇拥着我，一副“摆驾回宫”的豪华姿态回去。约莫行出两三站路，见到前面有座城池，方铮对我拱手道：“戍外将士，非经传召，不得入内腹城池。属下送您到这里，侍郎保重了！”

“是……”骤然要分别，还有些依依不舍，我一路只顾想自己的心事，没忘了问他好不好，现在赶紧补上，“你辛苦了吧？还好吗？听说你领兵领得很好，我听了也觉得很光彩呢！”

他低头一笑：“还好，都是侍郎带出来的。让侍郎见笑了。”

“我哪有带你？”

“不是双瞳山一役，方六郎不会加入行伍，现在恐怕还在京城荒唐。”他道。

这话说得有理，看来我果然有功劳。我笑起来，仰头再问他：“现在你不调皮胡闹了？北边的事务学得还熟吗？”

“还好。”他摸摸鼻子，“学啊学的，也就学起来了。”

这话是金玉良言。什么东西不是学啊学的学起来。我考考他：“那你知不知道，草原人说‘让一个马头’，是什么意思？”

“嗯。他们喜欢赛马，有人在起跑线略为退后，让别人一个马头，就像下棋让一子。侍郎问这个作什么？”

“有个人说如果以后见面会让我一个马头……”我抓抓头，“不过应该随便说说的吧。没什么事。你回去吧，路上小心！”

我这话说出，旁边有几个小兵偷笑。笑什么？我茫然不知所以。方铮微笑道：“大人眼里，我总还是刚出家门的孩子。”

呵对，他已经是镇守一方的将领，不可以再像对待大孩子一样关照他。我忙着要挽救一下：“那——”

“大人自己保重。”他已经偏腿上马，向我拱了拱手，绝尘而去，像登乐尔一样，也没回头。

又是我说错话得罪人了？唉，我就这么一个没素质没希望的家伙了，灰溜溜进城休整去吧。

第四章 往事迭起

城里很整肃，像向予曾经带我去过的城一样，干净肃杀得简直像是兵营。听说这就是元城，应该是“程昭然”长大的地方，是她的半个家乡。我把她的身体带来还乡了，却只是个躯壳，壳子里的灵魂是个陌生人，这真叫我不知从何说起。

迎面奔过来一个人，一个躬打到地上：“大人哎，你总算回来了！瞧，这是怎么说？怎么弄成了这样？”说着便抽泣起来。

这么肉麻的家伙，不是别人，是张涛。

他穿着身酱色棉袍子，加个皮背心，小小的一圈毛绒领子，淡灰色，不晓得什么毛，衬得脸色比从前更白净，身量倒是没长高，谄媚起来，神情更加真诚：“来来，大人快这边走，先喝口热水，洗洗，换身衣裳。瞧这弄的，唉，皇上看到，不得心疼死。”

热水澡确实是极度需要的。看到满池热水，我两眼冒星星，简直想立刻泡进去。张涛殷勤跟我讲：毛巾在这边，胰子在那边，又道：“大人可能不喜欢别人侍候，但如果需要——”

“不、不需要。你出去吧。”我赶紧道。

他出去，我才敢宽衣解带，泡进水里，“唔”一声，舒服得眯起眼睛，简直想就此打盹，但暂时又没空——呜，都不晓得身上有多脏了，搓搓搓，脸红地搓搓搓……

这个池子设计很好，水从池底的一个口子流进来，又从另一个口子流出去，保证池里始终有干净的活水，而且水温也总是温暖的，在秋冬交际的寒意里，一个疲倦的人泡在里面，真是很容易睡着的啊……所以我又睡着了。

这一次，没有梦。对现在的我来说，没有梦简直就是美梦，仿佛回到死亡的宁静深渊，什么人都不出现，安宁无限。是活泼的音乐声把我吵醒。睡了多久？我慌忙从池子里爬出来，擦干身子，换了干净衣服，一身畅快，步出门去，发现张涛带着几个侍女在外头等：“大人，腹中可饥馁？请这边来。”

他们一直在等？我红着脸答应着：“嗯！”想了想，“怎么有奏乐？”这么巧，不然我还不知睡到什么时候……

“温泉泡着舒服，但一次泡得太久了总归不好，所以设钟磬，以便大人出浴。”张涛小小声跟我说。

我的脸上更烫：原来是特意为了把我叫出来，才奏这个乐的。

但他们为什么坚持不敢进来叫我呢？张涛知道我是女儿身，所以他觉得自己不方便进来吧？不过他是宦官，照理说……呃，我也不知道照理应该怎么说。不过，侍女进来应该没问题吧？

也许是季禳觉得我不愿意别人发现我的真实性别，所以特别命令张涛不准宣扬？

“皇上他在哪里？”我低声问。

“皇上仍然在京里忙军务，他吩咐小的，接到大人之后，就前去见他。”张涛回答。

我答应了一声。刚刚在浴池里……其实我以为他会进来。是担心、还是希望？我不太清楚，也只能骂自己一声：“你这个满脑子胡思乱想的笨蛋！”

“但是我有急事要问他！”我皱眉。

张涛聪明伶俐，建议我修书一封，用“飞翎传信”传过去。我想想，也只有这个法子了，提起笔来，也没什么文采，将就着这么写：“拜托千万别叫人杀那个长得像余骏远的人，我有话想问他。”想了想，又加了一句：“也要问你。”

还能说什么呢？我要说得太复杂了，真的要试图表达清楚的话，写上几百字恐怕都不够吧，那么多字让鸟儿抓着走，我很怕那只鸟负重翱翔，最后会摔死。想了想，到底没再补什么字，只在字下加了两条粗粗的横杠，便卷起纸来交给了张涛。

之后三天无话。我们一路往东南方，回京去，沿途官员自然都曲尽奉承之能事，想起来，最初进的元城，太守没有出来迎接，倒是值得奇怪的事了。

他们没有把我带进宫，而是载我去了荣苑。

我下车时，园子里各色菊花正开，似一片海，季禳站在海的那边，深吸了一口气，快步向我走来，一直到我面前，双手握住我的手：“你来了。”就这么三个字，声音忽然有点儿作哽。

他好像比以前黑、比以前瘦，但也许只是我的错觉。也许他的相貌没有改变，只是太多的时光、太多的事件横亘在我们之间，模糊了我的视线。

我低头下拜：“皇上。”他紧紧拉住我：“去坐下。路上辛苦了？”很仔细地看我，痛心道：“你瘦了。”

当我们真的关心一个人时，总是担心他瘦了，他没有休息好，他会太辛苦。我在他心上占多大分量？我想我没有资格去猜测。

所以我只是低头道：“我见到那个人是不是余骏远？他还活着吗？”

季禳回答道：“朕不知道他是不是。只不过接到情报，有人可能对你不利。你请求朕放他一马，所以朕没有全力追捕他。也许他还活着。”

“最好是活着啦……”我踌躇：“那人好像对我很生气。我得罪过余骏远吗？”

他脸色一变：“朕并不清楚。”

什么都不清楚，好讨厌！我嘟囔：“我不要来这个世界就好，给程昭然收拾烂摊子——哎呀！”双手捂住嘴，糟糕！我在他面前说出来了！

他看了我一眼:"胡扯。程昭然不就是你？这种话不要再提。"

"你——为什么这么信任我?"我实在困惑:"为什么不怀疑程昭然真的死了,我是其他人穿来还魂的？为什么一定相信我是程昭然!"

他沉默了很久,声音苦涩:"因为,有净灵石在,你不会死。他不会让你死。"

寒意爬过我的肌肤:"你说的他,指厉祥?"

他不说话,默认了。

"这个我也想问你的！我听人说,净灵石会起死回生,为什么它会在我身上？我做梦,好像是你的回忆到了我梦里,当时你很小,在生病是吗？他说他会修炼成净灵石来救你,是不是真的？为什么你的记忆会到我梦里?"我连着问下去。

他一时面色惨白。

我问到他很痛的地方了吗？我有些内疚,也许该委婉些试探的……

"那是我的记忆。也许我度真气救你时,把一部分带到你身体里了。因为我们都是他救的人。"

我没有听懂:"我们都是他救的人,那又怎么样?"而且,我是不是真是"他救的人"还有待商榷好不好……

"所以,我们的身体里都有他的灵魂,容易互相影响。记忆也容易互相混淆。"他低声道。

轮到我目瞪口呆,重复他刚刚问我的话:"这是什么意思?"

"净灵石是用生命凝结出来的石头。他给了我,所以我身体里有他的生命;他给了你,所以你身体里也有他的生命。"

听起来很伟大？就像他是我们的父亲似的。我怎么觉得这么恶心！简直想呕。

"那个石头,真是从他身体里凝结出来的?"我艰难地问。

"是。"

"他是为你才修炼净灵石的吧？他以前对你那么慈祥,为什么后来会变成恶魔?"我跳脚,"嘎,这是为什么?!"

他不语。

"还有!"我忽然想到一件更重要的事,"石头会起死回生,而这个石头又是从他身体里修炼出来的。哇,那他会不会起死回生!"

这话说出,我们两个人都激灵灵打了个寒战。沉默,沉默,风吹过去——

"不会。"季禳坚决道,"斩断头颅是无法复生的。"

"但我明明就……明明有的时候,像听到他说话什么的——而且,民间也传说他闹鬼不是吗?!”我抓住他的衣襟,“你保证不会?”

季禯的眼神闪过一丝犹豫。

“你也不确定,对不对?”我更害怕了。一想到那个恶魔有可能复生……呜,怎么样都好,但是不要让他复生!

“应该是不会。所有的传言,应该只是疑心生暗鬼。”季禯下定决心,“好吧,我会让你去看看,好叫你放心。”

“呃?”

“我会带你去开棺,看他的尸体。尸体可能正处在腐烂中,也可能已经是白骨。你受得住吗?”

“呃……”尸体只要不跳起来打我,应该受得了吧?它腐烂管腐烂,又不关我的事。再说,看过一眼,确定了,总比一直担心害怕来得好。

我咬牙:“去。”

说去就去。在路上,我又想起一件事:“你在国家施行的制度是怎么回事呢?经商也不准,把人像军队一样管理,为什么?而且你还瞒着我——”

“这个讨论下去,话比较长了。你会给我这个时间吗?”他看我一眼。

“啊?”

“你肯长久地陪在我身边,听我跟你解释下去?”他慢慢道。

这个……也算是求爱吧?我脸又烧起来,努力把话题扳回正轨:“现在民间很糟糕,你的很多制度没有达到好效果,反而助长了僵硬腐败的风气,你知道吗?”

他别过头:“你当我是傻子吗?”

“那——”

“国家基础太弱,要集中精力把北虏打出去,只能先采取这样的措施。可恨那些反贼不以国为重,趁机作乱。这次北虏元气大伤,真主丧胆,总有十年八年不敢大举进犯,朕便可以好好整顿国内事务了。那些发国难财的,毁坏国家的,必定要覆灭。”

真有气派!仿佛雷霆万钧,我像看到一个非常高大伟人站在面前发出宣言,不觉有点儿迷糊:“这样子……”

“这样,你会留在朕身边吗?”

啊?怎么又绕回到这个问题上?

“如果有什么问题,你觉得朕做得不对,可以对朕提出来;如果有什么问题,朕没有想周到,你可以帮朕想。你想继续在朝为官,朕就封你为官;你厌倦了做官,想进宫,还是住在哪里,朕都依你。这样可以吗?”他的提议太有诱惑力,“外面已经逛了这么久,差不多了吧?你如果遇到危险,让朕怎么办呢?留下来,好不好?”

我猛然想到："我在绿眉水寨里，你派兵攻打？还有，柴犬抓了我，你后来也真打？你不在乎我死掉？"

"绿眉那里，只是虚张声势，借机救你。而柴犬……朕想，你不愿意被外族挟持着，或危害国家吧？"他道。

呼，果然是这样。能对我好时，就对我好；到万不得已时，就牺牲我的性命保全大局，而且觉得这符合我自己的意愿。如果我真的死掉，他会很有克制地流下一滴眼泪，也就这样了。他以为我会欣赏他这样对我，真是误会我。彻彻底底误会我。

"我的梦想是在太平世界，一个安静的地方，跟很爱我的一个人安安静静到老。"我低声回答。

"朕会给你太平盛世。朕也会同你安静到老！"他立刻这样回答。

我该怎么回答？说他给的安静一定不是我要的那种安静；说他深深爱着的人是程昭然，不是我？

陵墓已经在面前。我低声道："现在就可以进去吗？"

"嗯。"季禳道。陵墓门随之打开。我咦了一声，他问："怎么？"

"只用两个人就打开了？门没封死吗？"防守这么不严密，岂不是谁都可以闯进去对厉祥鞭尸？

"才过七个月，按照礼数，这里是派人驻守的。三年后才封陵。"季禳回答，"进来吗？"

我没看见几个驻守护卫，大概被他撤走了。他已经站在门里，影子暗下去，那里面的空气幽凉如蛇。我皮肤上暴起一粒粒鸡皮疙瘩，终于下狠心："嗯！"

石头的甬道很长，季禳亲自举着火把，影影绰绰的两壁石雕一步一步晃过去，面前是墓室门。守室兵士打开它。季禳命令："在外头等。"

我们现在站在陵室里，雪花石的棺材放在当中。真大，这具棺材，如果挤一点躺的话，里面可以躺下四五十个人。

几个肌肉强壮的工人上来，用杠子、绳子，把上半部的石头盖子掀掉，露出里面的东西，那是另一具棺材。

原来外面这一层叫"椁"，像礼物盒子一样套在外面的，最里头才是真正的"棺"，漆了很多层，钉得死死的。季禳再吩咐："下去吧。"工人们下去了，现在墓室里只剩我们。

季禳望着黑漆木棺材，脸上百感交集，抬起手掌，轻轻抚了一下，手指落在钉子上。

他、他他他——徒手就把钉子起了出来！

练过武艺就是方便啊方便，我正感慨着，棺材掀开了一条缝，立刻有异味逸出，很难闻。季禳没有退缩，直接掀开了盖子。

我本能地向后躲了一步。

季禳向棺材里微伏下身子时，我没有看到那里发生了什么，只看到季禳的肩膀忽然僵了一下，那感觉……很奇怪，好像他忽然变成了一个死人。

这时间只有一秒。

之后我快步向前："怎么了？"季禳回头："啊，"语气若无其事，肌肉也放松下来，指着棺材里，"你看吧。"

里面，是一具快腐烂完了的尸体，尸体喉管部位散落着许多石粉，较暗些的似锈红、较鲜艳些的似海棠红，仿佛带着妖气，但确实没有凝结成石块状，而尸体也没有半分复生的迹象。

"脖子断了，净灵石就无效了。"季禳解释。

我"嗯"了一声，没张嘴。那恶臭实在太浓了，几乎像是固体，熏得我张不开眼睛。我向门口落荒而逃，逃出几步后，很有良心地回头问："你走不走。"

"你先走吧，我再呆一会儿。"他站在棺材前面安静地说，那个背影……实在给人奇怪的感觉。

也许他们兄弟之间，曾经真的很相爱吧。我想着，留他独自缅怀，快步逃离了这间臭得可怕的墓室。

我以为季禳从那墓室里出来之后，会好好地跟我谈谈，再劝我留下来什么的。但是没有！他一头又扎回他的"国事"里——据说。

我反正连着两天没再见到他。

也许国家又有什么急事，我知书达礼识大体，可以忍。但我想到外面走走，门口的侍卫却把我挡了回来！这超出了我的忍受范围。

"怎么回事？我被软禁了？"我怒道。

"大人，您回去吧。皇上命令您暂时不要出门。"

"我要见皇上！"我继续怒。

"皇上说，他会来见大人的。"侍卫道，"大人您不要为难属下了……"

也对，他们都是听命办事的，跟他们吵没用。我埋头伤脑筋，想啊想啊想："你们叫张涛来。"

张涛好歹是季禳身边的亲信，又一直对我挺亲热的，而且是个聪明人，他也许能跟我商议商议？

侍卫们为难地对视一眼："大人，属下去传个话……到时能不能叫来，属下不敢说。"

龙游浅海遭虾戏。当年张涛等在宫门外牵我的马缰绳，如今能不能叫到，都不一定了。时也势也，这就是时势！我郁闷地挥挥手："好吧，你们去传话吧。"

回到房间，样样陈设都还是那么精致，但我觉得气闷；上好的木炭烧在炉子里，火很旺，没有烟，就算有烟也被巧妙设计的烟道排到屋外去了，我拨了拨火，还是觉得冷。

这种冷是从骨子里透出来的。

向予他们怎样？登乐尔他们怎样？季禳忙的国事是什么，为什么见都不能见我一面？我心惊肉跳，忐忑不安，恨不能揪季禳领子问个明白——又或者……或者跑出去，亲眼看看他们还在打仗吗？有没有人遭逢性命危险？我又能为他们做点什么！

"大人，您用饭。"一个侍女把中饭端进来。几天了，都是她送饭。作为侍女要从侍卫的面前走过，按照宫里规矩，是戴着帷帽来的，进了门才摘掉，恭恭敬敬高举着盘子给我看，我点了头，她才低头把碗碟摆到桌上，垂眉顺目的，我就没怎么看清过她的脸。只知道她皮肤娇嫩白皙，耳根老是红红的，不知道是不是外面寒风冻的。

唉，我想去外面啊。哪怕外面是寒风……

灵机一动，我想到主意了：把她打晕，我再换上她的衣服，这不就混出去了？而且还可以把她的帽子戴上出去，鬼认得出我啊？啊咧，时不我待、机不可失，就是这么着！

趁她埋头摆碗，我得意地举起了右臂，就准备挥下去！

——呃，不过，等、等一下。苍天啊大地啊，全宇宙的神仙鬼怪们啊，有谁是学过"打昏"这种技术的，能教一下我吗？这里是我的手，那里是她的脑袋，我要怎么样、拿什么道具、用什么角度、什么力度打下去，可以让她达到喊叫都来不及喊叫一声，瞬间昏而不死这种高难度状态啊？说书的老是让主角想打昏别人就打昏别人，想打昏几次就打昏几次，骗人的……我觉得靠我自己是做不到的……我抿紧嘴巴、天人交战、悲痛欲绝。

这时候，侍女华丽丽转头。

我的胳膊华丽丽定格在半空。

她问了句华丽丽的话："大人，您在做什么？"

"呃，我……"我正想缩回胳膊，挠挠后脑勺，说我在拍苍蝇呢，又怕寒冬腊月的，这句假话实在太假。而侍女娇羞无限地半闭双眼，说了句让我五雷轰顶的话："大人，您想做什么，就做吧。"——每个字都九曲十八弯，娇得那拐儿拐儿的！

"我、我想做什么？"我彻底拜服在她的娇羞之下。

她答道："大人，我为了您，死都可以。"

这个时候……她的眼神，是很认真那种。我忽然觉得脸红。再怎么说，都不应该嘲笑这么认真的人。尤其她是对我认真。

"那你能为我做一件事吗？"我小小声问。

"嗯。"她神色之坚定，比大忠臣还要大忠臣。

于是我比划着告诉她："我呢，在你这里装作打一下；你呢，就要装作晕过去，好不好？"

"好。"

然后事情就素介样子发生了……

然后我才发现自己犯了个错误，只好又摇醒她："你先把外衣脱给我，然后再假装昏倒，好不好？因为我脱你的衣服有点麻烦……"

"嗯。"她脸上飞起红云无限，果然脱了衣裳，继续装昏倒。我抱着衣服蹿到屏风后头去，忙换上了，再出来，她还"昏"着呢。

"不要张开眼睛。我会绑住你的手脚，往你嘴里塞进东西，你不要叫，知道吗？怎样都不要睁开眼哦。"我在她耳朵旁边轻轻道。

她脸上更红，身子轻轻地颤抖，没有表示反对。

呃……她不会以为我喜欢绑住她再怎么怎么她吧……

呃……她孤身前来，不会就是为了方便向我献身吧……

我知道让一个姑娘家这样误会是不太好啦，可如果现在也向她揭发我也是女儿身，我大概就跑不了吧。

"麻烦你牺牲一下了。"我心底向她合掌拜了拜，把她绑起来。这样，季禳知道我跑了之后，也不会怪罪她了吧？我顶着她的一身行头溜了出去。

要说这皇家的地方，麻烦是真麻烦。除了门口那一窝子侍卫，再外头还有呢！我再怎么谨慎小心，在一篱笆花前面，还是被几个巡逻的困住了。那几个人倒是没发现我，可是捉着武器尽忠职守地逛来逛去的，我顶着侍女的行头，又不能光明正大说要出宫，回宫的话应是往另一个方向走。于是躲在篱笆下暂时过不去啊，这怎么办？

一阵骚动救了我。应该是我逃跑被发现了，那边又是哨声又是喧哗声的。这里巡逻人就被吸引了过去。有人跑过来叫他们"立刻展开搜索"，他们认真听取命令的当儿，我鼓足全部力气，猫腰就蹿过了树丛。外墙上正好有个狗洞，塌了几块砖，大得足够一只猎犬出入，我再一钻，就钻了出去了。

第五章　偕子西归

荣苑地处郊区，山与树都不少，我沿着僻静方向抱头鼠窜，跑出足有半里远，立定了喘气发呆。

为什么一定要从荣苑逃出来？我自己其实都不太清楚。因为季禳软禁我，所以我就一定要逃出来。是这样简单的理由而已吧？

就像情人之间在赌气呢！

好了，我现在逃出来了，自由了，证明他软禁不了我了。接下去再往哪里去？绿眉、抑或柴犬？那可都在千里之外啊，难道自己靠双脚走着去吗？我头痛地叹了口气。

有一道人影在路弯处出现，我本能地想拔腿就跑，抬头一看，知道不必了。

来的是黄光。

他看到我，比我本人还吃惊，脚定在地上，诧异地把手抬起来一点，像是要隔了那么远的距离触碰一下我，可自己也知道这是不可能的，于是又放下去，恍惚的眨了眨眼睛："大人。"

"嗯，是我，你怎么在这里？"我道。

"因为，我已经很久没见到您……"他的语调里也有种恍惚不真实的语调，像风中的蛛丝，或者即刻会消散的一片云。他抬头看看荣苑的方向，"有种不太确切的说法，说您可能住在这里……也有人说可能在蛮荒的草原、在可怕的沼泽地、在明亮的海滨，这里那里，各种地方。但既然这里离我最近……我的体力不太好，过于远的地方，您矫若游龙可以前往的地方，我是到不了的。所以我跟自己说：如果有万分之一的可能，你住在这里。那么我至少可以到这边来散散步，你的呼吸离我近一点，你说话振动了空气，也许会成为一阵微风吹到我耳边。"他伸出手，"真奇怪，现在你站在这里！您怎么在这里呢？"

"哦，我……"我尴尬地低头看看自己穿的衣裙，怎么向他解释？

"您换回女装了啊？"他道。

"你知道我是女的？"我大奇。

"是的……您宽恕我，我从一开始就知道。"他的笑容有点悲哀，"您这样善良又光彩四溢的灵魂，我早知道不可能和我一样是个男人。"

我抓抓头："好吧——嗯，总之，我现在是从皇帝身边逃出来的。现在也不知道自己到哪里去才好。你有什么建议吗？"

黄光脸上泛起奇异的红霞，顷刻间又褪了色，变得苍白，这种苍白好像不是因为害怕，而是因为下了某种决心，获得汉白玉般的尊严。他道："我没有能力救您到任何地方，但是可以跟您结婚。"

嘎？我刚刚听到什么？结婚？

"是的，我愿意把我的将来一生同你联系在一起，当中任何困难我都会想办法克服。我不介意你的过去，我会尽力使您幸福。"他说得很慢，仍然有点儿上气不接下气。

我真不相信我的耳朵。什么叫"我不介意你的过去"？我的过去有什么要他介意的？咦！跟他有一毛钱的关系吗。"胡扯！"我哭笑不得，"谁要跟你结婚。你要是帮不上忙，就快点走开，别人来问，你别说见过我，知道吗？"

黄光用一种很仓促的动作别过头去，手捂住咽喉，过了两秒钟才回答："是的，大人。"声音哽咽，"如果要我引开追兵……"

"不，不用了，你不是善于撒谎的人，还是快点走吧。"我关心道，"你身体好像不太好？"

"没什么。"他回过头来，脸色惨白、眼圈发红，但是声音正常多了，"那这里没我的事了？"

我摇了摇头。

他把一个东西塞在我手里，铁制的，但已经被他的体温捂得很热。"什么？"我低头，看见一枝圆形、伸出管子来的器物，像是白衣书生他们在三湖打约伯所用的火器，但是更精致。

"大人所说的火刀，我终于研制得像点样子了。这一支，只要把这里扣上，火药和火石分开，绝不会走火。先把这里……这样拉开，然后再扳动扳机，才会点着火，弹丸发射出去。"他道，"大人，希望它能帮上你一点忙。"

"我见过它。"我低声回答，"你是不是已经制造出一批给军队了？我看见它把一个人打中了。"

"是交给大内的……"黄光眨动睫毛，"什么人被打中了？"

"一个好人。"我难受道，"黄光，其实武器发展得再好，有什么用呢？只是让更多的人受伤而已。我很后悔跟你讲了管子啊、安全性什么的事。当时我实在应该阻止你才是。"

"如果这一支火刀，可以保护大人，那么它就有用。如果大人可以用它保护更多应该保护的人，那么它就有用。"黄光道。

我一时无言可答。为什么要把所有希望寄托在我肩上？我的判断力难道就比所有人都准确、我的命难道就比所有人都重要？这不对！

"大人，保重。"他把火刀按在我手里，深深看我一眼，走了。

他走了，我也该走。我踌躇着往小路走了一段，仍然不知自己是不是该转头回宫，继续努力跟季禳沟通，忽听草丛里响起奇怪的声音，像是有什么大动物要逃跑。什么动物？我惴惴不安的探头去看。

那边本是一条小河，两岸草木掩映，虽然在深秋，叶子变黄，但落叶木的叶子会落下去，枯草却是不会自己凋落的，依然满团棕黄的铺陈在那儿，再加上些常青树，齐齐遮蔽人的视线。

我一探头，就在那儿见到一个作势欲逃的人类，那人类的脸，看起来好生眼熟！

娇小的个子、大眼睛，神色机灵可爱，是丝铃呀！在我胸前喷了鼻血，跑出门去，从此不知所终的小丫头丝铃，她怎么会在这里？我高兴地叫了一声，直起腰走向她。

"别过来！"她一边披衣，尖叫。

晚了，我已经看见她光着胸脯，好像刚刚洗过澡，在这样的深秋寒意里，真亏她不怕冷——胸脯是平的，也许小姑娘还没有发育。但，再往下、往下——呃，委婉点说吧："她"左腿右边右腿左边有一只小精灵，它活泼又聪明……

我发出一声尖叫。

"都说过你会后悔了，女人。"他涨红着脸把袍子往身上一搭。

"你是男孩子啊……"我悲痛地继续喃喃。天，把他当女孩子，当初还对他作出那种、那种事情……我糗大了。"你在我府里到底怎么回事?!"故意想让我出丑啊？我咆哮。

他左右看看，把我拉进草窠，盘腿坐下，道："好啦，你跟你讲……"

他的衣裳下摆有血，我吃惊道："你受伤了?"真的，脸色有点苍白呢。

"没事没事。"他随便摆手，"倒是你，怎么出现在这里?"

"我……觉得皇帝没有认真听我说话。他不见我、又不让我出门，我一急就自己跑出来了。"说出来好像很不严肃、很小孩子过家家吧？我擦汗。

"啊，彼此彼此。我也是刚刚逃出来的。"他道。

"嘎?"

"从头说起，我叫龙婴，家父是元城太守——"

"嘎?!"

"别插嘴，不然讲到天黑都讲不完。"龙婴道。声调还真有气势！我只好乖乖闭嘴，听他继续道，"我跟我爹不对盘，就跑出来了。听说程昭然的名声，我想，元城人？我也在元城，怎么没听说过这么个人？对你很感兴趣，就跑到你府里当丫头了。结果你居然是女的，可是我喜欢的是男人啊，所以我气得跑了，无处可去，还是回元城家里去。结果你又跑到西南跟绿眉搞，我爹办事不力让柴犬溜进关来，皇上担心我爹想造反，要我爹把我送到京里当人质，我爹还真把我送过来了。不过如你所见，我又逃出来了。"他耸耸肩,完成这段惊人的报料。

我的嘴巴张开来,就没合上过,考虑了很久——“十来天前我到元城,没见到你爹,当时你已经成为人质了?他呢?”

“唔,确切地说,在成为人质的路上。我老爹被软禁了,据说我到京城之后才会解除他的软禁,所以我蹲在京城的这几天,他应该是自由身吧?”

“那你现在逃出来,你爹怎么办?”我很担心。

“他?”龙婴很好笑,“我愿意扮成女孩子,追求男人,那老头子气死拉倒,你觉得我会关心他?”

“你对你爹一点都不在乎?”我蹙眉。

“与其问这个,不如先问我的性取向吧。我说我喜欢男人,你一点都不吃惊?”他托着腮笑眯眯看我。

“可能是最近碰到的变态太多了。”我抓抓头,“比如河白就是男女通吃——嗯,河白就是……”

“你果然连他也碰到了!”龙婴以手击拳,“真是有缘分哪。我们三兄弟,你全见着了!”

“嘎?”

“大哥河白,二哥方铮,小弟我,都让你见着了。”他吃吃的笑,“我就没告诉方铮你是女的,他八成现在还对你害着相思吧?真想看看他知道真相后的样子……”

天雷轰顶啊!河白跟他原来是兄弟?这么说,河白确实曾提起跟方铮拜过把子……所以,他们三人真是结拜兄弟?而且,都喜欢男人、都他喵的变态?我跳起来:“方铮跟你们不一样,他是多正常一个人!”

“嗯哪,他看起来最正常,也最有男子气概。”龙婴点头啊点头。

“所以你没有骗我就是了?”我的头跌进手掌里。好吧,他们仨都是好出身、都任性妄为、都是断袖,所以他们仨为什么不自己内部解决他们的爱情问题啊?正好,刚刚凑成三角……不管了,这些都不是重点啦!“我们是回去,还是逃走。不管怎样都得快点决定对不对?”

“当然不回去。”龙婴给我“你傻啊”的眼神,“辛辛苦苦逃出来,再回去送死啊?”

“其实,有很多话,应该跟皇上当面说清楚才对……”我犹豫。

“我回到皇上手里一定是死路一条,麻烦你也不要去自投罗网,帮忙把我送回我爹那里好不好?”龙婴恳求,“你应该对我负责的!我第一次的鼻血都交给你了。”

“什么跟什么啊?鼻血!”我一个头两个大。

“是啊,就是你,破了我的处男之血。”龙婴一字一泪,“你不负责谁负责?”

我哭笑不得，忽远远听到有追兵的声音。龙婴神色一变，揪住我："我如果被捉回去，一定是死。你相信我，快带我走！"

"哦。"我真的去搀他。龙婴却跳脚："背上我，用轻功啊！你的武功呢？武功?!"

"我武功被我师父禁住，到现在都没解开啊。"我无奈摊摊手，真的，当初见到季禳时，第一件事应该拜托他想办法帮我解除禁制的。没武功真可怜啊……

龙婴神色惨变，咬住嘴唇。我觉出不对劲了，轻声问："怎么回事？"

他往旁边挪了一点，给我看。草地上染着他的血。"我腿上伤得很重，一两个时辰之内走不快。"他道。

事态紧急。"你必须逃过他们？"我飞快问。

"是。"他点头。

我相信他的保证，那没有其他办法了，我指着草窠里面命令："爬进去？"

"啊？"

"我在外面替你把他们引开。"

他没有动，唇角微微地弯起来："你知道这是追你的还是追我的追兵？"

呃……我确实不知道。追兵已近，阳光照耀着铠甲，这正规大内骑兵的装束。我咬牙："不管了，赌一把！"将龙婴推进去，我自己坐在外面，用身体遮住他留下的血迹，并急忙给脸上抹上灰泥。

"捉贼，捉贼！"官兵奔过来，还没开口问我，我就先这么狂叫。

"什么贼？"官兵立刻询问。

"一个这么小的小贼。"我比划着龙婴的身高，"他挟持奴家，说要躲什么官兵。奴家把脚扭伤，他打伤奴家，劫走奴家的荷包，就跑了。那是奴家一年的积蓄啊，天老爷——"

"往哪边跑了？"官兵急着问。

"前边！"我一脸苦大仇深地奋臂怒指。

"追！"打头的挥鞭命令。

"带上奴家吧，奴家害怕呀！那个天杀的小贼啊……"我装作挣扎着想起身求他们援助。

还真有个良心大好的骑兵让马慢了慢，回头犹豫地看我。但他们队长不负我期望地暴喝道："全力追击！"于是他们一起远去了。我松口气，钻进草窠看龙婴："你还好？"

他盘膝而坐，在运功疗伤，头顶心微微的白烟。我奇道："你还受了内伤？"

"不，只有腿上的外伤，我运一会儿功，补足气血，呆会儿就可以走路。"

补气血……向予怎么没教过我？要是我会这个，以后流落荒原，累了饿了不用吃不用睡,盘膝补一下就好,多么方便。我心里对向予狠狠腹诽一顿,问龙婴道:“受了重伤还洗什么澡? 着凉怎么办。”小孩子真是不懂得照顾自己。

“血污实在太脏了,忍不住要洗掉啊。”龙婴仰起苍白的脸微笑。他话音刚落,我们又听见马蹄声。这次是另一拨追兵。

如果说今儿个京郊地区就我们两个逃犯,那么轮下来,去了一拨追他的,再来一拨该是找我的了。龙婴抓住我的手:“你别跟他们回去,我需要你。拜托!”他的大眼睛真是泪花闪闪啊……我能说不么?

于是我躲在草窠里,龙婴扮演我刚才的角色,把追兵指到右边去了。一拨往前追、一拨往右追……嗯,这样他们暂时不会碰头、对质出我们两个轮流搞鬼的事。

等龙婴将就着能走路,我们就逃窜了。等他伤好得多一点,我们逃窜得就更方便了。向予教给我的露营知识发挥了很大作用,当然龙婴也非常不赖。我表扬他逃生技能真好,他却说:“是你运气好。”举起一根手指,“譬如,你是怎么从荣苑出来的?”

我把出来的经过老实告诉他,他道:“你看,每一套防御系统都有最薄弱的环节,你就刚好钻向那个环节;每个环节都可能有真空的时刻,你就刚好钻到那个时刻。”以拳击掌,“你是福将!”

身为福将,我的福气还不是很彻底。我们不能完全甩掉追兵,不得不多次遇险、多次改换方向,最后发现自己面前的方向不是元城,而是三湖。

“河白在绿眉那儿? 正好,找他去。方铮在北边,我们家在中间。咱哥儿仨通通气,这一片可以划拉在一块儿了。”他很高兴。

“等一下,什么叫通气、划拉在一块儿?”我寒毛竖立,“你想造反?!”

“确切地说,是家父要造反。”他还怪委屈。

“你、你们——”我已经不知道说什么好。

“在京郊已经告诉您了啊,我如果留下去做人质,一定是个死。因为家父是一定要造反的。他给我几天时间逃跑,我如果跑不掉,他会很遗憾地造反,我会很遗憾地被咔嚓。”龙婴耸耸肩,“我猜我会比他遗憾,因为家父有好几个儿子,可我只有一个脑袋。”

“为什么会这样!”我叫道。

“为什么会怎样?”他歪歪头。

“为什么你父亲不管你的性命,为什么一定要造反!”我咆哮。

“这个啊……”他眼睛垂下去,轻轻道,“从你的角度来说,当今皇上肯定不是什么很坏的人。从我的角度来说,我的父亲也不是什么很坏的人。但是皇上的手段确实太硬了,他要打掉所有的敌人,保全皇权。父亲不能完全令他满意、做他得力的忠臣,所以,如果不起兵造反的话,以后也一定不会有好下场吧。他如果没好下场,我们全家都要跟着遭殃。因为这样的缘故,他必须搏一记,我也支持他。”耸耸肩,苦笑,“我只是很倒霉成为那个送出去当人质的儿子而已。”

我无言可答。

越往西边走,越萧瑟。榆树的叶子已经开始发黄,柳条的精气神儿早衰败了,走到一片小村落时,但见地里的高粱收了一半,另一半被糟蹋在泥土里,残叶断梗上压着薄霜,看起来很凄凉。那薄霜中点点红色,有的不是高粱,而是血。

我们面前的这个小村落,好像经了兵灾。

初冬的阳光惨淡得像是月光,离我们几十步远的黄土地上就躺着个人,一身粗布裤褂,在这样的大冷天里卷着裤腿,穿着脏兮兮的草鞋。一处刀口从他的左肩直劈到胸口下面,几乎接近腰的地方。他整个人像只栗子一样裂了口,血曾经从这道可怕的大口子里流出来,现在已经凝结了,但没有全部凝固住,好像生命还不想这么容易地结块,总要保持着一点点流淌的姿势。

他向前面伸着手,手上居然奇异的没有沾上血,看得出锄把子磨出来的老茧。而前面倒着的是——

我捂住龙婴的脸:“别看!”

“为什么?”龙婴道。

“太惨了。你还是小孩子,别看。”我道。

“你的手比我还抖得厉害呢。”他静静道。

“我……”

“我如果说,我见过的惨状比你至少多十倍,你信不信。”他又道。

也许他是对的。这是什么样的世界啊?数不清的人倒在血泊里,而这样可爱的小男孩见过十倍的惨况!

我无言地放下手,仍然扳着他的肩转个方向,不想让他看见,有一个尸体努力地想抓住他自己的断足,那断足离他只有一点点远,再也不能和他的身体接回去。

但另一个方向,墙上用血写着一行字:“绿眉杀人于此。”

“绿眉军杀人?”我不可置信的喃喃重复了一遍。

像是回应着我的话,有群人奔过来。这是支奇形怪状的队伍,有的骑马、有的骑骡子,有的干脆赤脚,有的穿着短打,有的穿着官兵的衣服、但把标志都撕了,他们无一例外画着绿眉——用叶子的绿汁把眉毛画绿,这是绿眉军的标记。

何况在队伍最前面的那个人,跨一匹红马,长得须磔如猬、威风凛凛,我再也不会认错的,他是沈虞孙。

好吧,我的鸿喜死了,而他换一匹马,一样高高大大、威风凛凛。我担心他们所有人的命运,费好大劲从季襛那里跑出来,而他在这里屠村!

我的脸色一定很可怕。因为沈虞孙很惊喜地叫了一声“你怎么在这里”之后,立刻转了口气,试探着问:“怎么了?”

我一言不发地指着这个被血洗的村庄,还有墙上的血字。

“不是我们,一定是官兵陷害!”他叫起来,“我一听到消息就带人赶来了,你以为我们想损失这些庄稼吗?该死,这是官兵!”

我一言不发。

指责季襛穷兵黩武,可以;指责他把国家治理得不够好,可以。但不是这件事。这种赤裸裸的屠杀,说是季襛的人做的?不对。不会!

一片乌云降在沈虞孙的脸上。他道:“你不相信我?”

我没有回答。

他抽出刀,愤愤然一挥,左手尾指已与手掌分离,鲜血溅出来的同时,他接住了这截断指,拎着,回头对所有人道:“谁如果干出这种事,有如该指!”

那些人应声齐喝,声震行云。

“现在,去查看有没有可以救的人,再设法把剩下的庄稼收回来!”

那些人迅速执行他的命令。

沈虞孙回头看我,目光如火。

“是我错怪了你?对不起。”我小声道。也许……也许是季襛手下不听话的什么官员私下干出这种事。确实,我不应该第一时间怀疑沈虞孙。“如果,有一天确实证明我错了,我把手指还给你。”深呼吸一口气,我艰难地说出这句话,几乎要哭出来。

要砍下一截手指,必定很痛,而且以后生活会很不方便吧?可恶的沈虞孙!他抢先砍掉,是逼我以后怎么办嘛?呜,如果我有权力,一定命令任何人都不许砍手指!违者捆起来,关禁闭……

“不用了,以后你要当头儿,留着十个手指比较方便。”沈虞孙气冲冲道。

“你们还要我当头儿?”我怔怔问。

“嗯,我们一直想把你救回来,但皇帝打得太紧了,我们腾不出手。”沈虞孙神情很沉痛,“绿眉兄弟,已经折损过半了。”

“折损过半是指……出现了逃兵吗?”我小小声问。

沈虞孙狠狠瞪我一眼:“你要不是向兄弟的徒弟,要不是救过我的命。就凭这句话,我把你头颈扭断!”硕大手掌比出一个残忍的手势。

“那是伤亡?”我讷讷道。

才能有几天的时间？伤亡过半。战争！战争都是绞肉机，吃起人来不拣肥瘦的。

“我想贵军需要援助。正好，我知道有一支力量也需要贵军的帮助。”旁边的龙婴开口道。

沈虞孙树起两团旋风眉：“你是谁？”几乎要问出：这是哪儿来的小鬼？长得像个娈童，说出话来像个小妖精。

龙婴笑道：“你去问问河白哥哥，就知道我是谁。”

“河白兄弟，”沈虞孙脸色缓和下去，“他是个好伙计。皇帝在船里放进金元宝诱我们去抢，是他看出来不对劲，说里面八成有机关，结果真的是炸弹，还好他发现及时，立了一大功。这些日子，也多亏他一次次看穿皇帝的阴谋诡计——你是他的兄弟？”

“八拜之交，过命的兄弟。”龙婴道。

沈虞孙“啊呀”一声：“他说他有个大哥，守在北边；还有个小弟，是元王爷之子，难道——”

“不才龙婴，家父正是元王爷，”龙婴笑眯眯。

沈虞孙顿时那个振奋啊：“元城这几天不太对劲，是不是——”

“我爹八成已经举事了。”龙婴接上去。

两人于是执手相望，激动得像天上星宿给他们牵了啥良缘啊……我咳了两声。

“走走，一起回去细谈。”沈虞孙回头招呼我，“侍郎，走不走？”

“水玉还好吗？”我眷眷的问。

“挺好。周嫂子特别照顾她。”

“周嫂子？”我茫然。

“周相公的内人。”沈虞孙提示。

谢娘。“她还好？周阿荧现在又怎么样？”我紧着问。

“都好。多亏周相公经营，咱们营寨还像个样子。”沈虞孙道，“大伙儿都说，周相公好比宰相，河兄弟好比军师，我算个将军，向兄弟屈尊当个国师。这么着文武将相都有了，单等你皇帝回朝了。我还老担心你回不来，周相公说天命该来的总会来。嘿，还真准！”

“什么皇帝？”我捧头，“你们都是厉害的人，造反也就造反了，为什么一定要拉我？我不懂。”

“废话！要是别的路能行，干嘛费劲儿拉你？可是你看吧，要是你不来成什么样子？谁当头，我吗？我这个人我自己知道，打架，行！要理会那些左左右右的盘算，麻烦！向老弟别看人模狗样，猴子屁股他三天板凳坐不住。前几年将将就就亏咱也大头领二头领的当下来，笑死人！早就说了，要干大事业还得供个文气点的当主心骨。好容易河兄弟和周相公是有点文气的吧，又太文了，没当老大的意思。”沈虞孙豪迈的盘点英雄。

“可我，也没当老大的意思……”我弱弱道。

“再讲这种丧气话，甭管什么天不天命，我也拿拳头揍你！”沈虞孙瞪眼。

“喂，讲点道理好不好。我从没当过老大，你说的事我做不下来！”我也来了气。

“谁当皇帝前当过皇帝的？再说你能让一匹好马那么死心塌地，就准做得了老大！”沈虞孙拽我，“跟我回去——”手快碰到我，忽然脸一红，缩回去，粗声粗气道，“你还是自己走吧。”

龙婴眼珠子一转：“狮王也知道程侍郎是女儿身？”

沈虞孙火烧屁股一样跳起来：“你也知道？！”

“停、停。”我举起两只手，先理理脉络，“龙婴，你怎么知道他是狮王。他一直没自我介绍过不是吗？”

“看形容、听谈吐，除了沈英雄还有谁。”龙婴顺溜地把马屁拍上。

是，他跟河白一样，猴精猴精，看人跟火眼金睛似的，准到骨子里。我再问沈虞孙：“你怎么知道我是女的？”朝廷那几个人劫我时就算我露了女儿身，他不会以为我是程昭然的妹妹、或者我是个妖女易容成了程昭然吗？

沈虞孙老脸又一红：“向老弟跟我说了。”

“你知道我是女的，还叫我当皇帝？”我不敢置信。

“将就着吧。反正也没其他人了。”他道。

呀呸！就冲这将就的口气，我都不想答应他！

“再说，这事只有他知道我知道，别人都不知道。嘴巴一缝，那你就是个男的了！谁要说你不够英雄，先过我这一关！”他威风凛凛。

龙婴往我背后一钻：“侍郎救命。”

“什么什么？”我头晕。

“他连白二哥都不叫知道，那更不放心叫我知道了。恐怕要杀我灭口。你不见他刚刚开始就把手按在刀把子上么？”龙婴啼哭道。

“这怎么……”我正不信呢，沈虞孙大喝一声：“晓得就好！小兄弟你有骨气的，受我一刀，到地下我给你奠酒！”挥刀直砍过来。

别看沈虞孙那天追我时丢石块的准头不怎么样，刀法可实在精准，明明气势如劈华山，刀锋一丝不差。我就站在这里，他刀从我衣袂边削过去，直取龙婴，没碰我一根寒毛。

龙婴“哎哟”一声，撒开两手，翩翩飞起，如一只蝴蝶，依然转到了我的身后。大刀再招呼，蝴蝶再飞。这两人以我为轴心，开始转辘轳追逐。我很快被他们转得头晕目眩，

“噗哧”坐在了地上。

“看你还往哪儿逃!”沈虞孙大乐,兜头一刀。龙婴这只蝴蝶不再绕着我,开始振翅满天乱飞,沈虞孙看准了,一刀下去,“夺”一声,我骇得叫起来,定睛再看,刀剁在树上,龙婴踮脚立在树梢上,摇着两手道:“杀我无所谓,可叹绿眉就危急了啊。”

沈虞孙一刀劈空,自觉没脸,恨恨把刀拔出来,道:“什么意思?”

“你们短短几日,折损已经过半,纵有白二哥等人撑住,又能撑几时?元地要塞咽喉,囤粮无数,绿眉唯有与元地联手,才是求生之道。我如果活着,当然致力帮你们联手;但我若一死,我爹是断断不肯跟你们善罢甘休的,白二哥和铮大哥也断断要替我报仇。你们面对中原皇帝的压力尚未消停,又添这么多劲敌,可不是自寻死路?”

“这……”沈虞孙沉吟不决。

“而且,我仰慕侍郎大人,她的事,我是万万不会说出去的。自从得知她性别来,我连跟铮大哥、白二哥都没说过,又会对谁说呢?”龙婴道,“若狮王还是不信我,让我断指盟誓。”

他真的把小刀掏出来了!

而沈虞孙居然豪迈的一拍大腿道:“好!”

我情急之下恶狠狠地甩出去一件东西,流星锤一样“叭唧”砸坏了一丛灌木。这两人受到惊吓,暂时停止动作,扭头看我。

我甩出去的那是我唯一能捞到手的有点体积的东西——我的靴子……

可怜这初冬的天气,我一跳一跳去把靴子拣回来穿,还要一边跟他们拼命作思想工作:“龙婴知道了又怎么样? 皇上还知道了呢! 真要我当头儿,天长日久还能有不穿帮的道理? 以后不要动不动就砍手指!”

沈虞孙忽露出一丝诡诈笑容,这种笑容出现在这样豪迈的人脸上,很是稀奇。我机伶伶打个冷战,就听他道:“你要肯当头儿,就能跟我下命令,我就不砍他手指了。不然,我还砍他。你看怎么样?”

我看? “这是威胁! 赤裸裸的威胁!”我吼叫。

“侍郎勿怪,只有这条路了。”沈虞孙抱拳,“您从不从?”

我……我逼上梁山……

“说到男女啊,向老弟也是这个意思,瞒久是瞒不住的。不过一开始就说个女头儿,怕兄弟们不服。等有个根基坐稳了,再挑个时机说出身份,明白人自然也服了,再有狼子野心趁机鼓噪的,一刀一个斩他个干净,必没啰嗦!”

“别动不动就斩啊杀啊的……”我都快哭了。算我没办法,拜托他好不好……

“行。你们文人主意多,要是不杀人就能太平了,那是最好!”沈虞孙心怀舒畅,龙婴已经从树上滑下来了,他便一手一个揽我们的肩,“走,走。我们回寨子里接个风——”手要碰到我,又尴尬地缩回去。

“算了,就把我当男人吧。”我道,“不然相处的日子长着,大家都会尴尬。”伸出手去,“说定了?就当哥儿们了。”

手掌击在一起。沈虞孙大笑:“就这么着!反正你小子也不像女人。回去咱们让向老弟吓一跳!他可没想到你这么快就能回来。”

等村庄里的善后事宜处理完,我们与绿眉的兄弟们一起举步离开。回眸看那烧毁的村庄,真是季禯下属的官兵干的,嫁祸绿眉吗?我心下不好过。沈虞孙拍拍我的肩:“走吧。这种事情看多了,都难受,哪儿难受得过来。以后给他们报仇就是了。”

是,如果我有能力阻止这样的惨剧发生啊…………抬头,天边晚霞如血,我到底能做到哪一步呢?

我实在不知道。

第六章　岂曰无裳

水玉见到我时，那种高兴之情，不用再说。她比从前黑了一些，而且胖了，变黑变胖照理说该是变丑的迹象，可在她身上，只显得愉快，仿佛还更漂亮了些。看来她的日子当真还不错，我略放下些心。

绿眉的寨子已经不在原来的水泽地，更缩进去些，更偏僻，后面就是热带雨林般的蛮荒丛林。这种地方硬生生开辟出块空地，竟也俨然有序地扎下人马去，据说周阿荧功不可没。

“在下的才能，本来就在这方面。固本分耳。”他非常不当一回事地挥挥手，“主公回来就好。”

向予歪在一边，袍子更破了些，脏得像个泥腿子，神气倒比先前更痛快：“皇帝的关防算个鸟！我几进几出，把那几个地方都联系了。哥儿们混得不如意，都有起事的意思，这才叫万事俱备，连东风都不欠了。”

“要起事的哥儿们……指的是强……呃，绿林好汉，还是农户啊雇工啊什么的?”我小心翼翼问。

“当然都是好汉！闲杂人等懂得甚事？都是有半碗糠饿不死就不会想抢米的。”河白道，“好汉们一起事，才能把蠢汉们都带起来了。好汉才是关键。”

“你爹非抽你。”龙婴在旁边吃吃的笑。

“你爹不抽你!”河白回嘴，“你最是他心肝宝贝儿。”

“闲事不提！今日开怀，咱们得多喝几杯!”沈虞孙最关心喝酒。

“沈将军，粮食紧张，将士果腹尚且有困难，领头的岂可先喝上酒。”周阿荧劝阻，而后话锋一转，“不过今日实在是喜事，在下藏下一点儿庆功酒，就先开了罢。”

沈虞孙先听他劝阻时，表情沮丧，再听这一转，变成欢愉，可转念又一想，痛苦顿足道：“先记下！等兄弟们都度过了这个困境，再痛喝他娘的!”

在座众人都大笑。向予拍他肩道：“难得老兄憋得住。”

“你徒儿也回来了，元城又可以结盟，反正打出去也是指日可待的事。”沈虞孙道，“要是多拖几天，我憋不牢，大不了拿贼官兵的脑壳子盛血喝！滋壮滋壮哩!”

这么血腥的话，他们男人一起大笑，好像多豪迈的样子，我有点受不住，出来找水玉和谢娘。她们两个都在厨下做事，谢娘正对着大锅猛挥炒勺，脸上挂着汗珠，一手叉腰教训旁边的小喽啰：“火烧旺些！就这么点蛤蟆力气，你奶没吃足啊？”

小喽啰满脸炉灰的抬头：“嫂子，俺娘这不是没您带劲儿嘛。”

谢娘还未回话，旁边另一喽啰一脖拐把他拐地上了："怎么跟嫂子说话！没大没小，看大哥二哥把你肠子挂树上去！"讨好地拧一把毛巾递给谢娘："嫂子，您擦把汗？"

"小猢狲子，专能弄嘴。"谢娘倒笑了，"嫂子先给你们炒完菜，你们端碗到旁边等着去。"

我看她这么热火朝天模样，一时开不了口，只好先把水玉悄悄叫出去，拣了僻静地方蹲下了，怪发愁道："谢娘好像挺适应山寨生活？"

"她老说，嫁鸡随鸡，嫁狗随狗，嫁个螃蟹横着走。"水玉吃吃地笑，神态比以前活泼很多。

"你好像也挺适应的。"我郁闷道，稍稍有点吃醋。

"我……还好啦。"她脸一红，把头勾下去。

"哎，那个，"我抓头，"你觉得我到底是留下来还是不留下来好啊？"

"您不是已经答应了吗？"水玉很吃惊。

"也没有很确定……因为他们毕竟是强盗啊！杀来杀去的，你知道我不喜欢杀人。不过……再回去宫里我又不喜欢，呆在民间又好像呆不下了，现在局势这么乱……唉，你说我怎么办呢？"我很烦恼地挠着耳朵壳子。

"其实，朝廷里也有杀人吧，而且杀得比强盗都厉害，你就算有意见，也一点办法都没有。"水玉小声道。

"啊？"听她的意思，想让我留在绿眉？

"向先生、沈将军、周相公、河公子，都不是坏人。如果他们都想造反，那天下一定有让他们想造反的理由了。而且，如果不是他们，也有别人在造反的吧？大人您如果不希望看见杀人，可以尽力把杀人的场面降到最低啊。因为，如果没有大人在，造反中死掉的人一定会更多吧？"她道，"我是这么想的。"

深林的泉水，顺着竹筒，不绝如缕流下来，在石缸里溅起清澈的水珠。"你相信我在这里能起到好作用吗？"我问。

"我相信。"她坚定道。

可我自己，没有这样的确定啊……"没办法，既然你都这样说了，就勉强试一下吧。"我道。

大伙儿既然商议妥当了，周阿荧亲操大笔，洋洋洒洒写了份绿眉愿和元城结好的书信，龙婴文采虽不如周阿荧，也情辞恳切地写了封书信，跟他爹讲他怎么逃出京都，到了绿眉军寨，又对他爹大肆鼓吹跟绿眉结盟的好处。我看他写得辛苦，随口问了句："写什么？你亲口跟你爹说不就行了吗？"有什么信能比儿子亲口说话来得更恳切，咦？

结果周阿荧向予等人一起瞪我。

“那个……三弟还是在这儿陪我比较好。”河白挠头打圆场。

“是，是，我还是呆在这儿比较好，直到我爹答应结盟再说。不然人家招人家怀疑，多不好。”龙婴斜眼睨周阿荧。

怀疑？怀疑什么？难道怀疑龙婴逃回去之后，就跟绿眉翻脸么？可我看龙婴不像这种人啊！再说绿眉跟元城结盟，确实对元城比较有利好不好！季禳才是吃亏的一边吧。想到这点，我奋臂发言：“我给皇帝写一封书信，问他肯不肯跟我们讲和好不好？能不打仗，大家不打仗最好咯？”

向予跳过来揪我耳朵皮子：“换成你是皇帝，你把一个强盗打出三湖、都快赶进深山老林子了；另一个反贼也没给朝廷讨上什么便宜。然后跟你说和谈，大家划地分治，你谈不谈？”

“我……”我眼泪汪汪。龙婴河白一起叹着气代我回答：“显然他会谈。”

为什么要叹气？我很幼稚吗？很幼稚吗？！

“皇帝也是爱护百姓的。打起仗来生灵涂炭，他也不愿意的。我修书把现在看到的各地官员弊病告诉他，逼他想想清楚啊！而且，就算他不答应，有什么损失吗？”我奋声抗议。

“有啊，他现在还不知道你在这里，也不知道你对他仍然抱着这样幼稚的希望。瞒着他，以后万一开战或者真需要谈判的时候，希望可以把你作为奇兵推出去。”向予摸着下巴看我，仿佛在掂量我身上有几两肉供他屠宰。

“你何不直接告诉他我在这里，把我当人质，必要时该杀就杀我，该剐就剐我！”我负气。反正向予他又不是没做过。

“上次就是这样，结果没奏效。当今皇上还真是吃软不吃硬。”向予叹气。

我我、我对墙忍住眼泪……

“说起来，也给六郎发封书信，问他有没有兴趣一同造反？反正他对厉皇、当今皇上，也都没太大好感。”河白转向龙婴问，“信叫你爹传过去好了。跟他讲，程侍郎在这里。”

把我当香饵？方铮对我的兴趣比对季禳大，所以？这都是些什么人呐！我从墙角含泪转过头，怒目。

“不好不好。”龙婴完全无视我，对河白摇头，“方大哥只喜欢男人的，不像你男女通吃。侍郎又比大多数男人都帅，方大哥容易迷进去爬不出来，伤了兄弟和气不好。”

这算什么理由啊！我挠墙、挠墙！

呃……其实龙婴也知道我是女人啊？居然把我当男的，跟河白讲得一本正经的，太过分了，骗人都不带眨眼。小孩子这么走歪路不好，找到机会我一定要好好教训他，一定要……

“其实我觉得大家可以公平竞争，事先约好愿赌服输，不会伤兄弟和气。再说，咱们仨如果兄弟同心把侍郎思想做通，可以吃大锅饭，大被同眠，其乐陶陶，岂不更好？”河白居然还认真跟龙婴探讨。这都什么污言秽语啊？我没有听懂。谢娘冲进来就砍了河白一锅勺：“叫你带坏程大人！”拉着我，“咱不理他们。咱们看约伯去，他有话要同你说。”

对了，约伯上次为了保护我，受了重伤，现在还在卧床。我该去探望他的。但是忽然想起一件事，不能不提，我扭头对室中众人道：“方铮的家人都在京里，他如果造反，家人要遭殃，你们别害他。”

“像我一样，隐姓埋名造反啊。”河白把手一摊，“现在家里都当我死了。我如造反失利——啊呸呸呸——不关他们的事；我们如果得势，我衣锦还乡去保护他们，这有什么不好？”

“主上说得也有道理。”周阿荧道，“白兄弟的父亲在外省，到底隔着京里远，而白兄弟本人呢，落拓不羁，没眼色的官场中人们不甚注意。而方将军，少年英武，随同程侍郎驰援双瞳山，一战成名，之后领将印、戍边险，举朝瞩目，再加上他家世代都在京城，祖辈也比较方正古板，不如白兄弟、龙兄弟的父亲能从权。硬做了，只怕确实会生事端。再则，如今元城与绿眉都举棋未定，方将军若即刻倒戈，只怕时机尚未成熟，反误了他。左右如今天色渐冷，北虏暂时不会进犯了，方将军守在北边，目前不会有什么大动作。不如等我们结定盟约、充实了力量，再徐徐打探方将军的情形，以定计策。这样如何？”

他说的这番话，中肯公允，我听得连连点头，其他人也都服气。谢娘道：“谈好了？谈好了大人去见见约伯吧。”挽着我的手出去，“他真有话要跟你说呢。”

“议军之大堂，怎么能容妇人任意出入。”河白在后面摇头。

“妇人不比你清爽！”谢娘回手把勺子丢了进去，“啪！”传来勺子打中肥肉的动人声响，周阿荧连声道歉，满堂哄笑，河白屁都没敢再放一个。

约伯胸腹部都缠着棉布，棉布里应该是上了药的，一股子药味。白衫书生那支火器伤他如此之重。

波叔在帮他收拾药罐子，边收拾边嘟囔：“冲你给我老头子这一下子，老头子这辈子都不要见你！什么人哪？直接把你斩来吃肉算了，给你上药？我上辈子欠你什么了！”三湖的主要水面被官兵夺走，他大概已经有段时间不能爽快撑船了，换下水靠、身上也不再湿淋淋的，像条上了岸的白眉鱼——还是像鱼，千年成精那种，不知为什么。

我跟谢娘进了门，约伯看了看我。波叔会意：“你们忙你们的，我走了。”手往约伯肩上狠狠一拍，“你小子好好养！前段时间半死不活的，大非急得都要哭了。你不好好养过来对得起谁你！”

约伯被他拍到伤口，闷哼一声。波叔显然是故意的，得意地咧咧嘴，见好就收，向我们打个招呼，走了。我坐到约伯床边，感念道："那时多谢你救我。"

"我没有救你。只是有事求你，跟你临时结为搭档。"他不领情，淡淡问，"听说你回了京都？"

"是，是！"我猜到他接下去要问什么了，心里好为难，不知怎么把净灵石的事说出口，想了想，先对谢娘使了个眼色，叫她回避出去。净灵石涉及厉祥与季禳，神神叨叨的，恐怕越少人知道越好。约伯实在要问，我也只好尽量往简单的说给他听罢了。

谢娘出门去，约伯半阖着眼躺在床上，倒也不急着问我。我觉得我再沉默下去太过无赖，只好主动交代："我去找过了，净灵石这种东西，我也不知道是不是真的存在。但可能拥有它的那个人，已经死了，我想他就算真的拥有过它，现在也没了吧。"

"已经死去一段时间的人，净灵石是无法起死回生的吧？"约伯安静地问。

"我不知道啦……不过我没见过任何人靠这石头活过来就是了。"这是老实话。厉祥是没有活过来。程昭然……程昭然也没有。活过来的是我，这点我坚持。我就是我，我肯定自己不是别的人，就算她在其他别人的记忆中有多么美好与高尚，我千百次地确定我不是她。

"生死在天。"约伯长长吐出一口气，躺着像一条了无生趣的鱼，连腮盖都不动了。

我不知道他想救的是谁，那人又怎么死去。我只有默默坐在他旁边陪着。不管什么人，伤心的时候，也总希望旁边有个人陪吧？

"有一个剑客，他从小失去双亲，被别人收养，养父养母又葬身在火海里。有一个大侠收养了他，把他当儿子，教他剑术，他决心用生命来报答大侠。"他忽然开口说话，声音平板得像在念书。

我不知所以地"哦"了一声。

"那位大侠犯了个错误。他不知道是他自己犯的，叫这个剑客替他找到犯错的人。剑客找到了，不能惩戒他，于是惩戒了他的义子，就是剑客自己。"

"呃……"我在哪里听到过这个故事？怎么忒的耳熟？

"结果所有人都在赞扬这个剑客。剑客很痛苦，因为每一句对他的赞扬，就等于在指责那位大侠。剑客把大侠当父亲，可是人们赞扬他的美德，却成了抽打父亲的鞭子。于是有一天，大侠请求这位剑客，把这个错误彻底抹去。"

"他要杀你？！"我"腾"的站起来。

"不是我。"约伯淡淡回答，"只是某个故事里，某个人。"

"那……"我真不善于打这种谜语。

"大侠在那个女孩子身上犯了错误，要求剑客把这个错误抹去，也就是把女孩子杀掉。但是那女孩子是无辜的，剑客没有杀她，只是藏起了她。藏起她，虽然符合良心，但违背了父亲的嘱咐。所以他希望找到净灵石，把净灵石挂在女孩子的身上，杀了她，那一刻神奇的石头会令她起死回生。于是他既遵守了父亲的命令，又保护了无辜者的生命。他就可以安心了。”

“那……现在呢？”我胆战心惊的问。

“几天前，大侠找到其他人，把那女孩子杀死了。于是剑客既没有完成父亲的命令，又没有保护无辜者的生命。”约伯淡道。

“你……等一下，那位大侠是不是向予？！”我脑袋嗡嗡作响。

“当然不是师叔。”这次约伯回答得比较明确。

呼，还好，我看向予也不像这种人嘛。那么，那位大侠——“做出这种事情，就不能称为大侠了。”我义愤填膺道。

“也许。但是首先，那个剑客也违背了他在这个世上坚守的忠义，他不知道应该怎样活下去。”约伯道。

“啊？”

“主上，师叔逼我立誓，不准寻死。但你的话，是有权诛杀我的吧？”

“啊？！”

“请诛杀我。”他安静地张开眼睛，看我。

“我……我有什么权利杀你？我没有权利杀任何人，谁都没有权利杀任何人！你说你犯了错，叫我杀你。可是我杀了你，我也犯了错，难道我也要去死吗？”我愤愤，“你这是逼我死，不可以！”

约伯微笑起来，“你既然当了主上，双手难免要承担我一个人的生命，不多我一个。”

这种混蛋逻辑……这种混蛋逻辑居然听起来还该死的真他喵的有逻辑！我吸口气，换种说法：“我是主上，所以你的命在我手里。”

“是。”

“那我命令你，用这条命好好地做事，直到老天让你死掉为止。”

“……”约伯眼神有点发直。

“你是一个好人。而这世上总是有许多坏事发生对不对？你就当你自己已经死掉了，什么亏欠啊负担啊都当作前世前生，不要去管它，只要一门心思阻止坏事发生，好不好？”我拍拍他，“总有一天你要死的，但不是此刻。此刻，老天没有收你。”

他吐出口气：“谨遵主上命令。”

元王爷的回馈比我们想象中的慢一点儿，但是还好。第三日的清晨，有人到绿眉军寨二里开外扎了营，派先锋兵送来一筐子干肉，还有几罐美酒，说愿同我们修好，署名是元王爷，不过领营来的不是他本尊，而是他手下的一员大将，姓薛，据说善能使一柄大锤，被封为“神锤大帅”。

我想来想去，季襛也不至于在元城封个什么大帅，大约总是元王爷造反之后自封的了，像无数的草头王、草头将军和草头大仙一样，他想跳出来自己做主，喊自己什么都行，直到被人打死为止。

这位薛大帅说，请我们准备一下，他要跟我们缔结盟约。按说这结盟的事，应该由双方首脑签字画押才算数，不过元王爷身娇体贵，骤然就要来冒险签约也许太为难他。薛大帅讲元王爷已经授意给他，他可全权行事，我们也只好听着。宜早不宜迟，无谓拖过一晚，午鼓过后我们就收拾收拾去同他缔约了。

缔约的地点约好在他的营寨和我们的营寨之间的一片荒地上。说起荒地，有的地方荒呢，荒得还有片儿野草，那块地荒得，连草都没几根，只有满地沙砾，又是平原，没峰没谷的，藏不下埋伏，稍微有什么动静，方圆半里都能看得见。在这种地方谈判，大家都比较放心。

我们到得可能稍早了一点，而薛大帅晚了一点点。于是，我们都在预定地点坐定了，他们才来，推着几辆大车子，上面都像先锋军带来的酒肉一样，披红挂彩的，也许是元王爷送来的礼物吧？他真客气。

我还看到了我们派过去送信的兄弟，穿着簇簇新的衣服，坐在软轿上，几个人抬着他。待遇好隆重。这兄弟一定没怎么享受过吧？笑容有点僵硬。

龙婴忽然涩声道：“快退。”

“怎么？”我们一起问他。

“我的父亲，不像是这么好的人。”他道，“他也许会结盟，但不会送这么多礼物；就算送这么多礼物，也不会给一个使者这样的礼遇。当初拍皇帝马屁还有可能，但你们的使者……”

彩车和软轿还在向我们接近，使者还在笑，笑得实在太僵硬。他的肌肉，自始至终动都没动过一下。他不怕累？

“快退！”沈虞孙暴出一声大喝，抢到我们面前，横刀指着对面道：“鼠辈敢尔！”

他嗓门似雷公，我离得近，耳朵几乎都被他聋了，对面的车队一滞。向予已经忙着指挥：“你们快护主上退回。”手臂紧紧揪着龙婴，“我们断后。”

龙婴向河白扯出一个比哭还难看的笑容：“二哥，出了什么事，恨我爹就行，别恨我。”

我仍然不知道出了什么事，众人已经保护着我狂退。我努力地回头，见到薛大帅一声令下，绿眉使者被掀了下去，硬邦邦地跌到地上。他已经是个尸体，只是像木偶一样抬过来麻痹我们的。彩车的布幔都掀开。战士跳出来，弓弩森森闪亮。

“射！”薛大帅命令。

绿眉没有害元城，他为什么要射？龙婴还在这里，他为什么要射！

我的功力，向予已经帮我恢复。现在不是每个人都可以随便挟着我到哪里就到哪里。我要转回去，跟向予他们并肩面对那些利箭。

“主上，你如回去，我们就死在这里！”周阿荧和河白异口同声对我道。

他们都是文人，可恶的文人，半场架都不会打，只会拿自己性命威胁别人！

“我们已经有安排。”河白飞快地对我补充。

是，他们的袖管、裤管里，有许多灰黄、似砂子般的东西落在地上，几乎看不出来。这是他们的安排？

利矢齐发，薛大帅也亮起白银般闪亮的大锤，亲自站在旁边掠阵。好在为了怕被箭误伤，他没有上来打，只是不停地呼喝发箭，像完全没看到龙婴被向予推到前面似的。

我此刻真的怀疑龙婴到底是不是元王爷的儿子、或者元王爷是不是还活着！

向予和沈虞孙“铮铮铮”把乱箭都拨开。我们已经退得离他们很远，但箭仍然追着我们——薛大帅的士兵已经追过来，几乎包围了向予三人，并仍不断向我们放箭。河白比个手势，旁边一个小兵吹响号角。薛大帅亲自挥锤对向予他们打过去，那锤子分量应该很重吧？他舞起来举重若轻，似一朵云。

我的心提到嗓子眼。

“轰！”河白亲手点着了火丢过去。那些枯黄似砂子的东西，原来是易燃物？迅即便烧起来。河白大叫：“蛟帅！狮王！”

向予袖子一挥，在大锤上轻轻一粘，那大锤似云朵被天风所卷，顿时被挥到一边。同时沈虞孙跃起来，向予单手一伸，沈虞孙双足蹬在他手上，向予更向上一送，沈虞孙借力高高跃起，如神鹰飞入云中。

薛大帅锤子被向予一卷，“啪”砸向地上，尘土飞扬，最后关头他大力控制住锤子，锤子没有直接砸到地面，只是擦着地皮儿撩过去，饶是这样，也刮掉了一层地皮，这要是打到人身上，还了得？他将锤子顺势舞一圈，比刚才力道更猛数倍，虎虎生风对向予胸腹部砸去。旁边小兵们也举箭向天射沈虞孙。沈虞孙并不在乎这种乱箭，信手一拨也就拨掉了，射在他靴子上的，他连拨都懒得拨，这种小兵射出的力道，穿透了靴子皮后，绝伤不了他的铜铁皮肤。而向予挟着龙婴，身子微微一侧，让过大锤，大锤的劲风把他衣袂带得狂舞。薛将军大叫声“好！”手臂肌肉绷紧，大锤竟以不可能的角度回挫，向予其势已竭，锤子眼见要把他的腹部和龙婴的手臂一起磨成肉泥！说时迟那时快，向予伸出手，在大锤柄上轻轻叼住，一扭一掀，薛将军竟失了控制力，举着大锤一个趔趄，失去准头的沉重大锤落井下石，把他更多带两个趔趄，向予已经跃起来，不必别人借力，鼓起双臂，像一只风筝。龙婴牢牢地贴在他肋下，像一只被风筝捉住的蝴蝶。

“轰！”震耳欲聋的声音。河白他们不断把我向后拉，我的脸还是被烈焰烘得滚烫。他们不知在地下埋了什么厉害的炸药，差火一烧，炸起来，火焰最高燎到两丈高，天空为之变色。薛将军带的一些士兵，躲避不及，被火烧进去，烈焰中几个黑色影子扭曲惨叫。残忍、残忍。为什么会这样？“沈虞孙！”我大叫。

他跳起得最早，但身躯最沉重，我眼看他要跌进火里。

向予直接把龙婴往地面掷下去，而且还踏上一脚。龙婴小小的身子，疾若流星坠下去，而向予借着这一掷、一踏之力，射到沈虞孙身边，手一伸，将他拎起，两个人都穿过烈焰，飞落我们身边，一落地就翻滚压灭火焰，全身已经被烧得漆黑，狼狈不堪，但总算安全。

“龙婴那个小娃儿，不能带回来，就应该杀了他！”沈虞孙大叫。

“不，我想不是他的问题。”河白慢吞吞道。

“我觉得也不是。”向予回答。

那些黄色的碎屑，是绿眉寨里伐木造营寨时锯下来的碎料，洒在地上，难以看出，用来引火。至于炸药，做成了小石头般的样子，我们抬过去准备缔盟用的椅子、小台子里也都有藏。我们跑走后，椅子台子当然不带走，薛大帅的兵追到我们原先呆的地方，火一烧，就炸了。

这是河白的主意。连那些炸药，也是官兵先前想骗他们用的“金元宝炸药”，河白及时发现了，拆解出来，备不时之需，果然备到今日救急。

“我看，以后有危险的事，我就不去了。文官还是留在后方照应比较好，免得被一锅端，损失太大。”周阿荧首先发言。

大家都同意。

“主上也不要乱跑，不然大家还要腾出手保护他，太麻烦。”周阿荧继续发言。

“等我把他本事教好一点再叫他跑。”向予附议。

我不理会他们，揪起河白的肥肉，连着问：“龙婴是元王爷的亲生儿子？你想想看，元王爷会不会出事了？龙婴被丢在后面，会出事吧？”

“应该是亲生的啦！他跟他老爹长得比我跟我老爹都像。他妈闺德比我妈还好。元王爷出没出事，待会儿就知道了。”河白被我揪得直翻白眼。

“一定出事了！不然他们的箭怎么往龙婴身上招呼？”我心急如焚。我情愿要龙婴的父亲当对手,也不要一个莫明其妙的杀人狂当对手。

“不一定的。”周阿荧插口道,“主上,听说你曾被柴犬劫走,当时,当今皇上有没有出事?他射箭追击时有没有顾虑过你?”

我张口结舌。

“所以,主上,你处事也应该更有霸气,否则只能沦为他人鱼肉。”周阿荧趁机教育我。

我天生是鱼肉,不可以啊?他们厉害,他们去当刀俎啊!

“问题是元王爷为什么要打我们?这对他有什么好处?”我问重点。

这次没人能回答。

元王爷节省了我们动脑筋的麻烦,给我们射了封文书,那文书实在太重了,箭几乎飞不动。绿眉的营寨安扎得极为险密隐蔽,东南边占据三湖最险恶的一角,西边临近密林,随时可疏散奔逃,东边以大木扎起高墙、箭台与几处八卦阵迷城,薛大帅的人只能挨近最外边的箭台,远远射出书信来,那书信掉在半路了。

两边的人都呆了呆,没人敢去捡。片刻后,薛大帅的人喊了声:“这是我们王爷给你们贼首下的檄文!”

箭台里的绿眉没吭声。

“王爷叫我们送给你们!”

绿眉还是没吭声。

“我、我们送到了哈!你们如果不看,你们自行负责哈!”送信的连滚带爬逃回去了。缔盟那一战,他们受我们的惊吓,好像比我们受他们的惊吓还严重。

绿眉兄弟等了会儿,看看没动静,抓石子选出个胆大的,两腿战战地走了过去,捡了就跑回来,竟然没有埋伏。

那文书就送到了我们面前。

“……佞臣昭然,秉乾行坤,竟荐衽席之私;背天犯庶,遂逞奸谗之口。药鸠先帝,乃推过错于黄门,令四野失主;权夺大宝,遂鼓妖迹于内外,使血伦丧亲。残戮彰闻、丑类跳梁、怎不令忠巨愤起殚厥壮猷、以期克平大憝……”我瞄了一眼,瞄到这几句话,前后长长的还不知写了多少,军中大概没有人会写蝇头小楷,大拇指般的墨字一个个挨下来,要命,得有多重,难怪箭都射不动。他就不能往短了好好地说话?

“他说的都是什么意思啊?”我问。放弃自己研究了。反正这里随便抓几个人学问都比我好。

“他说你是狐狸精,诱惑当今皇帝把先帝给毒死了,还嫁祸给太监。他说你是妖孽。”河白“啧啧”地摇头。

嗯,季禳登基时,说一个太监给错了药害死历祥,拉出去砍了。这是不对的。他从那时起就开始玩弄手段,取别人的性命。但我总是狠不下心责怪,总是给他找理由,觉得他是不得已。其实再怎么不得已,杀了人就是杀了吧?季禳不应该被原谅。

也许没有我的话,季禳不会那么快杀历祥,这个太监不会死也不一定?说是我的错,也可以。我也不应该被原谅。

甚至薛大帅抬过来的信使,逃跑时不幸被射死的几位兄弟,都是因为我没有照料好才出事的不是吗?我如果能力够强,想得多周到一点点,他们都不会死不是吗?于是,他们的命也该记在我头上。

我想我确实是妖孽,不管我故不故意。

"后面他说他要讨伐你,并招降绿眉军。"后面洋洋洒洒几百字,周阿荧概括得比河白还简单。

"难道说元王爷他……"我有点不敢相信。

周阿荧分析:"他认为绿眉军迟早要败,结盟的话,需要他提供援助,还不如击溃我们,他可以收编我们剩下的力量。另外,皇上不会放过他,他要考虑万一元城守不住、向何处躲避,关外有北虏,是去不得的,只有西面南面地理险恶,可退而据守,偏又被我们绿眉先占住,他怕一旦结盟,反而要向我们摇尾乞怜,故不如除去我们,便无后顾之忧。"说完这句话又转向河白,"河公子觉得呢?"

"他以为先吞并绿眉,然后跟官府对抗,会比较安全,哪怕为此牺牲儿子也值得?"我也不可置信的望着河白,"他真有这么蠢?"

"从龙婴身上看,他老爹不该这么蠢。但从他亲口向我抱怨的,他爹脑袋好像还真有废成这种程度的可能。"河白沉重回答。

好,所以我们是要拿这种蠢材怎么办……

"报——那个龙婴一个人到箭台前面了。"绿眉兄弟跑到门口慌里慌张地请示:"打不打?"

周阿荧看看我、我看看河白,向予和沈虞孙互看。

沈虞孙说:"打他。"河白说:"不可。"向予道:"且慢。"然后三人互看。

我深吸一口气,想提高嗓门,考虑到再提嗓门也提不过沈虞孙,只好拎着剑鞘揍地板为自己增强声势:"先去听听他说什么!"

龙婴看起来没有大碍,脸上身上干干净净的,盘膝坐在地上,像个莲花童子,说的是:"我爹猪油蒙了心了,我会回去跟他讲清楚,请诸位暂时不要对付元城。"

"他的兵比我们多,我们怎可能主动对付元城,现在我们也是在坚守而已,不是吗?"我奇怪地问身边的几位高人。

向予望天、沈虞孙望地，河白打哈哈。

“等一下。兵力既然有悬殊，莫非擒贼先擒王。你们武功高强，是想去行刺元王爷?!”跟他们相处久了，近墨者黑，我智商见长，一句话就问到他们三个人都讪笑。

我怒目对着向予：“向予!”语气中指认他是刺客——元王爷敢起兵造反，身边难免也有几个高手，绿眉军中，武力最强当属沈虞孙，但沈虞孙擅长战场上大面积厮杀，高来高去幽灵般出手绝对不是强项，元城是旱地，水上战力强的波叔等人也可排除，挨下来数，剑客约伯应是担纲刺客的第一人选，但他旧伤未愈，那么有资格行刺的当然只有向予本人了。

“什么向予。称名道姓，没大没小的。叫师傅，师傅。”向予继续打哈哈。

“你怎么可以去行刺？你去了……万一出什么事，叫绿眉怎么办呢?”我这话不是奉承。我从来没有带兵打过战，周阿荧等人各有所长，但单独都不足以压台面，有威望、有能耐、有智商的，也只有向予一个。

“徒儿这样关心为师，为师很感动啊哈哈。”向予摸摸鼻子，“是约伯去啦。”

“约伯!”我嗓门不由自主的拔尖，“他伤没好!”

“养了这么久，也差不多好啦，就是皮肉还没长得很好，不过江湖人嘛，少块肉有什么大不了。他去，我看差不离。”向予说得轻飘飘。

“我说不行!”我大怒，“他叫我诛杀他，我没杀，他的命已经是我的了。我叫他干嘛，他就得干嘛。我觉得他无谓冒险，那谁都不许叫他去送命。他的命是我的!”

捧我当主上，又擅自动我的人。把我当摆设啊？

龙婴等了一会儿，看我们迟迟不回话，以为我们不信他，站起身来，扬声道：“你们不信我，我就继续留在你们这边当人质。”举步向我们这边走过来。

他当人质有用吗？我们又不是没拿他当过人质，像季禳对我一样，有个屁用？我叫沈虞孙向他喊话，让他别过来了。

龙婴小小年纪，内力倒是比我还充足些，不须请人喊话，自己张嘴，虽然不如沈虞孙声儿大，每个字也都能清晰地传到我们耳边：“我一个人说不转父亲，如果孤身回去，想必要被逼帮助父亲同你们作对，若是那样，不如留在你们这里罢了。”步伐毅然决然。

薛大帅亲自领着几个士兵陪着他，见他要自投敌营，哪里敢答应，出手拦阻。

他的拦阻，没有动用大锤，只是拉住了龙婴的手。

龙婴也就任他拉住，忽然沉腕往下一带，薛大帅一个踉跄，龙婴已甩开他的手，倾身向前，顺便闪过旁边的士兵，奔向我们这个方向。眼看他身姿轻灵，几个眨眼，已接近箭台，再进一尺，就要脱离箭最有效的射程——箭对太近的物体，不是那么中用的。守台的士兵已经去摸滚石机的扳手，以便必要时把石头丢下去——虽然用石头来对付龙婴，就像往水里丢个石子打算砸中鱼那样，不太管事的。沈虞孙握着拳，问我："打？"

多谢他问我的意见。我没有时间迟疑："放他进来。"

沈虞孙和向予都在左右，如果还怕一个龙婴，绿眉不如就地解散算数。

龙婴足尖终于踏上箭台，单膝跪地，一抱拳："家父的事，对不住得很。"

我伸过手就揪他耳朵皮子："你们薛大帅什么意思？嘎，什么意思？你爹难道不要你性命了？"龙婴面色惨白，勉强笑道："嗯，看来是不要了？""喂，他是不是你亲爹啊！"我椎心泣血再问一遍。

"应该是吧，虽然有时候我也不太确定了。"龙婴苦笑。"那他——""亲儿子跟天下比，还是天下比较重要啊。"龙婴道，"只是我没想到我家老头子这么蠢，居然以为先打你们比较好。"

"你自己很聪明？为什么要来当人质，真的没有必要啊。"我觉得他比他爹更蠢，做这种没意义的举动。

这次龙婴抿嘴笑。

"他的重点在于，他一个人说服不了他爹，想叫绿眉出个人陪他一起去元城当说客！"河白悻悻然。

知弟莫如哥，知哥也莫如弟，龙婴笑嘻嘻道："那你气什么？"

"不！我不要跟你去当说客！你爹没指望的，我不要投靠他！说不通他，我又不投靠他，他会把我烤了的！我养出这么多肥肉不容易，无谓给你爹军营里充口粮！"河白严词拒绝。

"谁要你来。"龙婴还看不上他，"你油嘴滑舌，说出话来猪都不信的。找你作说客，我老寿星寻砒霜吃？"

"那么……要不，我去？"我试着举手。

周围一圈吸冷气的声音。向予用他的脑袋撞我的额头："他的目的就是要拐骗你！"

好痛！他郁闷的话去撞墙好不好，墙不会痛。我的脑袋是会痛的哎！我强烈怀疑他把我捧成主上已经后悔了，撞死我，他好拿回我的位置。

"其实我也不是真的奢望能拐到侍郎同去的啦。"龙婴举起两只手，"但是，你们想想看，我爹与其说看你们不顺眼，还不如说是忌惮你们比较多，他怕他集中力量跟官府打时，背后叫你们插一刀子。你们有一个稍微重量级点的人物过去了，显示出诚意和魄力，他就会认真考虑了。"

"考虑之后会不会百分百接受？我们的人会不会有危险？"

"不一定百分百接受。"龙婴承认。

"那我们还派人跟你去?!"沈虞孙瞪眼。他的头长得比旁人稍微大一点，最怕别人真的把他当作头大无脑。

“所以我先到你们这边来，表达我的诚意与魄力啊。如果你们还是不答应，没法子，我也不用孤身回去了，就在这里和白二哥一起入伙算数。因为我爹如果把你们打坏了，估计你们不会投降，我怎忍心对你们赶尽杀绝——”手压在嘴唇上挡住沈虞孙的怒斥声，“如果你们把我爹打坏了，估计他会投降，那时我已给你们立下战功，想必能在你们面前求个情，保我老爹一命。”向河白鞠一躬，“这也是同白二哥同样的考虑。”

“呸呸呸。”沈虞孙不断朝地上啐唾沫。刚才龙婴的手指头是压在自己嘴唇上吗？才怪。他压在沈虞孙嘴唇上！龙婴手指又软又白，比许多青春少女的手指还要娇嫩些，往沈虞孙嘴唇上轻轻一点，可怜沈狮王的眼睛都瞪圆了，虎躯一抖，满口脏话生生吞回去，几乎没咬断舌头。等反应过来，就忙着往地上吐唾沫。

“先回帐，慢慢商议吧。”我推着他们，又问向予，“约伯一定还没有出发，对不对？”

“……对。”向予蛮不情不愿地回答。如果已经出发，可能叫不回来。既然没有出发，我下令阻止，约伯就走不得了。

箭台之后，又是周阿荧组建的一个小八卦阵，话说箭台前固然是一马平川，箭台后却是狭窄蜿蜒的山口，崎岖地段本来不利于布阵，周阿荧巧心思，借了地势，树些木桩与机关，反比平地更凶险。我学了几遍，走起来还有点头晕脑涨，要紧紧拉着向予的衣角走，龙婴干脆躲到了河白的怀里。河白扛起自己一身肥肉就已经够吃力，抱着他走了一小段，还是转手给沈虞孙。龙婴来者不拒、小鸟依人，走到地头时，沈虞孙的脸色已经青得能滴出水来，把龙婴像湿面粉一样往地上一掼。龙婴翩若蝴蝶落地，脸上依然笑嘻嘻的。水玉正好挽着一篮子刚洗剥好的野物生肉经过，看见，吓一跳：“丝铃……啊，龙少爷，你真是男的？”

水玉当初在我的侍郎府，把龙婴当小丫头呼来喝去已经习惯了。龙婴不久前以男儿身被我带回绿眉时，她不适应了很长时间，才算转过口来。如今一见龙婴轻灵从沈虞孙怀里落地，像煞了风流少女，吓得再确定一遍。

龙婴只是冲她皱了皱鼻子。

议事大帐，大家错错落落椅子上地上地坐了，桌面由龙婴盘踞，而向予则像蝙蝠一样粘在柱子上挂好，各自就位，便开始谈。谈来谈去，总是谈不拢，河白提出最毒的一招：“算啦，三弟，你也别回去了，我估计跟你爹讲不清。还好我另有妙计。”他建议把三湖的水引过来，直接淹掉薛将军身后的城池，断其后路以解围。

“那样，城里的人都要死吧！”我惊骇。他出的算什么馊主意？

“打战哪有不死人的。小不忍——”河白道。

“所谓小不忍，是忍自己的不快，达到自己的理想；而不是忍别人的生命，来达到自己的欲望！”我怒道，“如果草菅人命，争自己一时得势，争来有什么意义？到头来一定不会有好下场！绝不会有好下场！！”

全场静默良久。沈虞孙揪着大胡子：“那不杀人的话，我们就赢不了啊，难道伸着脖子让人杀？”

谁说让人杀了！我不是有好办法吗：“我去见元王爷，跟他谈谈。”

全场人继续用看疯子一样的眼光看我。

我被当疯子看也够久了，早就磨炼出来，老皮老脸指着周阿荧他们：“你，你，还有你，不是说我真命天子？那成，我去跟元王爷谈判。如果我真的有天命，一定死不了，还可以解决这次事情；如果我死了，那我一定不是什么天定的头儿，你们也不用可惜。是这个道理吧？”

周阿荧把脸埋在手里。河白呜咽：“要不你还是先问问蛟帅狮王吧……”加补一句，“我没见过这么喜欢找死的人，周相爷，他真是天命指示给你的皇帝？”

周阿荧的手掌里也发出呜咽，没有回答。

我不理他们。向予和沈虞孙在阵前督军，我要他们安排我与元王爷阵营接洽。他们很不乐意，我道：“这是命令！”向予看转不过圜来，叹口气：“好吧。不过，我要跟你一起去，保护你。”

“不用不用。”我双手乱摇，“他们看到你，会不放心的。再说，我如果能说动元王爷，你不跟去我也说动了；如果元王爷要杀我，那是他的地盘，就算你跟去，有什么用？”

“没事，我跟去吧？”龙婴向我表忠心，遭到一致的反对“你要留在这里当人质”之后，他道，“我还是回去的好。你们看，我爹下令偷袭时不要管他儿子的死活。但现在偷袭不成、久攻不下，薛将军已经气虚，我说破天是王爷的儿子，他就算对我狠得下心，那些将士们总要当我是小主子，不敢太放肆——左右我爹也没有亲自到阵前，那领兵的薛元帅，我有数，为人还算忠诚老实。我保护侍郎，薛元帅总要听我的。就算以后我爹真的要翻脸，我也想办法保全侍郎就是了，爹虽然能给薛大锤下个偷袭的狠命令，当起面来总不见得亲手拿刀杀我。”

我听着这番话还挺靠谱，但向予他们都投以不信的眼神，连河白也是。龙婴叫屈道：“二哥，你都不信我？”

“那个啥……兄弟啊，也不是不相信你。可是你我都知道，到时候老爷子一施压，或者娘亲一哭一闹，咱们不一定顶得住啊。”河白苦哈哈咧开嘴，“再者说，各为其主。我这边既然投了绿眉，就得替绿眉着想。你呢，没得选，是元地的小公子，总要替元地利益着想，把侍郎干啥干啥的了，也没人能说你个不字啊？”

龙婴现出哭相:“那我是说不清咯。”

“没什么,我们一起走吧。”我道。

“喂!”沈虞孙叫起来。

“我去,主要是尽我自己的力量,与龙婴无关。”我笑道,“何况你们别这么担心,我觉得成功的几率还是很大的呀。人总是趋利避害的。情报不是说皇帝在打元地没放松?我们绿眉,元王爷一时又吃不下,那必定要跟我们联盟,彼此有利。龙婴也觉得是这样对吧?所以,只要绿眉能再顶一段时间,我跟龙婴在那边游说,必定有胜算。”

众人的目光不知不觉又集中在周阿荧身上。他拿左手指拍拍右手掌,沉吟片刻,道:“按道理,是这样没错。但千金之子,坐不垂堂,纵有万分之一的危险,总不宜叫主公冒险。”

“我们有更好的说客?”我笑起来。

沉默。

河白与向予对视一眼,由河白开口道:“要说口舌,我等虽然也能搬弄一二,但要迷惑人心,果然还是大人您啊。”

什么叫迷惑人心?喂!

“是啊,你有一种奇怪的本事,能把莫明其妙的东西说得都让别人相信。而且,不管什么人,你好像都能忽悠成你的亲信。”向予叹道,“这个我们确实不如你——但是,我觉得这次还是我去比较好。周相公说得对,你毕竟不适合冒险。”

“我才适合呢!你们不管谁出了事,绿眉战力就削减。我如果出了事,有什么关系?最多证明我不是真命天子。”我捋袖子道,“再说,反正师父你也已经解开我的禁制了啊,难道师父你对自己教的徒儿不放心么?还是你们说什么天命,把我逼了这么久,都是骗我的?你们根本对我的运气没信心?”

沉默。再度沉默。

向予挥了挥手:“算了,你去吧。”

这天我们谈得很迟,才敲定第二天我跟龙婴一起出发的所有细节。约伯本来要跟,我怕元王爷起戒心,磨破嘴皮子回绝了。晚上回去,水玉给我打点包袱,顺便多打了一份,我眼尖瞧见,按住她手问:“这是干什么?”

她的手比以前粗糙很多。

“跟您去。”她抬头看我。

“神经病。”我直接驳回。叫她跟?这种念头在我脑子里连点影子都没转过。

“大人您……不公平。那些英雄们不准您去,您据理力争。水玉要跟您去,您怎么可以不许?”她的眼泪往外涌。

“不一样啦！我会武功、你不会。还有，我呆在这里没什么用，你有用啊！你会女红缝补，会做饭做菜，我什么都不会！所以你一定要留在这里才能发挥更大的作用不是吗？谢娘要是没你这个帮手，叫她怎么办啊？”我把她的手捉得紧紧的。我知道她在这里很辛苦，但也只能如此了，总比跟我去冒险的好。我一定要努力尽快结束战事，只有天下太平，我才能有好地方安置水玉。

“水玉只想在您的身边帮忙。”她还是啜泣。

“你在这里，最帮我的忙了。乖啦！”我抚着她的头讲了不知千百句好话，才算把她说通。

这几位，晚上算说通了，早上出发时，我还得安抚怀光。

几日来，我都是骑着怀光来去，我的马术渐好，怀光也开心。但如今与龙婴一同走，实在怕有危险，再者说，又不是去行军打仗，脚力也不必太好，因此决定，还是把怀光留在绿眉中给向予他们照料比较合适。怀光连声嘶叫，尤其当看我骑到其他杂色毛的马上时，那小脖子扭得啊，像看见自己丈夫爬到什么混账女孩身上了。

“爱护你才把你留下来。”我抚摸它的脖子，笑：“等我回来。”

护送我们前往元军军营的队伍，相当壮大，有点儿炫耀绿眉兵力的意思，连伤没有全好的约伯都照应在旁。浩浩荡荡行至元军一箭路远，护送的人退回去，向予拍了拍我的肩，一切尽在不言中。

脚底踩着谢娘新纳的鞋底，怀里揣着水玉给的干粮肉脯，肩上留着向予轻轻一拍，我昂首挺胸，自觉刀山火海都去得。

元方兵士将接应我们接应进营房。薛大帅看在龙婴的面上，果然非常殷勤周全，派精兵好马把我们送去元城——龙婴的老爹果然缩在元城里，脚都不踏过来，有什么指示派人传信，这才叫千金之子坐不垂堂呢，屋梁上怎么不落一泡燕子屎砸死他！

“你真的相信你不会死。”龙婴持着马缰，问我。

“也不是真的相信吧……但是，至少可以努力做点什么事，总比昏头昏脑一切交给别人，自己什么都掌握不了来得好。”我道。

龙婴笑了，点一下头：“如果我爹坚持不转弯，如果他一定要命令我的话，也许我真的会把你杀了，你知道吗？”

“呃……”

“但我会一直记住有你这么个人。你将是我的偶像。”他道。

“那……谢谢了哈。”我只有干笑擦冷汗的份。

我们一路往北去，越走，所见的村庄城镇越有活气，不像向予带我走的西南边那样——村口封着蒺藜、没什么人随便走动，农田里的人排得几乎像军队一样整齐，而且彼此之间不说话——不，感谢神，去元城的路上我见到懒懒散散在田边收拾干草的人，还有挑担子叫卖的小贩，不觉松一口气，觉得总算到了我这种散漫的人也能活下去的地方。

不过，我随后发现有的小贩担子上锁着大锁、腰里别着刀，像强盗好像比像小贩更多。直到有两匹驮着沉重东西的马，远远一照面，马上的人看见我们，立刻别转马头狂奔，我忍不住问："他们是马贼？"

"不，应该是生意人。"龙婴毫不吃惊的回答。

"他们贩卖什么，要这么紧张！"我掩住嘴。莫非卖的是价值连城的宝物？

"我们还听命于朝廷时，当今皇上不准买卖粮食，所以私贩子们都用武器保护自己，昼伏夜出。如今父亲造反，应该解除了买卖禁令，但有些东西想必还短缺，买卖的人只好继续武装起来，免得被人哄抢吧。如果到处都是白米饭，谁还会费力气去锁一块米糕。"龙婴索然无味地介绍。

这些人贩卖的，只是食物这类东西？我猜方便的时候，他们都会转化为真正的强盗吧！最基本的食物，都需要主人用武力去保卫时，根本已经离强盗世界不远。

"你为什么这么冷静？为什么不生气？"我不敢置信地盯着龙婴，"这是你父亲管理的地面不是吗？如果说当初皇上的命令有限制经商，但你父亲如今已经造反了，市面上的物资仍然短缺，管理者不是有责任吗？"

"我父亲生气，所以他造反了。但现在是冬天，地力要休息，东西少，又不是一下子能变得出来的。"龙婴瞥了我一眼，"你跟皇上熟，皇上的子民们过得艰难，你又为什么不生气？"

我生气啊。我咬唇。如果现在季禳在我面前，我拉断他耳朵皮、扯破他龙袍也要问清楚他是怎么想的，为什么把天下管理成这副样子。但现在他不在这里，所有的指控都是别人单方面的指控，他又没有机会为自己辩解……不，他是皇上，那么多臣民不满意、指控他，他不需要辩解，都已经有罪。

季禳！我在心里狠狠抽他一记耳光：如果你真的有其他考虑的话，最好快点看到成效，让天下好转起来。不然，我真的想把天下从你手中夺走，看看靠我的力量能不能让人们开心一点。

"但是，粮食到哪里去了呢？"眼前只有龙婴，我问他。绿眉的粮食紧张，我会以为是官兵封锁了绿眉的粮食供应线。但元城本来不就是正规官兵吗？他们既解除了商禁，物资怎会仍然短缺？我不信元王爷锁着粮库，乐意看遍野百姓饿肚子。

“朝廷从年初开始，又是打北虏、打强盗反贼，把大部分钱粮都收缴上去了，只是由地方再按人头返回口粮，这‘皇恩返还粮’也是由京都计算着扣的，刚够人不饿死，地方上官府能留的很少，稍微有开支，便应付不过来了。”龙婴回答，像是知道我活该天真似的，他都没有顺便取笑我。

于是说，地方诸侯也没余粮啊……没余粮元王爷都敢起兵？我该不该夸奖他胆子像河白的尊肚一样肥大？

“但是粮食到底都到哪里去了呢？”我还是想不通。

“打仗消耗掉了啊。”龙婴实在不知道我怎么问出这样愚蠢的问题。

“不是啦！打仗消耗的是人命、是武器、还有战士吃掉的那些粮食。但是全天下种出来的粮食，不可能给军队吃完是不是？所以那些收缴的粮食，到底去了哪里呢？”

龙婴眼里透出激赏：“不错。有一部分损耗，是因为本来种田的人被叫去打仗，影响到田里的出产；一部分粮食，应该存在京城以备不时之需；还有一部分，我们都怀疑是运给西域胡人换战备了。”

跟北虏不同，胡人住在沙漠的另一边，自给自足，对中原没什么兴趣。跟他们换装备，是说得通的，但——“为了打仗，从百姓的口中夺粮，这比投敌更恶劣！”

龙婴这次摇摇头，没有同意我：“投敌就是彻底失败了。暂时的艰苦换来胜利，应该还是值得的。我如果不是诸侯之子，也要赞同皇上的决定。”

投敌，失败的只是皇帝吧？如果敌人不会把百姓全部杀光的话。只要能好好活着，在谁的手下不是活着呢？对他们推崇的“气节”，我不是很理解，只能闭嘴。

幸好越往北边走、越接近元城，所见的景象就越缓和与富饶，气温是更冷了，早晨出发时还只要穿薄棉袄，晚上就不得不换上较厚的皮衣。客栈、茶楼、酒店都开门营业，虽然建筑比较旧、陈设也没有多好，多半只是在大门口挂个厚厚的棉布帘挡寒风，但掀开帘子，能见到里面烧着熊熊的炭火盆，还能闻见酒香。皮货商、药材商、牛马商，来来去去，划拳斗酒，骂着粗话，见到我们这支小小的军队，略为侧目，稍微肃静点，但至少不逃跑。谢天谢地，这证明元王爷的军队没有祸害地方。我心甚慰。

有龙婴在，我们住的自然不是小客栈，都由地方上的官员接待。这些官员们，厉祥在、忠于厉祥；季禳在、忠于季禳；顶头上司元王爷造反、他们又忠于元王爷。要是以“气节”来要求，大约也不算很有气节的。但地方总要有他们在，才能流畅地运转下去。经历过那么多颠沛流离，我觉得谨小慎微，一天到晚应付着琐事的他们，比一切快意恩仇的英雄都更来得英雄。

夜宿日行、快马加鞭，元城终于就在眼前了。

有段时间不见，元城跟我初见那时，又不一样。城头全是士兵，但是摊子全都摆出来了,街道不像我初见时那么空旷冷漠,仿佛有谁解了绳结,于是所有活人们都尽着他们的性子出来。沿着街的小店,把两扇吊窗吊起。摆着几条桌凳。照壁上有的贴着大红大绿的关公、浑金浑银的财神爷,有的提前挂出春联道是:"生意滔滔长,财源滚滚来。"小饭铺当垆的老板娘,略挂油腻的桃红袖子卷着,露出两段藕臂,红通通手里拿着锅铲儿,嘴里哼着小调儿,那锅下的火苗欢快得像是布头剪的,被风吹动,摇摇摆摆老是停不下来,老是不会熄、老是红火。打铁铺叮叮响。有小贩在叫卖柑橘:"异物,异物,海边贩来的!九死一生贩到这里!"戴着绢花涂脂抹粉的身份可疑女子,咧着职业性笑容晃着两手走在街头,远远有管弦飘来,与街头不知谁家送葬的哀乐混在一起。

"纸醉金迷、鱼龙混杂。"龙婴苦笑一声,"这就是元城一向的民风。瘟疫也好、大战也好,只要暂时没人掐着他们的脖子叫他们噤声,他们总要玩乐的。"

"真正强盛的城市,人民应该欢乐。"我小心道。如果所有城镇都像元城般欢乐,那更好。

"也许吧。不过……"龙婴挥了挥手,目光落到那送葬的队伍上,骤然吸口冷气:"噫!"

那送葬的队伍近了,看得出是个好人家,棺木、纸幡,样样都很齐整,送葬的队伍也排得很长。走在前面的几个,应该是血亲了,虽然处在极度的悲伤中,但容颜气度,看得出不是普通人。棺木上披着"忠烈"两个大字的丧布,更显得不平常。

龙婴奔过去,扯住打头的一个中年人就道:"十二叔!"

那人一怔,反手抱住他:"小公子!你怎么回来了?你好歹回来了!"虎目落下泪来。

那些送葬的也全围住龙婴。龙婴"叔公、婶子、叔母"一路叫过来,道:"这棺材里是谁?"在队伍中认了半天,找谁缺席,口中道,"莫非是、莫非是……"却不敢说出口。

"朝廷全力攻打我们。三小子领兵顶着,结果前日作战时,给射中脖颈,送命了!"他们嚎哭。

"三堂哥!"龙婴发出一声悲呼,几乎要跌在地上。

我的脑海中忽然闪过一个人影,是修长而清丽的少年,头发软绵绵的,有点带棕色,目光中一团孩气。别人会笑话他总也长不大,他也不回嘴,月光一样温柔顺从地笑着,露出一排尖尖的细牙,这细牙总算给他的绵羊的形象里稍微加进些狼性。流海披下来,有时遮住这只眼睛,有时遮住另一只眼睛上,他长长手指托着他还没有服兵役的童稚的脸:"其华姐姐,你为什么想参军?我啊,我可想象不出打仗的样子,多么残忍……"

陈其华,是程昭然真正的闺名。浮现在我脑海中这个人是谁呢?莫非是龙婴的三堂哥?有可能以前是熟人吗?毕竟我们都生活在元城……但龙婴又从没见过我。

也许这个少年影像只是我脑子里跳出来的错乱幻想,没有任何实际意义。我定定神,但刚要扶住悲痛欲绝的龙婴,那些人已先我扶了,目光落在我身上,有一个婆婆叫起来："陈家小姐?"别人拉她："你看清楚，人家是堂堂相公。"婆婆自己揉了揉眼睛："我看错，我看错。"旁边扶着龙婴手臂的十二叔迟疑："这位……"

他好像地位比较高、说话比较算数。

"在下程昭然。"我顾不得问那位婆婆是不是真的认识我，先向他拱手答礼。

他眉毛一耸："听说您现在在绿眉?"

"在下……是在绿眉。"当中的曲折，一时也解释不清，我索性应承下来。

"这次来，是想结盟的。"龙婴忙帮我说明。

那些人上下打量我，看得我都局促起来。十二叔一抱拳："好人品，好胆识！不愧是程侍郎。"

龙婴急着道："我爹呢?"

"奠过阿三，他说要等你商议事情，应该在府里。"

我们要去的地方，本就是元王府。龙婴应了声，退在路边，让送葬队伍先过去。我虽然平生不识棺材中的人，但出于对死者的尊敬，也立在龙婴的身边，低头表示哀悼，想起这段时间来见的种种惨事，不觉落下一滴泪。

一双脚停在我面前，我抬头，见是十二叔。他沉默片刻，道："您这样的人都起兵造反，看来朝廷气数已尽。"

"不，我希望大家能够不打仗，找出解决问题的方法。"我回答。

他嘴唇动了动，叹口气，走了。

而我和龙婴前往元王府。

元王府的大门之气派，自不消提，从前院到东花厅，长廊纵横、飞檐交错，比侍郎府更大了不知几许，说不尽的雕梁画栋、玉阶朱栏，门禁森森、花木扶疏，要是没人领路，真要迷失方向。季禳既然苛税重捐，把能刮的都刮进中央，这座元王府竟然没被刮走，着实叫人诧异。不过看他的建筑都有了年份，树木也是合抱的老树、没什么新种的花，也许这些时间元王爷并没有多花钱整修，举目所见，多半是从前的基业。

一路往里走，龙婴一路絮絮叨叨告诉我，三堂哥是十二堂叔的独子、他的远亲，"其实我见三堂哥也没有多少面，父亲他……我小时候练功读书比较苦，没什么机会跟同龄人玩，但每次有机会见面时，三堂哥总是对我很照顾，我喜欢他……哦，对了，京城有个程昭然的事，还是他告诉我的。传说程昭然是元城人，我们一起觉得这一定是谣言，因为有这么精彩的少年郎，我们怎么可能从来没听说过？他做梦都没想到你是女的呢……对了，你是谁家的女儿?"

我为之语塞。我是谁家的女儿？姓陈，我知道，但也许是疏忽、也许是觉得没有必要，连水玉也没有告诉我，爹娘叫什么名字、做着什么事。我最开始，一厢情愿地以为程昭然的爹必定是城主之类的官员了，但元王爷既然封在元城，龙婴也是在这里长大，我爹显然不可能是第二位太守。那我该说我是谁家的女儿？我沉吟。

元王爷已经迎出来，中年人，清瘦，这么大冷的天，袖子里居然还笼着把玉骨描金扇，悠然地摇一摇，仿佛多么英俊洒脱的样子。金线五彩玉压乌纱折角巾、金束带、织金盘龙黄缎袍，看得出是赶制的，那龙身上的线脚同季禨的袍子做工不能比。将士们在前线打仗，他没有参与；他的亲人送命了，他也没有参与。这么穿着黄袍躲在庭院中垂垂老矣的一个男人，我拱拱手，怎么称呼才好？王爷、伯父……皇帝？

他的目光落在我身上，极其地惊诧，好像看见了鬼。"父亲？"龙婴在旁边替我紧张。他回过神来，笑笑："久闻程侍郎，容色之艳，如天边霞；骨质之清，似玉壶冰。名不虚传。"态度倒是良好，说的全是奉承话。哼，这么会奉承，还不是毫不留情地起兵打绿眉！他喵的。想起死伤的绿眉兄弟，我就笑不出来，实在碍着他的态度，不能直接蹿上去揪他一块肉。

他拱手请我进花厅。

这屋子宽敞，柱子漆作杏黄色，两排窗子都雕花镂叶，一堂家具厚重细腻，俱是乌木的，百宝格里陈设着各类古玩，墙上挂着红缨宝剑，书架上居然还陈列着一行行装帧典雅的书籍，武经七书压着中论、邓子，感觉说不出多么古怪，尤其想到这个时候，他堂侄的棺材正作为"忠烈"走向坟墓去。

龙婴叽叽哇哇，抓紧时间跟他爹灌输结盟好呐结盟好，但我看得出他比平常都紧张，那些乱七八糟的字眼都不用了，整篇说话明显是事先准备过的，可以直接摘下来给人写文章当范文用，完全可以被表扬为锦绣啊珠玑的那种。我相信他从小一定读书读得很苦了，不然这种饶舌的句子哪能张开嘴就说出来。

元王爷牛嚼牡丹，任他讲，大风过耳，好像完全没在乎，目光只注视在我身上："程侍郎……"

都不晓得他磨叽些什么，我飞快道："其他不说了。我们之间立刻停战，我负责想办法问皇帝，有没有和平解决这件事件的方法。你不要再扩大战事，可以吗？"

"不打？"元王爷像听见了很好笑的事，"不打，我们全部束手待毙？"

"三堂哥是最能打的。他死了，现在剑壶关前是谁顶他的位置？"龙婴眸光一闪，放弃长篇大论，在旁边冷冷插话。

"你大哥。"元王爷回答。

"大哥……"龙婴唇边滑出冷笑。

"当然，你大哥的武艺不如你。"元王爷道，"所以，你即刻前去作他的先锋。"

"这就是你肯叫我回来的原因？"龙婴很愤怒，"你不吃亏就想不到我？你一想到我就是叫我去送死。”

我担心地把手放在龙婴肩上：“龙婴……”

“没事。我是他的儿子，活该的。”龙婴笑起来，但这个笑容比哭还悲惨，“我会去当先锋。”扭身朝门外就走，走两步又回头向我道：“你不用为结盟担心了。他现在到这种境况了，不结不行。”

我把询问的目光投向元王爷。

“讨论一下，我们可以讨论一下。”他搓手微笑，“咱们元地军队的实力，好歹比绿眉强一点，本王欢迎你们一起进元城，就已经表明诚意了。”

“爹，我喜欢侍郎，你不准动他。”龙婴忽然握着双拳脆声道。

“呃？”是在谈国家大事对吧？一下子又拐到什么地方了？

“你小时候，吃空用度哪样不是我供养，现在翅膀硬了，跟爹抢东西？”元王爷嗤之以鼻。

“这是不一样的！”龙婴吐血。

“呃……”他们父子吵架，我算什么立场？

“你傻了啊？不吱声。木头啊?!”龙婴转头冲我发火。

“呃那……是。话不能这样说的。”我对元王爷道，“你爱护龙婴，龙婴以后也会爱护他的小孩。你孝顺你的父亲，龙婴也会孝顺你。但不能说你给了他一切，就要求他把一切还给你。这肯定是不对的。”

“这不是重点啦！”龙婴顿足，“告诉他，你是男人！快点生气啊。他一定把你当女人了。”

我谢谢他。我知道他想保护我。但这话怎么说出口怎么别扭吧……

“你先出去一下。”元王爷像赶苍蝇一样赶他。

“爹，喜欢男人的是我才对啊！”龙婴双腿齐跳。

“发神经。出去一下。爹有话要问侍郎。”元王爷伸出两手赶他。

“既然有话，如果很重要，那谈一下也应该的。”我表态。我来这里本来就是为了谈话不是吗？

“有事就喊我啊。”龙婴眼泪汪汪地向外走，回头向我叮咛。

“是。”我微笑。早知道他说什么“也许我真的会把你杀了”都是故作心狠的话了。他关心我。

“其华。”门关上后，元王爷在我身后低道。

“呃？”我呆呆看他，几乎以为自己听错。他认识闺中的程昭然？

“我没有想到程昭然是你。”他道，“不然，你相信我，我不会动绿眉。”

“呃！”我跟他“有旧”？那还真是皇帝王爷一锅端，天下谁人不识君啊……

“这些日子，你好不好，还恨我吗？”他神情很内疚。

“还好。以前的事我都忘了。”我客气地回答。这次说的是真话。

他一瞬间老泪纵横，张开双臂抱住我：“华儿。华儿我知道你是好孩子！”

老人的气息扑到我鼻子前面，像黄昏、秋天的树叶腐烂在角落里，我下意识地想推开他。但他只是抱着我，没有其他的动作。这好像无关男女，他像一个亲爱的长辈一样拥抱我。

“我跟您……很熟吗？”我试着问。

他胳臂僵了一下，放下手：“侍郎请原谅一个老人的失态。”

“哪里哪里，请别生气，我只是想问一下，我父亲是什么人？”这个问题问出口好像有点怪，我急着补充，“你知道，我真的不太知道……”

“你父亲当然是监察御史大人。严父慈母，你是你爹娘的乖囡。”他板着脸，像在生大气。

“那么，那场大疫……”

他飞快地闭了闭眼睛：“不是我的错。当时我也救不了你们。”

瘟疫死人，我也没说是他的错啊，他为什么戒心这么强！我无奈地摊摊手，决定不再继续这个话题，有兴趣知道的话，回去问水玉好了。真是的，从来没想过要问这些，都怪到了元城勾起了我的好奇，收心收心，还是回头谈正事：“那结盟……”

“你早说是你，我怎能不结！”元王爷拍拍我的肩，“但你要小心，那些草莽人物你是怎么结交的？别让他们占你便宜。”

“哦……”我也不知道那些“草莽人物”我是怎么一个个结识起来的啦……不过重点是，为什么他忽然开始像保护我的长辈一样谆谆教导起我来？他对龙婴好像都没对我这么慈祥！

“天叫我们成功！”元王爷在我肩上再重重拍两下，擦了擦眼睛，“先别叫龙婴进来。”前面老泪把眼睛浸得有点湿，鼻子有点抽搭，目光也有点激动，需要调整一下。

调整完毕后，龙婴就进来了，拉着我左看右看，生怕我少一块肉似的。其实我哪会少块肉，还不如关心一下他爹，他爹才少了点水分……呃，我说的是泪水……

第七章　故人有信

这样就决定结盟了，签署盟约的地点，选在元城和绿眉水寨之间，一个叫阿帆的地方，仍然算是元地的所属，但元军力量几乎已不控制它。它的东边八九里，则是重镇之一，名叫“星博”的城池，比元城规模略小一点儿，如果说元城是元地的心脏，它大约是肚脐眼，驻军很不少。阿帆不远不近地处在那里，居民不多、水脉充沛，两边都进可攻、退可守，选它作签约地点，大家都放心——尤其考虑到上次的恶劣冲突。

我是真怕元王爷半途反悔，因为他上次翻脸得太狠，这次又答应得实在太顺了，我不能不担心他又设下什么陷阱，就把结盟地点仔细盘问，翻来倒去推敲了好久，还问他借地图看，比来比去，并且声明到实地之后我一定要全部勘探一遍。元王爷不知为何这样好脾气，随我怎么闹腾，他都没意见，连龙婴也不相信起来，问我：“他真的没动你的身子吧?”我摇头。他抓抓耳朵：“也对。凭他这种人，也不会因为动你就改变态度的。有的人好色误事，他是好色不误事的。老狐狸一只。”骂完自已的父亲，他又叹气：“我立刻要出征，有什么事，你多留个心眼，该挣扎时，别客气，人家对你撒网的话，你怎么的也得鱼不死网破。”

他希望他爹变成“网破”？我笑起来：“何至于那样！我觉得你爹没有其他意思吧。他有什么必要?”

龙婴目光迅速从我的头发丝扫到我的脚下。

“你说因为我的长相?”我摊手，“不就是个皮囊吗。人人看中，怎么可能！谁喜欢，叫谁下次有机会住进来好了！转眼之后还不是皱纹满面鬓如霜——不，届时有没有鬓还不知道呢，也许头发跟牙齿一起掉光了。明媚鲜妍能几年，为这几年，汲汲营营，何苦来。”

龙婴认真回答：“百年终有一死，但没死之前，当生命还有力量的时候，每个人都努力想争取到最美、最富裕、最自由。所谓人类就是这样一种东西吧，每个个体都只努力他生命中的一刹，当无数的一刹叠加时，人类就绵绵延延地发展下去了——当然，我不是说我家老头的努力就有什么可取之处。”

“行了行了，”我捶他，“不用太担心了。倒是……”上下打量他一番，还是忍不住问：“你打过仗吗?”

虽然他爹催着他去救他哥哥，但我怎么看龙婴，都像个妖童——如果不是太得罪的话，或者叫他一声妖女——怎么都不像能领兵出征的人啊！方铮就算在京城跟纨绔们一起浪荡时，都比他有英气。

“被你说中。”龙婴做个鬼脸，“我拜过师、学过艺、见过红、干过架，可就是没有正儿八经地打过仗。不过也算啦，谁在打仗之前，都没打过的。说不定我这次一战成名呢！”

“不要成名。只要好好地活着回来。”我叮嘱。

龙婴笑：“侍郎，都像你的话，天底下没人打仗了。以后再有人传颂你是英雄，我第一个笑死。”

真的没人打仗的话，那有没有英雄又有什么关系呢！其实我最希望两边打仗的人就随便扔几团废纸，打打口水战，然后大家各自安全回家就好。这个愿望大概是太天真了，我自己也知道，只好在心里想想，不说出口算数。

“放心，我一定会回来的。绿眉军的诸兄弟实在太可爱了，我很期待跟他们再次见面。”龙婴吊儿郎当地说着，抱住我，把脸埋在我胸前，片刻，道：“我会回来。”

元王爷敢派他去救他哥哥，一定对他有信心。我默默说：龙婴一定能回来。

签约那天，下起了雪。我们这次不在露天签约了，待遇提高，地点是个木楼，楼边有疏落的松林，楼下一个大堂，上面一明两暗三个房间，粉刷得雪白，椅子罩着红毡套子，银烛架子上烧着画烛，同阿帆这个朴素的乡村格格不入，听说是有钱人的消夏别墅。如今是隆冬，四野苍茫，风摇撼着楼脚下的群松，又夹着细碎雪粒打在窗上，显得气氛更紧张。

我已经检查过整幢楼、还有旁边的林子，确定没有埋伏，才让绿眉的几位首领过来。他们谈事，琐琐碎碎、进进退退的，我不太懂，又怕再有谁派士兵过来捣乱，干脆披个大氅子，倚在门廊那儿放哨。但室内的声音越来越响，最后已经确定是吵架，我只有进去看。

元王爷跟向予他们争执的是很重要的问题，结盟歃血谁执牛耳！

“我们元军的实力，你们绿眉不能比……”元王爷说来说去是这句老套。这句话分量最重。

“全道上都知道绿眉铁血义气，他们就认绿眉！”向予据理力争。

“够了！”我怒发冲冠拍桌子，“拿个牛耳朵也要吵？把执牛耳换成执人耳，吵赢的拿自己的耳朵割血，看你们吵不吵！”

元王爷的脸猛然一沉，慢条斯理道：“侍郎，何出此言？结盟谁执牛耳，这是大义名分，怎能不定下来？”

“什么大义名分，就是争头儿对不对？要荣华富贵，万人之上，争争争，外头现在还在打仗，随时死掉的又不是你们！就算有一万个人，并排坐下来就好了，为什么一定要爬到别人头上去？关起门来吵谁做老大，争到棺材里去么！”

向予他们都不吱声了，虽然脸色还是明显的不服气。如果让元王爷当老大——他们不放心。而元王爷瞥着我："你不争，为何来到此处？"

"我是不准再有那么多人死掉，才到这儿来！"我冲口而出。

元王爷眼睛里现出嘲笑："那侍郎要如何做到？"

我……真的。我凭什么说这话？要在以前，可以说凭季禳的宠爱。但现在，季禳已明显对我失望，而且也不愿意为了我放弃他对天下的规划。我还能做什么呢？

——我，就算没那个什么臭男人，也想试试看啊！我握拳，要怎样、怎样，在最少伤亡的情况下，解决这次战争？

"无论如何，赌上我的性命，我要做做看！"我一字一字道。

元王爷凝视我片刻，错开目光去："好吧，我们这边会让一步。以保证结盟为优先。"

最后，订盟约的两方说好，完全平等，执牛耳时，也是共同握住。"从来没听说这么做的……"薛将军嘀咕。我没好气地瞪他一眼："今次之后，你就听说了！"他噤声。

不凶他几句，这种人不知道闭嘴。规矩来规矩去，偷袭我们时又没见他讲规矩，哼！

虽然，河白的烈火阵也有烧死他不少人就是了，他睨着我们的眼神也透着凶光……

我是多希望我们之间从来没有过征战，也没有过血债。仇恨比爱情危险，爱情经常不会传染，你爱他、他未必爱你，而仇恨却是越滚越深的，你打过我一拳、我要打回你一拳更重的。小小牛耳的血，能不能泯灭这段在战争里算是小小的冲突与血债？我有点担心。

元王爷对结盟倒是真正支持的，从始至终，他都没有出什么伏兵，盟约签完后，他甚至还主动表态，愿意给出一队士兵，帮我们对抗三湖那边的官员，我感动得简直不好意思起来，觉得我前头怀疑他实在太混蛋——可是薛将军来时，发动残忍的突袭也是真的啊，元王爷忽然转过心意，谁能猜想到。

考虑到我检查签约地点的安全性时，向予没有往常那么积极，我心中疑云顿生，把向予悄悄叫过来，问："我跟元王爷有什么关系？"

"你跟他发生了什么关系？！"向予大大的瞪起眼睛。

瞪得这么大，太假了啦！我揍他："我问陈其华跟元王爷是不是很熟！"

"陈家是元城的官员，所以也许认识吧。"向予耸耸肩，"我怎么知道。"

"陈其华在闺中当小姐时你就当人家师父了啊！她的事你会不知道？"

"她的事，你都不知道，我怎会知道。"向予两手一摊，开始耍无赖。

"你！你明明就是知道他出于某种原因一定会卖我面子，才放心让我去元城，都没有派人保护我！"我跺脚。

"这个你冤枉了我。"向予正色，"我派了。"

“谁?”

角落里传来一个幽幽的声音:“我。”约伯冒了出来。

“你伤还没好,敢不听我的话乱跑?!”我血往脑门上蹿。

“好了。”约伯掀起衣襟想给我看,脸一红,又放下:“主上恕罪。”

他想起我是女儿身,觉得叫我看身上的伤是冒犯我,其实看一眼,又有什么冒犯?我道:“就当我是男的好了,不用叽叽歪歪地客气,肉酸。”向予和约伯一起笑了笑,没说话。

水玉知道和平结盟后,只咕噜了一句话:“现在稳定了吧,那么……”

“什么?”后半句我没听清,支棱着耳朵问。

“您可以考虑婚事了吗?毕竟姑娘家的青春……”水玉再次把话尾巴吞进去。

“切,离稳定还早呢。什么青不青春,趁青春把你先嫁出去!去去,回三湖去,跟谢娘一块儿呆着,那儿安全。”我把她赶回去。

官兵已经开始攻打星博。

元城的东北边有剑壶险关,由龙婴把守,听说他把他哥哥救回来了,目前跟官兵对峙着,状况还好。官兵攻不下剑壶关,就转而南下攻打星博。这是要津重镇,当初元地还属于中央管辖时,厉祥和季禳前后脚都有投入修筑,如今白便宜了绿眉和元王爷的军队,据城而守,十天半个月的官兵打不下来。

元王爷当然不在星博。一签完约,他老人家又缩回元城去了,拜托绿眉将领帮忙同星博原来的守军一起守城。说起来,他自家的城池,怎能轻易让别人的军队入住。他毫不介意地让绿眉帮忙,可见坦诚。

官兵数目极多,看得见的总有万余,来到星博城下后,行动很迅速,昼夜不停砍伐树木运抵城下,用这些树木筑成平台四座,每座高度与城墙高度相同,上面还立起几座火炮,直接向城头轰击。幸好那炮弹只是大铁球,大约火药推动力有限,铁球还不能太重,做成空心的,打过来之后,破坏力有限得紧,我们连夜也在城头上再筑一小城,在这小城后安置投石机,向对面掷大石,铁来石往,每日都有人“哇呀”一声,头破血流,甚至肢体断折,好在双方的准头都不高,虽有伤亡,但还不至于影响到整体战力。这般对打两天后,他们的木台子不知被打坏多少架,拖下去重新修补,再树起来,我们城墙也有塌陷,一时无法修补完整,官兵一见缺口,便火炮、弓弩一起对准缺口大放,士兵很难露头补墙,而官兵已经整队冲过来,薛将军即下令:“能在缺口处立起一个土堆的,就赏奖一个元宝!”重赏之下果然有勇夫,士兵如过江之鲫冲过去,前仆后继,在缺口垫起十几个土堆,城墙上头也用大石利箭掩护他们,又在枯草上浇满油,烧着了丢下去,官兵只能退却。有几个被星博士兵擒下的，即刻斩首，挂在墙上示众。借这段喘息时光，河白指挥士兵们把厚木板垫在缺口上，再用土石堆压实，城墙又复原了。

时令已到冬至，官兵并没有回去过节，反而持续围在城下，垒起更高的木台，到夜晚时，升起孔明灯想照看我们城中的动静，向予领着善射的士兵，升一盏射一盏，谈笑间孔明灯灰飞烟灭。官兵闹了半宿，后半夜疲倦睡去，沈虞孙挑选八百精兵，出城突袭，一场好杀，快杀快撤，几乎全体安全返回，大家全身浴血、意气昂扬，东方刚露出鱼肚白。听说那夜，官兵营帐至少滚下两千个人头。

但官兵的数量多，是改变不了的，少了几千，又会补上数万。这样的重兵压在城下，如头雄狮，嗷嗷蹲在那儿，指望把星博一口吞下，拖得越久，它胃口就被吊得越凶。元军和绿眉同时感觉到了这股压力。如不能打胜，眼见面临覆巢之祸，而硬打，又难有胜算。河白悄悄建议：三湖一带有一些湖泊积水，高于地面，如今虽然结着冰，等春天化冰时官兵还不走，也许可以决水，来个水淹七军？我总觉得这样破坏性太大：水势是难以控制的，万一冲伤民众呢？房子被冲泡得垮塌了又怎么办？还有田地和庄稼，都经不起糟蹋，总要为以后的生计考虑。

龙婴又想起方铮："我们想办法传信，叫他也造反，抄官军的北方后路?"这次是河白反对道："算了，他一家门在京城，太为难了。再说远水解不了近渴，别耽误了他。"龙婴便默不作声。

两天后，官兵营帐里来了个人，住着主帐，那主帐位置离星博墙头只有三里多，天气好时，登高可以看见有一些明黄色的东西飘闪，不知车幔还是旗帜，来往的军人也整肃很多，有人就猜是皇帝御驾亲征，顿生计议："投石机是投不到那么远，连夜赶制一张大弩，不知能不能射到他的帐子？如果皇上在里面，一箭正中面门，那是最好。"他们嘀咕。

"你为什么不直接摸到那帐子里砍他人头?!"我怒目问向予。

"为师的武艺，并没有到如此独步江湖的程度。"向予摸着下巴道，语气甚憾。

"刺杀一个人就有用的话，天下还有那么多问题啊?!"我又揍他。厉祥不就死了，有用吗？哼！季禳上位，他们还不是不满意。季禳如果也死掉，再上台一个伯祺仲祯，会有用？才怪。

"你打师父现在打得很顺手啊。"向予抱头抗议。

他个子高，新留的两撇小胡子又神气，打起来是很爽没错。我哼哼拍手："拿纸笔来。"

"干吗?"

"我写一封信射给他啊，如果真是皇上的话……"

"这个提议好像被否决过了，没用的啦。"河白插嘴。"白堕了我们绿眉的威风。"沈虞孙帮腔。

那时是那时！那时仗没打到我面前，没有人一天到晚赖在我面前，那时我也没现在威风凛凛，当主上当出水平来了，说一不二："能不打就不打！谁敢拦我？"

他们摸摸鼻子，一个去给我拿纸、一个去给我磨墨。

握起笔，心下百味杂陈，像酱缸儿、盐罐儿、醋瓶儿全打碎了腌起一团乱麻。我屏除杂念，静心用笔问季禳：绿眉既然已经跟元军结成一体，朝廷要打，也不是一时半会儿的工夫，何不休战，各自抚慰百姓，"试期以若干年休养生息时光，如果你那边富庶，我们怎会不投诚你；如果我们这边富庶，你也愿意看到百姓们安居乐业，是不是？"

这封信比元王爷的檄文短多了，扎在箭上，射进他们军营，当然不至于碰到后面那顶主帐，但士兵拣起后，想必会呈进去。这么久的战事里，我只有看着人受伤、看着人死，什么事都做不了。这次，我也许能挽回点什么？

箭射了没多久，传信兵来了："报——有给程大人的信——"

我是绿眉的"主上"，元王爷是元军的"主上"，两个主上并肩儿，小兵叫起来是有点为难的，只好还叫"程大人"、"元王爷"，听起来俨然是同僚。

我当下大喜站起来："这么快就有回信？"

"不是啦。是北虏……"

原来，北边枯摩山脉那边忽然又升起浓烟，元军瞭望者先还以为是大山着火又或者是狼烟，很紧张地看了片刻，发现是草原上的通信符号。元城商人跟草原做的生意还不少，有人就译出来了：我是孤独的树。玉一样的大人，来见面好吗？

烟的信号，大约拼不出名字，所以只能用指代的，元王爷猜"玉一样的大人"也许指我，但不知"孤独的树"算什么，写信来问问我。

"登乐尔！"我怎么可能忘了他！"他在哪里？只点烟，没人过来？那我去看他。"听说前几天，官兵同时对草原也发动了大攻击。登乐尔他们怎样了？我很想知道，又有点怕知道。

向予和沈虞孙一边一个扯住我的膀子："你敢！"

我双脚蹬空："犯上啦作乱啦！快放我下来！！"

正闹着，传信兵又过来："报——程大人，官兵有箭书。"

这次是给我的回信了，我一把接过，打开，双手都在抖，看见那短短的一句墨字，一时不知道它在说什么。定定神、再定定神，它只有八个字：

"爱卿，你真让朕伤心。"

我松开手，它飘落在地。

"我如果叫你们都投降，没可能，对不对？"我出奇平静地问我身边的人。

“踩着我的尸体去投降吧!”沈虞孙也很干脆。

“那么好,我将去见登乐尔。如果他有意跟我们结盟,我们就有跟中原谈判的更充足砝码。”我道,“他不过来,也许是不信任其他人,不敢过来。我必须去。”

向予他们看着我,他们知道我说的是真话,可是他们的反应也很干脆:直接把我软禁了。

踢门、捶墙、掘地、号叫,被证明都没用,我想了半天,写血书吧!准保有用:一封他们不放我,两封他们不放我,写啊写啊写下去,再写下去血都流干了,他们还不放?我不信他们会冲进来捆住我的双手——真要敢,我就脱衣服给他们看,不信他们好意思捆一个半裸的女人!哼!我是女人我怕谁。

但真的写起来……其实血书这种东西不是那么容易的。对,我在这个世界流了不少血,但有的时候是被动的,有的时候呢,情绪太激动,又感觉不到疼。枯摩山的密林里割血逼林紫砚和登乐尔停战时,用的到底是刀子,刀锋飞快,刚割下去时是不太疼的,像风吹过,等开始觉得疼时,割也割了,咬咬牙也就算了。

而现在,我没有刀,只好纯粹“咬咬牙”……

让牙咬在赤裸无辜的指尖上……

呜,咬一口已经很疼了,流出来的血居然只够写几个字,为了表明我的决心,还要继续咬……呜……

我觉得我好残忍。真的,身体在对理智呜咽:“你这个家伙好残忍,你做的决定要人家受苦。”理智陪着它呜咽:“人家做的决定,人家也受苦的嘛……”

扯下衣襟写成的这幅血书从门缝里递出去后,我全身脱力地坐到地上。如果他们不理我,我真的、真的,不一定有力气再写一封了啦……

门开了。向予帮我和约伯互相介绍:“笨徒,这个人保护你去。约伯,你保护这个人回来,哪怕你自己送命。”

约伯点头:“是。”

我“呸”了一声:“谁都不会送命!”

如此这般,我就再次向枯摩山脉进发了。上次去,几十个柴犬劫着我,这次去,约伯之外,只有五个精兵。

可怜,护送者的数目比劫持者还少,说出来真没面子,不过,那边真的有什么人对我不利,约伯一人的武艺应该也足够保护我,如果那边的人武功太高,或者军队太庞大,约伯都无法招架的话,我再带多几十个人也没有用,要是还要带多,分弱了星博、三湖的战力,反为不美。

我们快马加鞭，赶到元城。我拜托元王爷，能不能安排懂烟火讯号的商人，向那边放个讯号，问他如果是登乐尔的话，可不可以到元城来见我？元王爷不答应，说把不清不楚的人招进元城来，万一招来的是群狼，谁能负责？我是负不起这个责啦，只能退而求其次，请求烟火讯号叫登乐尔赶到离城三箭之地，与我相见。

回复来得很快："我不放心。没见到我认识的那位尊贵大人，我不会往中原再走一步。"

没说的了，他不放心来找我，我只好放心地去找他。只是烟火讯号毕竟打不出名字，天知道他真是登乐尔不是，也不知道他要见的真是我不是，若是大家都猜岔了，那我算白跑一次——不过也不管了，只要他对我们有一点点友好的态度，就算不认识，我也要发挥被他们多次表扬的"神奇的魅力"，溜须拍马也要把他拍过来结盟。

出了元城，向东北面看，能见到剑壶关，山不算顶高，但胜在陡峭，郁郁苍苍的，山腰里筑起栈道，窄如盘蛇，嵌在山石的缝隙里，能看得人头晕，听说冲着中原那边更险，全是危壁削崖，许多地方陡得连树都长不出来，下头夹着大涧，望去足有万丈余深，瀑布冲下去响亮如雷鸣，水雾能溅起十几丈高，被瀑布经年累月冲刷的石头，要么光滑如涂了油，要么尖牙交错如被疯狗啃过，除非走几十年凿出来的唯一一条小道，否则想攀着石头上去，才叫做梦。然而就算走那小道，只要脚底稍微打滑，也只有滚下去的份。

这是被称为"粮仓"的西南元地与中原腹地连接的要津，地势如此险要，一夫当关万夫莫开。难怪元王爷那时放心用这道关口挡着官兵，抽出力量来先收拾绿眉。听说当初龙婴的大哥本来是守得好好的，官兵佯败诱他出关，他居然真的率大军出去狂追，结果被打败，幸好那剑壶关下去并不立刻是平原，他能立刻退到一个小山包上据险而守；也幸好他与龙婴跟的是一个师傅，双臂能开十石大黄弓，箭法也颇为精准，不说百步穿杨，至少百步射个人脑袋还没问题，困守在那里还能支吾一下；更幸好他手下的韩统领极有眼色，没跟他一起出关，坚守着剑壶关，一见他遇难，立刻退回去坚守关险，见到他立足在小山包上，便用长距离武器对着山下官兵打，官兵冒着石雹箭雨，到剑壶关下打一阵、又到山包下打一阵，暂时两边都没打下来。待到龙婴检点了一队精兵驰援剑壶关，身先士卒一顿冲杀，冲散官兵，奔到山包上拉了兄长，一起奔出来，又是一马当先，向剑壶关杀出一条血路，回头看，兄长落在后面，又杀回去救，如此三走三回，将大哥保护回剑壶关，瀑布边的小道一路是血。官兵为之丧胆，称其为"小妖龙"。龙婴果然一战成名。

我同士兵们一起，从冬日冰凉的道路上疾驰而过，远远往那边望，能见到剑壶关上两三片旗帜，应该是龙婴的旌旗吧。

知道龙婴还活着，很好，但是我不能开心。因为战争中，几乎每个人活下去，都是要杀死几个、几十个、甚至几百个别人作为代价，这么多人彼此之间没有仇，只因为“战争”的名义，不死不休，这一点都不光荣。只有所有人都好好地活下去，才光荣。

而季禳居然拒绝了我的和平建议。

我闭紧嘴唇，狠狠往马身上再加打一鞭。它不是怀光。在星博，向予骑怀光已经比我骑它还顺，我有心想把它送给向予，只怕它跟鸿喜一样闹脾气，就先不提了。只不过我往枯摩山去，也不必带它。“徒儿，马是用来骑的，不是用来保护的。”“把它丢在战地前沿的星博城，不算保护它。”我笑，“师父，怀光多亏你照顾了。”向予嘟哝一句：“不到麻烦别人的时候，不叫师父。”抬手崩了我一个毛栗子，“见势不对就跑，甩开轻功来跑，该杀人就杀人，知道不？”我点头记着，到马棚再选一匹棕黄毛片儿、额间还带着旋的，这也是一匹好马，胜在年纪比怀光鸿喜都小，日行八百不敢说，六百还是可以的，只可惜没有鸿喜它们那么听话，如果不打它，只是招呼它一声的话，它是不会跑快的。我没有时间与它培养默契，只能简单地抽打它，加速前行。

马蹄哒哒，我心里默念：季禳，不要逼我，不然我真的会愿意简单地从你手中把江山夺过来，再慢慢考虑怎么经营它。

枯摩山脉已经出现在天边。给我们指方向的烟，断断续续地烧着，举目望去，不见那边有人，也许是怕被袭击，所以点着烟后就躲到了旁边，要看到接头的人，才会放心出来。

但我们如果就这样走过去给他们看，被袭击了又该怎么办？

商量下来，出于谨慎的考虑，我们决定躲在旁边，也点一股烟，叫他们出来。

我们一路没有搜集干马粪、干牛粪什么的，只好先拢来枯叶点起火，再将湿一点的叶子盖在上面，弄出烟来，这烟相当的细瘦，如果给诗人看，固然可以称为清丽，但同对面的熊熊粪烟一比，气势便输了很多。

对方还是不现身。

也许仍然有所顾虑？但两边这么干耗着也不是办法啊！日升日落，莫非一天不放心、就干耗过一天去？总要有人先露面。要照我的脾气，就直接走出去算了，没事最好，有事拉倒。但看看身边保护我的人……

呜，我现在不是“一人吃饱全家不饿”的身份啊！我总要为身边的人负责。

想了又想，有办法了，我道：“有没有人会打出烟火讯号？”

一个精兵会。他刚刚发育没多久，面孔还一团孩子气，但手上脸上已经有好几道疤。听说他本是东边德纳郡的人，因为家里穷，很小就跟商队在外面走，也到过北方，所以会打讯号，但仅限于极简单的那种。

"没关系,不需要多复杂。"我道,"就打:'一个马头。'这样会不会?"

他咧开嘴:"这个简单。"脱下衣裳罩在烟雾的上方,巧加手脚,冒出去烟就有了变化。

一个带尾巴的圈圈、一个像伤疤一样狰狞的烟团、三根略显瘦长的烟缕。过段时间,重复一次。

对面跳出了十来个野人,全都披着大皮大毛的衣服、却把精壮的手臂裸在寒风里,脸上画得一道道的,拴彩色石头的小辫子一垂几十根。前头那位身材最彪猛,跟沈虞孙可并称双雄,叉腰大笑:"侍郎!"

登乐尔在此。他果然记得当初说让我"一个马头"的约定。既然一定要有人先出来,他愿意先出来给我看。我高兴的迎上去:"登乐尔!"

他身边有一个野人,比他只矮半个头,浓眉大眼,皮帽子上垂下一团一团雪白的毛,袖子口也都是白毛。我刚迎过去,便见那袖中一团白毛向我飞射而来。

暗器?我怔在原地,一时应变不及,脑子里叫:"躲开啊躲开啊。"腿却钉在地上,好像背后有什么牵扯住我,让我躲不开。

约伯拦在我面前,愣了愣,不知为何也没有拔剑。

"小雪回来!"登乐尔叫了一声,并吹个口哨,那团白毛在空中打了个转,落在地上,拖着尾巴,向主人眨眨眼,又恋恋不舍回头看看我。雪白的脑袋,尖尖两只耳朵,嘴巴也尖,眼睛像黑精豆子似的——是只狐狸!

"小雪,回来,人家又不喜欢你!"野人跺脚,声音尖锐,还吹了声口哨。白狐呜咽了一声,蹿回去,像团雪白的烟雾,一下子钻进主人的袖子中,雪白大尾巴在外面一晃,消失了。

约伯这才从我身后让开,而我下意识地回头,看清并没有士兵站立在我身后。

刚才我没躲开,难道因为怕有人站在我后面,代替我遭殃?我不愿意承认。如果只是为这个理由的话,那我也太贱了一点吧?

可我的腿钉在地上没有挪开,是真的。

"抱歉抱歉,我妹妹米娜不懂事。"登乐尔抱拳赔罪。

米娜对我露齿一笑:"哥哥说了这么久的侍郎,原来是这么个小男人呀。"——话一说出来就不中听了。

算她长得高、气焰也高,活生生压我一头。我要是女人,在她面前也是个小女人。这"小"字总归摘不掉了。我没脾气地笑笑。倒是登乐尔出头保护我:"米娜,你怎么这么说话!"又再次向我道歉:"我妹妹给宠坏了,说话没心的,你别见怪。"

"我说实话嘛!"米娜嘟嘴。

实话实话，多少人在这个幌子下行伤人之事。你真胖、你真丑、你真笨，就算是实话，难道可以随便说出来？我叹气。

“米娜，不要乱说话！”登乐尔厉声呵斥，往她毛茸茸大圆帽子上揍一拳。

“咦，酒不可以乱喝、屁不可以乱放。要是连话都不可以乱说，人活着有什么意思！”米娜双手捂着帽子，提出抗议。

这样有趣，我笑起来，定睛看她。只见她年纪很轻，一双长腿，是个气质、气场加气势的美女，皮肤是微褐色，大眼睛、浓密的一双眉毛，配上雪白牙齿的微笑，格外动人；身上跟其他柴犬一样都穿着粗糙的大皮子外袍，只是加了白毛点缀，显得清丽，一边袖子垂着，就是白狐狸钻进去的地方，另一边也裸着手臂，只不像别人穷凶极恶裸出整条来，但露了半截，臂上皮肤也是淡褐色的，健康的美丽，站在冬日里都像一角阳光。那手腕上毫无装饰，只是纹了一种图案，像是火焰。

再没有什么图案比火焰更衬她。

“我妹妹真被宠坏了。”登乐尔嘴角咧得大大的，像是赔罪，却忍不住骄傲。真的，能宠出这样健康美丽的妹妹，谁不骄傲。

“你好。久仰大名。我是程昭然。”我对她拱手为礼。

雪狐狸从米娜的领口钻出来，乌溜溜的眼睛看着我，“呦”叫了一声，像闹脾气似的，又钻回米娜的胸口去，蓬松的大尾巴留在领口外，在米娜的下巴上一扫。

“它生气了。它喜欢你，跑出来向你打招呼，你却不理它。”米娜代它翻译。

“谁会不理它？刚刚没反应过来。比不上它机灵。”我伸出手，“小雪，过来。”

说出这句话时我没觉得什么，话一出口，才觉得尴尬。雪狐狸正一头钻在米娜的胸口，虽然她袍子宽大，看不出什么曲线，但我现在穿着男人的袍子，向一个女儿家胸部伸手，总归不像样子。

幸而草原上的女儿性格磊落，米娜毫不在乎的隔着袍子将雪狐狸一拍，吹声口哨，雪狐狸欢快地蹿出，向我扑过来。

约伯的脚步稍微动了一下，也许怕这只狐狸会伤害我？终于他克制住，没有出手。

雪狐狸蹿上我的双臂，我感觉到沉甸甸的重量，忙撑住。它一爪搭上我的肩头，舒舒服服在我肩膀、脖颈和胸口之间找到位置，身体一蜷，放心大胆拿背脊蹭我。

它身上有一股子放肆的狐狸味，不算好闻。但是体温真暖，像个小小火炉，几乎烫人。

“它发烧了。”我失声道。

柴犬那边一片嬉笑。

我顿时知道自己说错话，狐狸的身体也许天生比人烫，像马，鸿喜流出来的血也像发烧，直到温度如秋天的花朵在我怀中凋尽。我叹气。

小雪仍然趴在我的身上,我从不知道自己的身体还有这个功能——可以给只狐狸做窝。我僵着双臂动也不敢动,只怕向下一点会害它滑下去,向上一点又会压着它。

米娜撅起嘴吹声长长的口哨,把它叫回,救了我的命。她口哨吹得清越响亮,圆润得半个毛刺儿都没有,羡煞我。

小雪离开我的臂弯,我又觉得失落。

"哥,中原的侍郎大人怕小雪怕成这个样子,动都不敢动。"米娜收回她的狐狸,笑到弯腰。隔着袍子,也能看到小狐狸沿着她身体蹿动,不知多亲昵和怪异。

"不要闹了!我要跟大人谈正经事。"登乐尔瞪米娜。

"——可是,"米娜一点都不怕她哥瞪眼,徐徐道,"他是像男人怕抱小婴儿一样怕小雪。他是爱护小雪才怕它。哥,侍郎是好人。"

"不是好人我来找他?"登乐尔拿她没办法,"跟你说过多少遍了。"

我总算有机会红着脸插进话:"那么,到底找我有什么事?"

登乐尔咳了一声,脸上现出难得的尴尬,狠狠地下了顿决心,才开口说话。

他告诉我,草原上有个雪梨族,还有个桑族。雪梨族有个女儿,嫁给了桑族头人的儿子,桑族人很欺负这个女儿,女儿想逃回娘家去,而头人儿子一力维护她,并愿意跟她一起离开,女儿很受感动,果然带他一起回雪梨族,谁知那头人的儿子暗通消息,让桑族趁机吞并了雪梨族,雪梨族残余战士与桑族展开死战,柴犬族仗义前去救援,而作为老大的真族却坐视不救。这次纠纷最终发展为七八个部族的大战,中原军队乘虚而入,势如破竹,全歼了真族势力和其他几个主要部族,扫清了草原。登乐尔的父兄也在大战中死去,柴犬现在以他为首,龟缩在草原的西北部。

"我来,想寻求你们的帮助,一起对抗中原。中原的人里,我最信任是你。听到谣言说你不呆在皇帝身边了,好像在叛党手里。我试试看找你,还好真的找到了。"他道。

我一时为之默然。

这样说来,季禳已经在北方、元地、西南同时获得了胜利?真是神威凛凛!我要怎么顶住这样的皇帝铁骑。

不管怎么说,先把这个消息传回给元军和绿眉,我打算带登乐尔回去,虽然他们的野人服饰难免触目,但有我在,应该问题不大。登乐尔真懂得从权,甚至答应我,只要有必要并且方便,他会说服所有人把衣着什么的换一换。这样说定,我们正拔步启程,却看到有个人迎我们而来。

来的人只是个普通士兵,身上乌黑斑斑,都是凝固的血。我现在看到血都心惊肉跳。他身上背着一把硕大的弓。

看见我们,他愣了愣,立刻拨马要逃走,我向前,用尽力量高呼:"来的可是元军?我是程昭然!"

他身上穿的衣服,像是元军的款式。

他愣了愣,拨马走近一点点,看清了我的脸,松口气,一直到我面前,再凝视我片刻,松口气:"这样的相貌,一定是程大人没有错了。"不再顾忌登乐尔他们的野人服饰,垂泪下马,身着甲胄不便下跪,高举双臂拱手:"程大人,总算见到您了!"

他一只手仍然紧紧握着腰刀,鞘已经丢失,但腰带上仍有挂鞘的痕迹。他是使腰刀的,身上虽然有弓,但没有带箭壶。那把弓沾着血,仍看得出光泽厚重丰泽,是把好弓,弓背描着暗花,弓线甚至银光闪闪,不知掺着什么好材料,不像是个士兵能够拥有。

我不知道谁又出事了。在这样的乱世里,被丢弃的新鞋子、与主人不搭的高级兵器,总是第一时间让人想到坏事。

"小人是在剑壶关,替大少爷背弓箭的……"他开口。

来了,来了!剑壶关大少爷,龙婴的大哥?

"官兵打你们了?"我艰难地询问。

"小人也不知道出了什么事,一下子到处都杀起来。关里面,看去都是官兵的旗号。小人背着弓出来找大少爷,怎么都找不到。小人——"

"龙婴呢?"我截口问。

"小少爷昨天回元城去了。"元兵回答。

"元城也出事了?"我心揪到嗓子口。

老天,不会因为我远望剑壶关时,没有为龙婴微笑,就此收回龙婴的性命来惩罚我吧?那样的话,神也太不公平了!要处罚,也应该直接把我的命收回去。龙婴很重要,他做的一切事都很好。他没有错!

"小人不知道。"元兵道,"小少爷回去时,王爷说是要他去练军。大少爷说剑壶关留给他肯定没问题。才一夜,才一夜,小人——"

"你既然离开剑壶关,没有到元城去?"

"小人一路被官兵追着逃过来,根本没机会到元城那边去……"

"哪有官兵?"我抬起马鞭,指着他的身后,半荒的道路寂寂,冬草一根根支棱着。何尝有追兵?

他自己回头看看,也愣住:"明明有……"大声叫起屈来,"大人你信我。若是没有,小人怎会一路奔到这边来!"

我信他。他一路被追赶,心惊胆战,不辨方向,才奔到这边来。追兵是不是已经离去,又或者追岔了路,又或者另有目标,他根本没有注意到。

"小人想,找到程大人会比较好……"他还在不断替自己辩护,"天可怜见,真的叫小人找到了。”

找到我，连约伯连精兵一共七人，有什么用？我就算能以一敌百，也怕对方有一百零一人。

我皱眉望着南边，淡淡的烟远远升起，与冬日铅云混在一道，很难分辨。那是兵灾的火与烟吗？我们几人，该何去何从？

“不如你立刻跟我回草原如何？”登乐尔对我道，“枯摩山脉暂时还安全。哦，路上我见到你那小朋友了，他说如果见到你，转告一声，他仍然恨你。”他耸耸肩，“我想他口是心非。”

我也只能耸耸肩，没其他法子了：“我不一定去草原，但会先往北去，并打探消息。如果我的人需要我援救，你会分一点人给我吗？”

“分给你有用的话，我会分。”登乐尔答得很谨慎。他做得对，那是他弟兄们的性命，又不是金子银子，他当然应该谨慎。

于是就与他们北上，走出二十里，远远看到了个村庄，那村庄里忽然“啪”的一声，把登乐尔吓一跳：“小心，有埋伏！”

“埋伏怎么会只放一声？”我不太相信。

“总之你们中原人看我们不顺眼，有埋伏是一定的。我们绕着走吧，反正马背上也能过夜。”登乐尔振振有词。

怕中原人看他们不顺眼，早点把衣服头发换了呀！真是的，老裸着一条手臂，他们不冷，我看得都冷起来。不过他们说两只袖子都穿上，动作起来拉拉扯扯的，不方便，容易弄坏衣服，不做什么大动作时，就把肩上垂下来的一块袍子模样称为“影袖”的东西往前一包，一动作，照样把影袖甩到后面。他们习惯了，说老人和婴儿才成天包着袖子呢，我也只好听之任之，装作不知道他们把我们穿两条袖子的中原人都当“老人和婴儿”。

至于那声“啪”——“哦，我知道了，一定是爆竹！”风向着这边吹，我闻见淡淡的火药味，“现在什么日子了？嗯，快过年了，一定是小孩子放花炮呢。”

“我们跟你们的花样不一样。我们不过年，过的是春节。比你们要晚几天。”米娜在旁边神气活现道。

“中原的年，也叫春节。”我笑。

“那是你们的春节，跟我们不一样。我们草原，先要祭火的，把牛尾巴染成五色，由吉祥清洁的女人插在门外地上，再在神圣的五色牛尾前点火，家长穿好礼服跪在正门处的垫子上，把用油涂好的羊胸骨奉献给圣火，族长分给各家美酒，今年本来该是我哥哥分的啦，但他说来这边搞定打仗的事比较重要，所以叫族爷爷代劳。不过现在我们快点回去的话，也许还赶得上哦，圣火要点三天，整只羊放在上面烤，喷香，大家喝茶吃酒。我们草原——”她叽里呱啦一路说下去，且说且比划，无限可爱，雪狐狸的尾巴偶尔伸出来甩一甩，像帮她加着重号。

我认识的草原上所有人、所有动物，都这样可爱。但是大家是敌人，偶尔结盟，也要分“你们”、“我们”，隔了冷漠狐疑与怨恨的屏障，一方叫另一方“北虏”、另一方叫一方“南蛮”。何至于此呢？我叹气。

“喂，你还年轻，不要像个小老头。”她伸出手来触摸我的脸。我一怔，不着痕迹地躲开：“姑娘取笑。”

我不如她坦诚。一个着男装，一个着女装，总要防别人看。

走近那村庄，连愚蠢如我，也发觉情况有点不对劲了。遥遥青山含黛，浅浅溪水流情。竹篱茅舍，乌鸦凝立在静默的田地中，庄稼已经差不多都收割完了，几角零头地里、房前屋后，还留着些耐得冷、经得霜的大青菜、球白菜、红白萝卜。那青菜白菜叶苞上含着层冰雪，底下仍透出苍翠与玉白底子，自不必提；萝卜只有个绿缨子露在外面，都被霜雪盖得差不多了；独有一只白萝卜叶子上霜雪抖下来一半，白生生的萝卜身子也露了些在外面，旁边的泥土也翻开了，似是刚被人拔出来，拔到一半，那人却不知为何又丢下它走了。

看到村口刺篱笆后的形势，我知道人哪儿去了。

村民们那叫一个厉兵秣马啊，骡子、驴子、粪叉、猎弓都拉出来，连耕田的黄牛都双角绑上利刃，低头冲着我们蓄势欲发。我们惊愕地站定脚步，他们发一声喊，几乎把我们乱刀擒下：“兀那官兵，敢串通北虏来杀人？受死吧！”

我不希望再有伤亡，赶紧一手按住登乐尔，一手按住约伯，跟村民们解释我不是官兵，是反贼那儿来的。他们更怒：“兀那贼子，官贼都是一路的。杀啊！”我只好情急高叫：“我、我是绿眉！”

这叫声倒有效，村民暂时住了手，道：“绿眉？绿眉兵听说还挺仁义的。你真是绿眉？”

“是是。”我连声答应。

“但绿眉后来也乱杀人了，杀了好几个村子！”有人道。

“那是官兵嫁祸！”我急得口不择言，“你看，我们如果真的乱杀人，刚刚就全力跟你们交战了，何至于不断拜托你们住手？”

“那是因为你打不过我们。”回答说。

登乐尔哼了一声，袖子里亮出一个小兵器，倒不是什么矛啊刀啊的了，而是个便携的甩石机，搭上石子，“嚓”，击落百步外一片枯叶，下巴骄傲地抬了抬：“我打不过你们？”约伯没说什么，身影一动，“嚓”的向那片枯叶挥数剑，弹回来，脸色像刚刚一样的酷，叶子已经碎成靡粉。

村民们身躯剧震，交头接耳一阵。

忽然有个年轻人“啊”的一声，从树篱后跳出来。他比约伯要小好几年，是我带的所有精兵的平均值，头发有点脏，那种脏也是年轻人的脏，有那股精神劲儿撑着，不至于颓丧难堪。他指着我：“啊，你——您……”

“哎？”我客气地冲他点头笑。心想：他又认识我？太好了，程昭然真是相识满天下。

“您，您呀！小的上个月跟商队过去。商队到附近，我们庄子附近，死了个驮夫，雇了我——小的，小的本来不想去的——”

“说我就好。”我道。“小的小的”，他是乡野人，不习惯，我听着也别扭。

“那怎么成！我——小的——我，”总算顺回来了，他擦擦汗，仍然说得颠三倒四的，“到元城贩东西，说是进中原的话利润更厚，但皇帝不让进，老板叫我们到三湖收鱼干，经过阿帆，听说几位大人在和谈。说领头的是程大人您，他们说不能看您，因为，有人说……啊也没说什么……”

“什么？”我听得云里雾里，“告诉我。”

“说您是妖……呃，天上来的星宿，陪过几个皇帝，不知杀过多少人。福分薄的，看您一眼，也会丧命。有个太监对您不够恭敬，代皇帝传了您不喜欢的旨，忤逆了您的意思，隔几天，新皇帝就把老皇帝杀了。这都是因为老皇帝没当心，得罪了您，就是得罪了天！”

我张大嘴巴。太监……我刚从上吊的绳子上被放下来，给我传旨的那位太监，难道是季禳斩掉的那一位？说起来，后来我在宫中是没见过他，但——但这种传闻，又是从何说起。

这乡民误会我生气，把脖子一缩。米娜在旁替我出头：“看他一眼会死？我一路不知看他多少眼，嘴巴又关不住，得罪也不知得罪了多少次。要死，我第一个死。”

我笑起来。乡民也吐舌：“姑娘您福厚！跟我说那些坏话的，没几天就生毒疮了，该他！敢得罪天上星宿……侍郎大人，您别动气，小人实在没忍住，你进阿帆时，小人远远的看了您一眼……这辈子都忘不了。有人说的，您是天上派下来救苦救难的，哪里有危机，哪里有您。您一来，三湖跟元城之间就不打战了。阿帆的画先生画了您的画像卖给别人供养，再画，哪里能画出您的样子一点点来。小人能见您一面、这次又遇到您，这辈子福分都没说的了。”

全盘否认好像不太礼貌，我面孔通红，把脸别到一边。不过，听奉承话就是这样听起来的吧？第一次入耳，忙着摇手否认；第二、第三次入耳，觉得否认也不太好意思，只是别过脸；以后再听下去，说不定就听出滋味来了，再以后，一天听不到，说不定还逼人家讲呢。

要防止自己以后变得这样骨轻四两招人嫌，就要从一开始立稳脚跟。我终于开口同他讲："不，你说得全都不属实。我是一个很普通的人，智慧也不高。有时候，时势、幸运……"

他鸡啄米一样点头，回过头去冲他同乡们大叫："跪下去，让路呀！这是天上的星宿大人来了。快帮大人做事呀——"

"喂……"我气馁。他完全没听进去我的否认嘛。

但也多亏他这么叫，那些粪叉犹豫地抖了一下、又抖了一下，终于放下了。本来还奋不顾身想跟我们战斗到最后一口气的剽悍乡民们，终于温顺地膜拜于地，同我们讲和。先前已经逃到野地里的许多人，也都陆续回来。

他们告诉我们：因为北边已经有官兵把住了山口险要处，可能要往南边来。他们听说官兵会像蝗虫一样把什么东西都抢光、所到之处寸草不生，所以紧急结合起力量，想保卫自己。

我不是很能理解：官兵为什么要毁灭村子？难道不应该推行王恩才对吗？咦。

但此时也顾不得许多了，北边上不得，南边下不去，这里可能很快也要发生战斗，我们必须紧急提高战力，免得过几天就被乱兵杀死。

村民们身体素质不错、人数不少，因为结伙打多了猎，纪律也还好，但武艺不高，尤其战场上的战斗训练，那是完全谈不上的，兵器也不过粪叉菜刀，加把猎弓都算是好的了，要跟真正的军队对抗，显然不够。我猛见他们有一种藤甲，就用山里的老藤编就，过了油，刀枪不入，灵机一动："你们会用这种东西编成盾牌吗？""盾牌？不就编一大块方方圆圆的东西嘛？那准保能会。""最快的话，时间要多久？""认真弄总要几个月吧？但家里都还有些废藤块，重新编起来，要快的话，几天就也能拿出来了。""好！"我一拍大腿，决定训练村民盾矛阵。

所谓盾矛阵，我在程昭然的兵书上看来的，用盾牌密密地挡在前面，人躲在后头，进则同进、退则同退。用利矛在盾牌的缝隙中戳出，攻击敌人。这种战术适宜武艺不高、力气够好的军队在平地作战，但实在笨拙，往往不是单独使用的，而要配合其他阵法，才能显示威力。我如今独独要选它，实在不得已：

我现在手下只有五个精兵，加上后来一个背弓士兵，共六人是经过正规军队训练。约伯身手虽好，只适合孤身刺杀，要叫他走战阵，他的能耐未必顶得过一个普通士兵。十来个柴犬呼啸打劫必定是一把好手，要跟汉人配合着打阵地战，还是有点悬。至于那些村民们,更别提了,他们再怎么听我的话,我短时间里,也绝无可能训练他们走出我自己都没有编排过的八卦阵、长蛇阵、平戎万全阵,那一向是周阿荧、河白他们的事。但盾矛阵,又不一样。

它的训练简单:一字儿排开,盾在前,人在后。它的使用也简单:下死力气顶住,能杀敌则杀敌,不杀敌也顶住。顶住即是胜利。实在太适合血气旺盛的柴犬与乡民,也实在太适合打防御战。

程昭然固然在兵书上注:“此法较适合平原,且须人多。”我们此刻还没进枯摩山,所在的地方称为“裕原”,地势略有起伏,称为平原也无不可,绝对有足够地方能摆得下盾矛阵。至于几块险山像枯摩山脉甩出来的棋子般错落分布,倒正合我意。因为我们人少,直接按原法的盾矛阵拼人数,仍然处在劣势。但利用平原与山地结合的地形,巧妙布置迎战的话,倒可以扬长避短。这个法儿,兵书上虽然没写,但现实的情形、实力,都是千变万化的,哪能件件都照着书上来。我也只好因地制宜、从权计议。

这么计议定,大家都忙着赶盾牌了,连柴犬都插手帮忙。乡民们本来对“北虏”仍有心结。我解释:“他们虽然从草原来,但不是坏人,就像他们也讨厌官兵,你们虽然是中原人,但不是官兵,所以他们不讨厌你们。”乡民们想了想,通了,于是兄弟一样释然吆喝着同饮热茶同干活。米娜虽然是女孩子,没有二话,甩开影袖一样埋头帮忙。她聪明,不消学多少时间已经可以给织藤工匠打下手,做得热了,像其他柴犬一样,把帽子一抹。我登时倒吸一口冷气:“你!”

“我?”她茫然回视我。

“你的头发!”我手脚冰凉,“出了什么事?”

她头发全都削得奇短,像刚出生的婴儿那种长度,但又乌黑浓密,紧紧包在头上,像一朵奇异的花蕾,衬出乌黑眼睛与通红的撅嘴唇来,美是真美,但是——天啊出了什么事?谁忍心削她的头发。她遭遇了什么?

“这个?啊。”她抓抓头,明白过来,“跟中原的女孩子不一样。我们剃掉头发。”

“为什么?”我瞠目。长长的头发难道不美?

“因为只有公马才需要长出特别长的鬃毛、装腔作势吸引母马。”米娜板起脸,“女孩子总不能比母马更放荡。”

呵是。她是柴犬部落里骄傲而尊贵的女儿。我笑。谁说北虏可恶?米娜每每叫我笑。我这个没立场没骨气的,给那些真正忠贞的人看见,怕不劈死我。

我一边叫他们赶制盾牌与武器,一边勘探地形、筹划办法:官兵如果来的话,不知有多少人,村庄人数有四五十名,扣掉老弱妇孺,能上阵的勉强有三十名,加上我这边八名反贼、十二名柴犬,可以拉出一条相当长的防线,官兵只要数目不超过几百名,应该可以顺利被堵在村外。官兵如果想绕到防线两边攻击，藤牌的防线固然不易移动，但可以有几把村民的猎弓，柴犬中几个便携型甩石器以及约伯那柄威力十足的剑，在两边挡住。队伍的一边抵住山崖，防守侧重在另一边就好，应该可以保证官兵无法越过。

我唯一担心的是朝廷军队的火炮，那东西要一放，咱们只有作鸟兽散的份儿。但要炼钢铸炮，颇费时日，想来一时没办法大规模推广。就算是我跟登乐尔在山道上差点遇袭的那个投火弹武器以及星博拉到树台上的火炮，基本也是投石机改装而来，利用地势居高临下时会有优势，平地进攻的威力总有折扣，再说那玩意儿体积又笨重，造价又高，拉来打个小村庄的可能性实在太低，我一边祈祷来进攻的官兵不要配火器，一边命令村民，一见到"奇怪的喷火发巨响武器"，我一声令下，他们就别管什么，立马儿撒丫子跑进山。

但如果没有火炮呢，却绝不可以有任何人逃跑。这个盾和矛的阵线，最怕就是出现缺口，一旦有人败逃下来，出现口子，全线皆溃。我严词命令："如果想要大家都活命，就得顶住，在我没有下撤退命令之前，狠狠顶住，一个都不许退。"

"如果有人逃跑呢?"不知是谁问了一声。

"只要有一点逃跑的意思……"登乐尔嘴里慢慢替我吐出这四个沉甸甸的字，"格杀勿论。"

第八章

胜未足喜

我们的准备没有白费，过了几天，瞭望哨报警，真的有官兵前来进攻，但不是从乡民们担心的北边来，而是自南边，数目约两百，基本是步兵。

背弓士兵远远一见，激动道："就是他们！追我的就是他们！"

两百步兵追他一个普通士兵？追了这么久才追上？我持怀疑态度。他当时吓破了胆，意见仅供参考，不足为凭。何况如他所说，官兵在剑壶关应该是打了个漂亮的胜仗，而来的这一群人，模样却不像胜者，没有气度，像一批饿狠了的恶狼，也没带火器，略有几支"火刀"，放了几响，因为制作粗糙，火力不够，打在藤牌上，被挡住了。藤牌军大受鼓舞，一字向前推进，与官兵短兵相接，刀矛齐出，进入肉搏阶段。

我怎样严词命令，一个都不许后退？刀兵刚接，竟有个乡民腿软，松开盾牌，想往后逃。这阵法可是一个口子都不能被撕开啊，若让官兵从撕开口子里进入阵线后，整个藤牌阵都没有意义了！我还没发声喊叫，旁边的乡民举起手，直接刺了他一矛。

这就是"格杀勿论"的命令。杀一儆百，看还有人敢效仿他不？

我本来在后面"督阵"，现在再没话讲，连思考都顾不上，和身扑过去，接过他的盾牌，用最快速度把他的缺口抵上，官兵冲击的力量，狠狠袭击我。我是盾阵的一分子，看不见对方是用刀还是用拳，看不见对方的样子，只是像整个盾阵的所有人一样，顶住、顶住，用刀、用剑，用随便什么武器戳出去！战斗的狂热席卷了整个天地，连头发花白的老人、挺着丰满胸脯的妇女，也从后方出来，帮我们一起抵住。进、进、退、退，尸体倒下来，它的同伴要退后，就踩着它退，敌人要进，就踩着它进；须臾，力量调了个头，整个战场上的尸体也多了几具，谁踩着谁进、谁踩着谁退，全都不分明。再加上约伯和登乐尔的超强战力，鲜血飞溅，官兵的死伤比我们多。

官兵终于渐渐败退了。败退的念头像星火，只要一个人闪过，没有及时扑灭，顷刻间就会席卷整片人群。他们回身逃跑了，本来还是且战且退，后来终于成为纯粹的狂逃、大溃败。奇怪的是，他们居然不忘把同伴们的尸体都拉上。有几个骑着马的高级官兵，马背上驮着几具尸体，剩下的步兵们，背的背、扛着扛，手里多半也不空。噫，难道这么恩义？

"他们把我弟的尸体也扛走了！"忽然有个我带出来的精兵大声喊叫，就大踏步追上去。我累得都没力气了，向约伯使个眼色，约伯仗剑陪他去。

"别杀太多人，抢回尸体就好。"我想这么叮咛，想想，又住口。都已经打成这样了，无谓矫情，想必约伯自有分寸。

旁边一只手，握住了我的脚。

站在尸体旁边，我都已经不知道惊吓和害怕了。这具身体居然不是尸体，会伸出手握住我，我才心惊。

俯下身，我看见他半个腹部都被踩得稀烂，肚肠像煮过头的面条一样黏糊巴叽地拖出来，眼见是活不得。他的脸，我还认识，就是那个去过阿帆、认得我、帮我动员起全村的那个人。

他既然这样信任我，为何会腿软做逃兵？他既然被村人刺了一矛，为何，到现在都不死。

“大人，小人的福分好像只到这里啊……”他唇边滑出一个微弱、艰难的笑，带着垂死者特有的僵硬，仿佛死亡的气息已经吹进他的身体，肌肉和神智却还没有分离，能让他说出最后的请求，“心是肯向前的，脚就不知不觉后退了，大人您如果能原谅我……可不可以，现在赏小人一个痛快。”

我默不作声，握紧剑柄，另一只手摸到他的胸膛、心脏还在微微跳动的地方，摸准了，刺入。他的喉头放松地“咯”了一声，不再动弹。

拔出剑，血也随之喷出来，不多。受伤和被践踏时，它几乎流尽了。现在，这个疲倦的身体也可以休息了。

我从来没有问他的名字，像其他那些村民、柴犬、士兵们一样。不知道名字，那么即使他死掉，也只是一个数字。数字比名字更容易让人忍受，像折断的剑、缺口的刀一样，成为战争必须的消耗品，而不是损失不起的同伴。不知道名字，他就只是一件东西。

约伯和那个元兵一起回来了，居然还押着三个官兵，背上扛着好几具尸体，全不是官兵的服饰。“他们居然把村民尸体都带着走，我们背不动，就抓了几个脚伕，要他们再把尸体背回来。”约伯对我脚边的尸体看也不看，向我汇报。

“你……就这么抓了‘脚伕’，其他官兵呢？他们整支队伍都答应？”我大大地愕然。

“一溃逃，就没有队伍了。我随便在落后的人里面抓了这三个，他的同伙看都不看。”约伯回答。

我习惯性地深吸一口气，吸进满满的血腥味。该死，几个时辰前，这里还是平静而甜蜜的乡村啊！我问那三个官兵：“你们带走村民的尸体做什么？”我已经没那么天真了，不认为他们想替敌人落葬。

“那个……这个……”三个官兵眼珠子骨碌骨碌乱转，互相看来看去、推来搡去。

我哪有心情等他们慢慢推选出一个发言人，剑锋往最左边的一个人脖子上一搁：“说！我数到三，你不说，我把你脖子砍下来，然后下一个。一——”

“大王！我们该死，我们是拿着吃的！”左边官兵吓得发抖，屁股一撅，放了个响屁。

中间的官兵只怕他触怒我，忙帮着圆场：“大王息怒，咱们不敢吃大王的人，是把自己队伍里触犯了大王的拖回去，不合误拖了大王的人，大王饶命啊！”

“咚咚咚！”第三个负责叩头。

我脑袋有点晕，要想一想才知道他们说的是什么：他们把同伴的尸体像猪一样拖回去吃，顺便拖了村民。当然，只是食物嘛，谁在乎一头猪是东家的还是西家的，烧在锅里都是肉。

……都是肉？！

“你们官兵，不是有粮饷吗？为何要做出这种事来！”我沉声问，喉头像有东西堵着，哽得慌。

“不够吃。再说，也没肉。”他们倒老实，眼泪汪汪的。

“你们！”我正待训斥，旁边又有个人影蹿过来。是那当哥的元兵，本来抱了他自己弟弟的尸体，在旁边安静照料，一听这话，猫腰一蹿，腰刀就砍过来，我不假思索手一抬，要抓住他的刀，这一手是向予教我的，他使出来固然是行云流水、精熟无比，我到底差点儿经验，硬使出去，估计刀是能抓住的，我的手少不得也要见血。

约伯伸过剑来，轻轻一磕，腰刀荡开了，我的手指贴在他的剑身平面上，冰冷，毫发无损。

“侍郎！”士兵哥哀鸣。

“不要杀。”我下令，“因为……”因为什么？对阵时已经拼杀到这种程度，现在敌人束手就缚跪在面前，却不能杀。这当中的界限是什么？在战争中都要划界限，是多么好笑的事，我无法表达，只能另找个理由，“我们要从他们口中打探情报。”

士兵哥低头，认可了这个理由，向我请罪，再回去照顾他弟弟。我现在终于发现不对了：他把弟弟的身体抱在怀里，给他包扎伤口，还不断把他残破的衣服拉一拉，像是怕他冷。

“他还活着吗？”我过去碰一碰他的鼻息、还有脉搏。他死了。他是替我打出“一个马头”信号的那位小士兵。

“我答应过他妈妈，会保护他回家。”士兵哥道。

“他死了。”我轻轻地说。

“我答应过！”士兵哥低头，继续包扎着他的伤口，虽然那伤口里已经没有血可以流出来。

我默默站起身，地上躺着那么多已死的、或者正在死去的人，还活着的人在料理他们，也许是受惊过度，竟然没有一个人哭叫，混着血腥味的沉默，令人窒息。

这里，到底有多少“答应过”的事，已经被打破了。就像我答应过自己，绝不参加杀人的队伍，绝不杀人，可却走到了今天。我是怎么会走到今天？

忽然又一支官兵从北边冲来。这支都是骑兵，全身铠甲，连马头都护有铁甲，每人手里都有铁弓，奔至箭程之内，一齐抬手，“嗖嗖”地箭如雨射来，有几个站得前面点的村民，惨叫着倒地，余下的终于布不成阵势，抱头四窜。这支骑兵不但武艺高强，纪律看得出也比原先那支严明许多，怎么办？

“把那三个打晕。”我百忙之中记得这三个官兵要留活口盘问南边的情况的，便向约伯吩咐。

约伯依言行事，还替我拨开一支箭，忽的一手捂住胸，笔直扑倒在地上。怎么回事？正要借他的剑术同这支精锐的骑兵队对抗。他怎么回事？我正赶上去要扶他，又停住。急事先行，若被这支骑兵冲近身，我们没有同他们短兵相接的能力。我要先想法逼退他们！

擒贼先擒王，他们那一马当先冲在前面的头儿，我们若能射杀他，也许能逼退整支队伍。

“拿起弓，射箭！”我冲着背弓的元兵大声呼喝。只有他身上有弓。

“小人，只是替大少爷背弓的。小人的箭法……”他缩在一块大石头后面，抖抖簌簌解下弓，拉都拉不开。

登乐尔闪到一棵大树后，取出了投石机，但刚刚对阵时，他的一只手臂已经受伤，流着血，动起来不灵活。再说，这样的投石机，怎够对付全身护甲的精锐人马！

我一脚把背弓的元兵踢开，抢过弓，就地拔起骑兵射来的两支箭，冲登乐尔大叫：“过来帮我！”

不不，上面的表达有误，战场中，时间好像如同生命一样的扭曲了。确切的情形，是我叫出“过”字时，冒险从一具死尸身上拔起一支箭，叫出“帮”字时，我把那元兵踢开了，那石块边正好也射着一支箭，我再拔出来。说完“我”字时，我把弓的一头撑在地上，登乐尔也翻滚过来。

当箭如雨下时，翻滚前进，大约可以躲避箭雨。我没学过这种动作，就是跟三脚猫一样跳来跳去，居然也没被射中。很好，天不亡我。

这把弓是龙婴大哥的大黄弓，弓力十石，也就是说要五百余斤之力，我哪有那么大力量？借个巧，叫地面和石头替我顶住弓头，叫登乐尔替我稳住弓身，我拼尽全力拉起弓弦，将箭搭在弦上，对准那当头的骑兵。他戴着铠甲，但我记得龙婴的堂兄弟据说是被射穿咽喉而死的，是，这种铠甲也一样，脸那儿还是露出了一块空档，虽然不是咽喉，但射穿鼻梁下巴，也一定没命。

我没有其他地方可以射，我只能射那里。

而且我必须成功！

他离我们已不足百步。

“手不能抖,定住,对着你的目标。但也不能对得太正,因为这段距离,箭会往下落一点的,你要估到你把它射出去的速度,再估量它在这段时间里能下落多少,给它留出向上的余量,才能让它最终尽可能接近红心。”季禯的话又在我耳边响起。

我射出第一箭,从当头骑兵肩膀旁边半尺远的地方擦过。登乐尔“唉!”一声。

我毫无迟疑,搭上第二箭。

第一箭本来就是用来试探的。我没有用过这样的大黄弓,也没有用过他们骑兵队的箭,不是很确定力量、速度与下落距离的关系。第一箭探完路,第二箭我就可以调整。

当然,仅凭这一箭,就要调整到第二箭一定射中,而且对方目标还在不断改变位置,我不敢夸这个海口。我也怀疑天下有多少人敢夸这个海口。

可这不是要不要的问题。这是必须。我没有选择,我们没有选择。

他已经近到五十步。

箭离弦。

那个人好像愣了一下,手好像想抬起来拨开这支箭,但箭已到他的面门,穿了进去。

他仰面倒下,脚还插在蹬里。坐骛人立而起,慌乱地蹦跳。他连人带马滑到山沟里。

整支骑兵队乱了,终于溃走。

我手臂垂下来,看着自己的手。这双手,杀了人。

终于,当面锣对面鼓的,杀了一个鲜活的,还可以活下去的人。

我手脚酸软,瘫在地上,一双有力的手臂拉着我:“侍郎,侍郎。”

我起不来。我已是一摊烂泥,不要拉我。

他转而抱住我:“你怎样了。”

“我将为此付出代价。”我喃喃,“我做了我所厌恶的事。”

“如果你是女子。”他在我耳边大声道,“我会保护你。但你是男人,振作起来。”

脑瓜子被他震得发疼。我回头,看到登乐尔那种粗糙而英俊的脸。如果我是女子,会嫁给他吗?不,我渴望的是另一个人,沉默、但知道什么时候说什么话;博学、但绝不在我面前卖弄;有情趣,宠着我,只爱我一个。

我歇斯底里笑起来,笑完,抹了把脸。米娜看了我一眼,我什么也没有说。

我已经不知道说什么好。

死者已矣,生活还要继续。活着的人再一次聚拢来收拾战场。我射杀的那位军官,他们想把他的铠甲剥下来用,掀下面罩,我觉得那张脸似乎有点眼熟,但被箭射碎了,也认不真。我茫然地看了一眼,想要走开,脚步却又忽然顿住,拿起他的手仔细看看,再看看他被射碎的脸。

鼻梁碎了，眉骨还在，面颊碎了，下巴还在，但我不记得，这张脸上，除了出奇英挺的鼻梁，还剩什么特征？我也从来没费心去记忆他的手掌有什么特征。

一面旗帜落在地面上，旗帜上绣着“方”。

我一直没有注意看旗子上绣的是什么，看了也不会在乎。当时情形太危急了，不是你死就是我亡，再说，天下姓方的人也这么多。

每次跟他见面，好像都很匆匆，我听说他在北边驻扎、我也见过他带兵，但我从没想到，有一天，我会面对一个亲手杀死的死尸，辨认不出是不是他。

“是你吗，方铮？是你看着我的箭飞向你的面门。你看清了我的脸吗？如果没有看清，你是不是会死得安然一点，或者不？”我在心里默默道，把他的手放开，“安息吧。”

他的手，落到泥地上，很快也会变冷的，像鸿喜、那个不知名的村民一样。他骑的马运气真好，没有受什么严重的伤，转过身来，用嘴轻轻地碰碰他，也许是他骑过多时，已经有感情的旧骑。我拜托旁边的人帮忙，把他的身体打横托上马背，拍了下马屁股，它驮着他走了。如果是老马，应该识途？我希望他能回到营地，会有人把他安葬。

为了怕被打跑的官兵再回来报复，我劝乡民们暂时搬走住。谁的一家一当、一砖一瓦，置起来都不容易，再说如今这世道，搬又能搬哪里去，还不是如野人般暂时上山。我有心叫他们去找林紫砚，但这小猿人上次生了我的气，还不知转没转过来呢，再说，山程也太远。幸好乡民们以前躲山贼、躲北虏、躲官兵、躲土匪，离家也不是一次两次了，轻车熟路就包扎伤者、埋葬死者、检点家产、准备上路，只是难免有人发怨言：“以前打不过兵匪，逃也就算了，现在难得打个胜仗……”

“如果我立稳脚跟，一定尽力回来，保护你们。”我庄严保证，胳膊上忽然传来一阵火灼般的疼痛：“喂，轻点儿，疼……”

米娜还真是用火烧过的小刀割开我的皮肉，挑出半个指甲盖那么大的碎铁屑，不知是刀锋还是剑锋：“受伤时怎么不喊？现在不帮你挑掉，以后还有得你受的呢，闭嘴！箭雨里跳来跳去时没见你这么脓包相。”

当时情况紧张，什么感觉都顾不上啊！现在，现在我要不疼我就不是人了好不好，大姐……

“你还有什么意见？”米娜瞪我。

“没什么。”我虚弱道招呼登乐尔，“现在我们计划一下，该往何处去。”

连柴犬带精兵，我们现在还剩十三个人，在硬碰硬的战事里，这种比例的牺牲不算大。精兵，哪儿死哪儿埋了，那兵哥哥总算接受了弟弟的死，剪下弟弟一绺头发来，说要带回去,但后来想想,还是一起丢进土坑里:"全埋了,肥了这儿的土吧。我自个儿还不知能不能回去呢,真回去,弟弟人已经没了,无谓再带个东西回去叫人看着难受。"

至于柴犬们,全烧了。照草原上的信仰,他们的灵魂会乘着青烟返回他们的家乡。

最大的问题是约伯,他仍然处在昏迷的状态,气息一刻比一刻虚弱,谁也不知道他出了什么事。我心理斗争良久,道:"我们南下。"

"有没有搞错！你是要给他找医生吗？草原上也有医生啊！你为这么个病人要所有人都钻到虎口里去啊?!"米娜顿足。

"不只为约伯。你看南边来的官兵,不堪一击,纪律仿佛流寇;而北边来的骑兵,纪律整肃,又背着山险。我的意思,去北边,可能比南边还危险。南边的元城虽然有可能被围攻,但毕竟只是可能而已,元王爷和绿眉的战力合并,不至于全无招架之力,也许官兵已经被击退也未可知。退一万步说,如果南方事不可为,我们立刻向西边,走大漠,也许比钻山口还要安全些。"我道。

米娜皱紧眉毛:"我哥不能去大漠啊！他已经是——"登乐尔伸出一只手止住了她的话。

"什么?"我奇问。

"也没什么……"登乐尔不好意思道,"我并不是草原新首领。"

"可是实际上大家已经认你当族长了啊！谁要你跑东跑西,不去老老实实做头儿的?"米娜直摇他的袖子。

啊,原来他是这样的身份了。也对,米娜说起草原上的春节时,就提到过今年的美酒应该由她哥哥来分。是我没注意。"那,确实不宜离开草原太久……"我踌躇。

"哪里的话！是我自己愿意多出来看看。关于北边,你说得有道理,不知官兵把住了哪些山险,贸然去冲,太过危险,还不如南下。我此行的目的,本来就是想与元城、绿眉联系。"他道,"如果我不幸出事,草原也自然会选出它的新英雄。马上的男儿们,绝不会为哪个人死掉而一蹶不振的。"

我往他肩上捶一拳:"你不会死!"

"是啊,"他笑起来,"一见了你的面,不知怎么,觉得不会死似的。"

我们收拾整齐,向南进发了。出发前,乡民把涮锅子的破竹帚子点燃,转了几圈,说大过年的,打仗打得花炮都没得放了,好歹要红火热闹一下,应应景。我这才想起,原来已经是除夕新年了,不觉怔怔发一刻钟的呆。

那三个官兵用绳子绑着,跟我们一块儿走。他们在军中的地位很低,只不过是个大头兵。盘问了一宿,能说的,他们都跟我们说了,最多也就说出他们夺下玉壶关,进军元城时,被“小妖龙”残忍堵截,杀得那凶悍啊,简直叫屠杀。他们作为先头部队被冲溃了,想退回去,一则是玉壶关太险了,心慌意乱下不容易爬回去,二则是后头大鼓敲着大号吹着,也不准人退。他们不想送命,只能往两边跑,西边有龙婴,南边有绿眉帮元军撑着,只有北边还安全些,就先往北边来了,晃悠了几天,想想如果元军得胜、他们不能回去;如果官兵得胜,他们作为逃兵也不能回去,于是继续往北晃,结果就遇上我们。

背弓的元兵,因为逃在他们的前面,被赶了一路,实在冤枉。

他们虽然已经没有其他利用价值,但连背尸体回去吃肉都做得出来,这么危险的、没有人性的家伙,我是不敢放走的,所以还是用绳子牵着走了,实在是因为没想出来该怎么处置他们。他们误会了,点头哈腰:“侍郎大人!我们既然见到了大人,一定竭诚投靠。请大人不要顾虑,就收了我们吧。鞍前马后,我们一定效力。我们的贱名叫——”

“不要告诉我名字。”我冷冷道,“我有事要叫你们时,就叫一、二、三!”

“你们的名字不够弄脏大人的耳朵哦!”米娜在旁边煽风点火。三个官兵唯唯诺诺,全盘收下。

其实,我是不想再知道更多的名字。死不死人,不是我能控制的。那么我至少可以控制:当某几个人死去时,只是无名的人死去,不是我认识的人,与我不相干。

走到第二天傍晚,路程过了大半时,约伯张开了眼睛。当时太阳西斜,喷出火红的光线来,天地仿佛都因此变得温暖,可是枯草们全体有经验地呆立不动,准备迎接夜晚的寒风,远处,一只黑色的鸟,不知是不是乌鸦,振翅归巢了。它的巢里,不知有谁在等它。

“主上。”约伯低声道。

“你醒了!你到底发了什么病?走火入魔吗?快告诉我,我怎样能够帮你?!”我急忙道。

“我唯一不放心的,是不知道自己的生身父母。唯禽兽成年之后不知父母,我自诩是有情有义的人,却连……父母……”他的嘴唇闭拢,气息消失,身体渐渐地变冷了。

直到太阳完全落下去,又再次爬起来,他都没暖和过来,大片的青紫色斑块,凝固在他身体、四肢靠地面的部位。这是尸斑。他死了。

我们没有时间安葬他,就由登乐尔安排,快速收拢了一堆干草枯枝,把他烧化。但愿他的灵魂会乘着青烟飞回他的故乡——如果他比我幸运,有故乡的话。

收拢干草枯枝时,一二三流着口水过来:“这么大个人,一顿吃不了的,记得熏出几块干肉,留着以后用,不然太浪费。”

——他们居然以为我们要吃约伯!

我冷着脸,拿出刀,走到煮着朝食的锅子前,手起刀落,我腕上的血流进煮着草根的清水里："我知道你们吃不饱。要荤，吃我。"狠狠斜他们一眼，"但我告诉你们，我死了，你们也活不了。"我确定一定以及肯定我有个三长两短，登乐尔他们会很乐意把一二三干掉。

登乐尔已经在活动手腕了，米娜率先扑过去，一口气拎三个，全拎到草垛后面去，一阵噼里啪啦鬼哭狼嚎的声音响起。

"可以直接打他们，为什么要伤自己？"登乐尔迷惘的问我。

"我如果更能干的话，应该让他们都能吃饱，而不用伤害任何人。强迫他们饿肚子，也是因为，我做得不够好。"我回答。

"你又不必为他们负责！"登乐尔很吃惊。

"可是我，在心里面深深责备一个人，我觉得他应该为他们负责。我既然要有立场责备他，那我，应该做得比他更好。"我低声道。

登乐尔沉默了。

米娜赶着面目全非的一二三回来："再说胡话？你们姑奶奶我的狐狸还缺肉呢！再闹，再闹把你们切碎喂狐狸！"小雪很兴奋地龇了一下白牙。一二三抱头躲到了我背后。

元城在望时，我们都努力地去分辨城头上插的旗子，最终还是登乐尔眼神最好，抢先报告："有一面旗是黄底红字的，旁边还有面旗小点儿，绿色，上面画着一弯月亮——啊，那个红色是'元'。"

我发出一声欢呼。绿底、画了一痕眉毛的旗子，是绿眉的旗，那那元字旗，自然是元兵了。好样的，龙婴他们总算把元城夺回来、保住了！

跑到城下，城墙上的士兵果然穿的也是元兵的服装，我高兴的仰头："请去通报。我是程昭……"

"哇！"那士兵发出一声语音含糊的尖叫，类似"鬼啊"一样的效果，扭头就往里跑，脚后跟打着后脑勺。里面随之也传出一片尖叫，并有十几个人立刻扑到墙头参观我，口里也鬼叫连连，听多了才听出来，大概是"乖乖！啊啊！程侍郎回来了！"这一类的话。

护城河上的桥"咣当"放下，城门轰然打开，一个白盔白甲的小将军奔出来，既不叙旧、也不嘘寒问暖，扑上来搂住我脖子，就来了一句："你是我爹生的吗？"

他脸上抹着道黑乎乎的污迹，一双眼睛更加的黑白分明、水精剔透，也不知出生入死过多少回了，身上煞气更重，搂住我脖子明明应该是多亲昵的举动，我总觉得有点心底发毛，急着把他放下来："什么？"

"我爹死了。"他道。

"呃……"一路行来，我就知道元城处境不妙，但没想到元王爷会先死。他好像应该躲在所有人身后，直到最后才束手就擒，被捉到京里，季禳如果不肯发慈悲的话，他才会被咔嚓似的。

“不用安慰我。”龙婴粗声粗气道，“他死的时候，跟我说：‘转告你姐姐，爹对不起她，也对不起程家。’是指你吧？他怎么对不起你们了？我是你弟弟？”

“我是你姐?!”我眼睛瞪得比他还大。

“等一下等一下啦！”米娜过来添乱，“原来你们女孩子也可以带兵打战的啊，盔甲真神气，我也要穿。还有，你们管哥哥叫姐姐的？还是我中原话学错了？”

龙婴冲她翻白眼，话都懒得答，只管拉住我：“你是我爹生的？”

“不可能吧……”我心虚道。我爹不是监察御史？

“既然不是兄妹，也可以抱抱的啊？我还以为中原风俗很小气呢！那我也要抱侍郎！”米娜从后面圈住我。我个子已经不矮，她比我还高大半个头，从后面环住时，下巴抬高了可以搁在我头上。

“你不准！”龙婴怒目，“我可以，因为我是男的！”

呃……如果要这样说的话，其实我才不是男的……

“谁信你啊？”米娜在我脑袋侧上方，对龙婴大作鬼脸。登乐尔都看不下去了，“丫头，下来！”

“他这么矮，我都没‘上去’，怎么叫‘下来’？”米娜永远有理由，“而且他长得这么像女孩子，我把他当妹妹抱啊！哥你也觉得他应该是女人对不对？不然你怎么都不敢抱他？”

“谁说我不敢？”登乐尔张开大臂抱过来。

龙婴黏在我怀里，就没有离开过，于是我身上一下子猴了三个人——还有一只狐狸。我轰然倒地。

倒下去时，当然是特意向着登乐尔那边倒的，他够强壮，当一下肉垫应该没事。但还是痛得我龇牙咧嘴的。我手指触到什么潮湿柔软的地方。

龙婴脸上挂着一颗水珠，两眼泪汪汪。他哭了？

“中原女孩子真娇气，动不动就哭。”米娜眼尖瞧见了，叫道。

“地上有水溅到我！还有，我是男的！”龙婴爬起来，居然就手扯开衣襟，把小英雄的平胸裸在料峭春寒里……

“你、你没发育！”米娜盯着他胸前那两粒葡萄干，死鸭子嘴硬。

龙婴干脆地解裤带。

我跟登乐尔同时发出怒吼。登乐尔伸出大巴掌捂米娜的眼睛，我按住龙婴的双手，把他拖到一边，向两位连连告罪：“对不住，对不住。久别重逢，大概是太激动了。我们到旁边说说话就来。”

把龙婴扯开去，我问：“你今儿怎么回事？”

“我？我不是一直就这样？”他嘴硬！米娜嘴是铁蚕豆、他的嘴是水晶石，不是一般的死不服输。其实，是因为遭遇父亲去世这么大的变故，他有点承担不了，才情绪特别容易激动吧？我正想安慰他，只听城门那儿又传来一阵大笑：

“哈哈哈，乖徒儿，来了啊！”向予也高卷着袖管迎出来，“为师神机妙算，一算就算到今日——”

“师父，大冷天的，你不多穿点儿？”我很心疼，瞧他胳膊露得跟柴犬似的，主随客便也不是这种随法——就是说，如果他真的算到今天会有露胳膊柴犬来的话……

“没事，没事，吵架吵得热了。”他很低调地摆摆手。

“吵架？！”我眼睛瞪圆了。

“——侍郎，所以说，柴犬代表北方想跟我们结盟啊？”龙婴跟登乐尔他们已经交流完毕，若有所思地点头。

“龙小将军，‘我们’这两个字真是可圈可点。”向予立刻凑过去，“我们绿眉……”

“侍郎，你知道你师父为何要留在元城跟我吵架吗？”龙婴恨恨地亮出牙齿笑。

“为什么？”我觉得有点问题。

“你问他吧。”龙婴招呼登乐尔，“诸位随我来。我安排各位的下榻。”顺便把那三个官兵俘虏也带走。

“龙小将军，客人也不是您一个人的事……”向予还要像牛皮糖一样地粘过去。

“龙婴，那三个人给他们找点事做吧，不用杀掉。”我紧着对龙婴叮咛，又拉住向予，“师傅，元城里，本来他就是主人，你也不一定要去吧？再说，我还有事要向你报告，我……”低头，看着脚尖。这话怎么说出口呢？

“嗯，你没把约伯带回来。”他停住脚，淡淡道。

“我没有故意惹出很多事来让他太为难！”我急急道，“当时箭也没射到他身上。我叫他把三个人打晕，忽然他就倒到地上了，再也不能说话，三天后就死了。师父，我不知道出了什么事！”

“我跟你说过他斩断手臂的事？”向予问。

“嗯。”是一个太愚蠢又太珍稀的故事，我一直都记得。

“后来他父亲叫他去杀他妹妹。他为了救妹妹，想修炼能够起死回生的净灵石，一直没修炼成功，只修成‘同心缘’，如果他妹妹死，他也许有一定的可能性让她起死回生，但不管如何，只要她死，他也活不久。只不过练成这门功夫的人很少，到底能活多久没人知道而已。”向予道，“听说，他妹妹前几天死了。”

我难受地把手绞在一起,不知该说什么。

远空明净,又有烟升起,不知是谁又在烧什么。约伯啊,这个人,一生不知道是善还是恶,不知道是义还是蠢,终于也就化为一缕青烟,消散殆尽。

净灵石,净灵石,如果能修成净灵石,就能救许多生命吗?但厉祥已经修成净灵石,最后结局……又算什么?

"他叫我找到他亲生父母。"我抽泣着,"他说他是孤儿,被养父母收养,后来养父母也死在火里,他又被现在的父亲收养。他到死都不知道亲生父母是谁,太可怜了。"

"那对死在火里的,就是他亲生父母。"向予看着我。

"哎?"

"他受的打击太大,骗自己说那不是亲爹娘,就会好过一点。"

"这样也可以?!"我目瞪口呆。

"是,一个人想骗自己,怎样都可以。"他的目光很有深意,"譬如说,你说忘了自己的一切。"

"我跟他不一样的好不好!"我没好气,"说到这个,喂,我有点事要问你。"

"别听龙婴瞎说。"他心虚,顾左右而言他,"吵架的事,说来话长……"

"那找个安静地方。"我要放过他才有鬼,"我还有别的事要问你,本来就要找安静地方。"

我们进了向予的房间。看来他跟龙婴相处得还真不怎么样,那房间外头的花圃,简直当得起"荒芜"两个字,虽然现在是冬天,本来就没什么植物会开花,但怎么看那园子,都是野草比花木多,仅有一两株称得上"雅"的松树,还黄瘦得像难民似的,眼看都快被野藤野蒿给淹没了,再加上墙上爬着蜗牛,屋角还吊着蜘蛛,简直请妖怪来住,还是千年的那种,这房子配得上它的历史。

"师父,龙婴说他的父亲死前好像提起我——"我确定没有闲杂人等听壁角,就急着问这个。元王爷是我亲生爹……这也不是没可能的。如果是这样的话,倒能解释他为什么一见到我,就愿意结盟,也许认为自己的女儿不会背叛自己吧?这个秘密,他跟程昭然也许彼此心里有数,我又不知道。要问身世,也许应该去问水玉,但水玉应该仍然被保护在大后方。我只能问向予了。

他猛然转身,抱起我在空中转一个圈:"傻徒儿,没想到凭你也能活着回来!听说你打了个漂亮战?练出来了。练出来了!"

"放我下来!当我三岁啊?"我觉得闹心。脚踏实地之后,立刻拿个桩子贴墙站立,不理会他岔开话题的小把戏:"喂,你说我跟龙婴长得像不像?"

“有你这么跟师父说话的吗?”他抱臂。

“那,师父,你觉得我跟龙婴、元王爷,长得像不像?”我低声下气。

“干嘛?攀亲戚啊?懒得理你。”他回身去翻兵简。一只长长的布囊搁在旁边,是他的琴囊。很久没听过他的琴声了。他的琴大约像儒士一样,邦有道则仕、无道则隐。乱军中,不弹琴。

不信他一辈子不理我!我学龙婴扑上去猴住他,手臂勒他脖子:“你半夜三更找陈其华教武功,陈其华的身世你不知道?说!”

“喂喂喂,长幼有别,你我授受不亲——我只知道你爹性格低调,跟其他官员都保持一定距离。你娘是个很端庄的女人,虽然身体不太好。你的身世,我真不知道。”

“那……我有机会去问水玉好了。”他恳切的态度不像是假的,我只好另找方法。

“她肯定也不知道!”向予拦我,“教你武功时,我知道你们家里的情况,这件秘密如果真的有,别人准也不知情。”

“真的?”我睨他。他刚刚还算恳切,现在这么急着拦我,反而很可疑哦。

“好吧……我是不希望你再追究这件事。死者已矣,他们生前有过什么纠葛,与你一点关系都没有。”向予道。

我仰着头想了想,真的。不管以前发生过什么事,我还是我。

“再说,你一追究,就牵连到别人的名节问题。就算是疑云,也是不好的。你知道我爱护一切的女子,不忍心你走上这么残忍的道路……”向予下一句话就开始舌头跑油。

我向他背后挥了一掌:“你就死到河白那儿玩儿去吧!”

说到河白,等一下!我叫回向予,扳手指:“河白在不?有件事我想跟他、龙婴一起说。”

“干嘛?又死人了?”向予看了看我的脸色。

“是,又死人了!”我火山爆发,“我是瘟神,是不是?是不是?为什么我到哪里都死人。死这个死那个、死那个死这个,我是替地府杀人兼报信的是不是?”

向予不语,片刻,徐徐道:“有时候呢,死人不是你一个人的错,活人则是你一个人的功劳,这样想,过日子会开心很多。”摸了摸我的头,他问:“又有谁死了,要跟那两个报信?”

“方铮。但是我不确定。当时我们在裕原,一队精锐骑兵队从枯摩山冲出来,直接杀向我们。他们还没有到,我就射死了为首的,他们就走了。他们的旗帜,写着‘方’。但我一直不知道我射的是不是他。我……射的是他的面门。他的脸毁了。”我把裕原之战的首尾全跟向予说一遍。

向予听完后,沉吟:“虽然我不太认识方将军,但从传闻来看,他治军相当的有能力,那么即使是他身先士卒被你射杀了，他的属下也应该竭力把他的尸身抢回去才对。一触即溃，这不太像。"

"所以，那个人有可能不是他?"我心开始嗵嗵乱跳。

"我觉得有可能。"向予回答得很谨慎。

对对，如果是向予死了，我——呸呸呸，如果是我死了，向予他们一定会奋力把我的尸体抢回去的。那人真的可能不是方铮。我很高兴。虽然……虽然不管怎样，都有人死了，因为不是我认识的人就高兴，好像不太公平。但这道小小的坎我就是迈不过去。一视同仁？开玩笑！方铮和其他人怎么能等同。方铮是方铮。

"现在还不能确定是谁，我还是告诉河白他们一声好。如果真是他们的大哥……我领罪。"我硬头皮。总不能因为脸皮被我射坏、证据不确凿，就瞒着人家不说吧？"不过师父你陪在我旁边好不好？我有点害怕。"真讨厌，杀人时又不见得害怕。每个杀人犯如果当时能想到以后善后的麻烦事，下手时一定三思而后行。

"河白他不在这里。龙婴……你还是自己去说比较好。"向予打哈哈道。

第九章　各有所思

小小过了段时间之后,我终于知道现在绿眉的局势了。

元城曾经险些被攻陷,绿眉全力驰援,但元王爷还是死去,听说龙婴始终保护着奄奄一息的父亲,他就死在他怀里。

元地所有的兵力,现在就由龙婴做主。龙婴披上了白盔白甲,挎着元王爷当年那颗大印,真像那么回事似的,与沈虞孙他们争夺话事权,寸步不让:“朝廷军的军队,是我们元军在正面顶住,绿眉凭什么与元军分庭抗礼,名为结盟,实际上发展自己的力量,这像话吗?从现在起,应该听从元军号令才对。”

沈虞孙是个大老粗,只会气得拿刀子劈桌子。而周阿荧他们伶牙俐齿,不是易与的,舌战个没完。苦了河白,左右为难。到现在,不是每个人都耗得起大吵的,韩统领跟河白去守剑壶关,薛大帅跟沈虞孙去守星博了,周阿荧回到三湖坐镇后方,只有向予留下来跟龙婴继续吵,吵得那叫一个驾轻就熟、不亦乐乎。

我写了封信,叫给河白送去。龙婴那边,我垂手、低头,嗫嚅着把话说了一遍,然后继续低头、垂手,等待挨骂。

拳头没有如我所料砸过来。

我怯怯抬起一点眼皮,龙婴脸色苍白,拳头握了片刻:“是我不好,我没坚持把方大哥早点拉过来,那样……至少不会自相残杀。”他猛地转身,素白披风飞起:“叫向予过来!小爷今天心情很好,跟他谈!”

他们的谈,就是吵。心情好时大吵,心情不好时暴吵。登乐尔他们倒是安置好了,向予龙婴和对跟柴犬结盟也都没表示反对,但对谁执导结盟、结盟后怎么合作又意见不合,针锋相对,隔着张桌子互相喷唾沫星子,今天捋袖子明天拍桌子,成心表演给我看似的。直到双方都已经委婉到九曲十八弯地问候到对方第八十八代女性祖宗,河白的回信来了:

“如果他还活着,只要腾得出手,马上把他拉过来。留在那边真不是个事儿。”附上一封劝降书。如果有任何报告说方铮还活着,我们立刻可以拼命找渠道送过去。

大厅里,龙婴和向予已经从河里某种硬壳动物的生儿育女一直聊到五谷轮回之所。

我冲进去,一家伙跳上凳子,大喝道:“吵什么?!你们从来没想过,有商有量才应该是国家运行的正常状态吗?”

龙婴仰头望我,嘲笑的把嘴一撇:“怎么商量?”

“轮流推举执政长官,不分绿眉割据地区、元地和草原,所有力量互相支持,所有事务商量着办!”我热血往大脑上冲。

“轮流执政?一个上台后,干脆把另一个完全吃掉怎么办?”龙婴冷笑之意更浓。

“所、所以理政事的官署跟军队,还有最高首脑要分开,官署完全保持中立,作为民意的保障者,完全独立,与首脑制衡,这样,在台上执政的首脑,无法操纵政力,就无法假借官府的力量吃掉对方!”

“神经病!”龙婴拂袖而去。剩下向予小心地看了看我:“我没怎么听懂,你要不再说一遍?”

“你自己想着慢慢懂吧?我先去追龙婴。”我道,“那孩子不知闹什么别扭。”

龙婴坐在一块大石上,风吹动他的头发。

我走过去,手搭在他肩上:“怎么了?”

“想跟你们抢势力,还有怎么?”他冷冷道。

“这不像你,你好像在为别的事烦心。是……因为你爹吧?你也不要太难过。”我摸着他的头,“反正——反正你跟他的感情一直也不太好不是吗?”什么死老头不死老头的,他不是一直挂在嘴边。再说,元王爷一直对他好像也不太好。

“你会不会安慰人啊?”龙婴犟着脖子翻我一个白眼,“我有说过我难过?那老头子死不死跟我有毛的关系啊?你知道他怎么死的?不是战场受伤。是痢疾!嘿,痢疾!这种人也配当我爹?”

我想笑,但觉得不是时候。

“我大哥也不是个东西。我这么辛苦把剑壶关给他夺过来,他又丢了。丢就丢了吧,他都没活着回来给我嘲笑嘲笑。他们……”嘴终于一扁,“那老头子,每次遇到危险就叫我上,一碰到麻烦先牺牲我,什么事都不让我顺着心意做,死之前,跟我说什么‘我不是不爱你。我是知道只有你最有机会脱险,所以一遇到险境,才派你去。你的其他兄弟,更没有逃生希望。’你说,这叫什么话?现在他,还有我哥哥们,还不是都死了吗?还不是只剩下我一个?结果他就死了……他这算干什么……’我在乎他?他、他……”忽然抽噎了,头向后靠在我怀里。

我感觉到滚烫的液体落在我怀里,动了一下,他抱紧我:“别动,让我靠一下下就好。”

还是个孩子呢……龙婴,我难过地抱紧他。

好一会儿,他才把头抬起来,像是不想让我看见他哭红的脸,很快把头转过去,埋在自己膝盖里,定定神,道:“女人,你以后嫁不出去了啦。”

“这个啊……我想是很难嫁了吧。”我自嘲地笑笑。

“军队是不可能事事商量着办的，谁的军队，还是谁自己做主吧。但要处理民众细务的话，河白可以中立，你的周阿荧实际上也不是绿眉的人，我可以信得过他，由他们做主，我可以退一步。”他道。

龙婴做了好大的牺牲！我激动地握紧他的手：“谢谢你！如果——如果最后结果不尽如人意，我会用尽全部力量补偿你！”

“算了吧，你有什么力量。”龙婴挥挥手，声音转轻，“反正失去元城，元军已经七零八落了，不如与绿眉合署，凭你的意思去玩玩吧，看看能创出什么新的世界。”

就这样定了。虽然我说的话，大部分人都没有懂，小心翼翼跑去问周阿荧：“大人的意思，我没听懂，周相公您能解释一下吗……”

“有如流星撞到了我的脑袋，引起我脑汁强烈的动荡……”周阿荧手指头搓啊搓，“主公的意思，从古就没有过的。”

“喂，任何事情，在出现之前，都是没有过的吧？”等了好久才等到周阿荧来元城的我，急切道。在我来到这个世界之前，不是没有我？任何事总要有新生、要有第一次。

“那细节可要动很多脑筋……”周阿荧眉毛皱得能夹死一只蚊子——如果大冬天的有蚊子的话。

“我敢肯定要动很多。”米娜在旁边帮腔。

“那到底干不干？”我生气。

他们对视一眼，心倒齐了，一拍桌子：“干！玩就玩大的。”

于是我们成立的新结盟割据地，为示公正，不以绿眉、也不以元地或柴犬命名，而指着民众，定名为“民众结盟国”。登乐尔要了信物，回去联络草原各部众，留下三个柴犬，还有米娜，大概是算作人质的意思。我过意不去：“米娜是女孩子，她应该回家的……”

“既然结盟，你们的事我也有权说话。赶我回去，难道有事不许我知道？”米娜抱着雪狐狸，一瞪眼。登乐尔急忙阻止：“不要瞎说。”米娜还是瞪眼。我只能诺诺连声，把这位姑奶奶留下。登乐尔启程的时候，米娜送都没有送，登乐尔反复道歉：“我这妹妹，嘴快，心是好的，而且很喜欢你们，所以主动要求留下来。有什么得罪的，你们多担待。”我们都应着。

回去看米娜，其实她眼圈已经红了，只是掩饰着。我想把她安置得好一点：“米娜，周阿荧的夫人谢娘，还有我的丫头水玉，都在三湖与密林脚，那里稍微安全些，你要去吗？她们都是很善良的女人，你会比较有伴。”

“你住在哪里？”米娜横我一眼。

我噤声。

结盟国的中枢城市,定在元城。星博的打城官兵还没撤,形势较紧张,元城与它成犄角之势,牵制着官兵,我经常是两头跑,但主要的住处,还是元城。

周阿荧那几天,几乎夜不成寐,不断推敲政务上各种细节,我与他讲种种想法,通宵达旦。变化尤其大的,是官员取用:一直以来流行的儒学,只在“明阶定份”的意义上是有用的,在理想的社会中,能促进平稳,但它本身不鼓励创造与生产,只会令一个社会像个胖子一样,平静地胖下去,直到衰亡。我想我们的官员必须是能为民众做实事的人,却不必是儒生。我想要管打仗的官员,就能打仗;管吃饭的官员,就能让人吃饱饭;管做工的官员,就能做出结实好用的工具。他们学习了什么、会不会写文章、考试考得好不好,在所不论。

这种意愿,说出来简单,如河白的口头禅:“谁都不是特意想找个饭桶,手下才养了一群饭桶的。”我想要金桶,周阿荧就要出能淘汰饭桶,找出金桶的办法来。这种办法还不能寄希望于某个贤明的宰相、王上,一个个官员亲自挑选过来,不,我不相信什么人有本事、能长年累月地挑出那么多好官。他们总说我是天命所归,但我都没本事负责所有官员的选拔,不是吗?所以寄希望于某个贤明的人,选出所有好官,又怎么可能呢?我想,让人民选好了,大家觉得吃不饱饭,就把管饭的另选一个,以此类推。

“兵、吏、工、田、户各部,不能都这样类推啊。”周阿荧沉吟,“或者,某一块区域,就让民众选一个信得过的长官,如同一个小型的宰相,由他负责当地的官员推举,如任何领域的事务有问题,其实也不一定是该事务直接负责人有错,但民众不满达到一定程度之后,可以把这个小宰相选下去,因为总是他大局没抓好。他为了证明自已有能力在位,总要对他掌管的各官员选拔认真一点了。而且,因为区域小,在这样范围内知人善任的本事,他应该有。不过……”

“哎?”我听得正津津有味,见他突然停下来,很是着急。

“如果这个推而上之。全国百姓对全国事务有不满的话,也许会要求最上面的……也就是君主退位。”周阿荧沉声道。

“全国都不满的话,君主是最好退位了啊。”这有什么问题。

“这是造反。”周阿荧抚住额头。

“造反是要流血的吧?硬把比较尊贵的人手中的东西抢过来,才叫造反吧?可是地区的长官、全国的长官,因为做得不好,就转交给更好的人做,这怎么叫造反呢?”我道,“这叫——革新。嗯,就像秋天的叶子落去,春天的新叶发芽。如果秋叶肯自已落去,春芽不用流血就可以抹出新的春光。岂不是更好吗?这是革新。”

如果厉祥不够好,就像秋天的叶子一样落下去,成为百姓呵……季禳的手上,一开始就不必沾血。那我们的人生,会否有不同?

那些儒生们，听说考验官员不再秋试、殿试、童子试，甚至不需要读圣贤书，立刻大嚎大叫，成群结伙满街打滚——呃，说打滚太伤害人家形象了，人家知书达理不带这个动作的，人家只是抗议来着。

就算要读书，难道只有儒书可读，其他书就不行吗？如果他们真够厉害，不靠考试也能实实在在造福国家吧？我不理他们。闹得太厉害了，我就问："听说有些反贼占据了一座城市，觉得烦了，是会屠城的是不是？"回答是："别说反贼了，官兵也会。"

"那，废除考试选官员，就是我的屠城！"我斩钉截铁道，"为了照顾他们的考试，把我的人民拿去开玩笑？当我傻啊?!"

"你的人民?"龙婴总不忘损我一句。

"我们的。"我嘻嘻笑。第一个执政者，是龙婴。我说服了绿眉让一让龙婴，以此为代价，龙婴准我在结盟国范围内乱搞。

"你知道就好！"龙婴叫道，"如果你的人民选长官选出瘾来，选到最高长官头上，那下去的是我、是我耶！"

"你好好干就不会的啦。"我心虚地安慰，"再说，人民如果过得好，你在哪都开心的嘛……"

"其实最早以前，也不是考试的。是地方推举、亲贵推举，还有君王自己选择。"龙婴的脾气来得快去得也快，若有所思托腮道。

"那不是很好?"我不明白为什么不实行下去。

"那是所谓的'圣贤'时期，据说人没有私心。后来，推举的人，都推举自己的亲信、或者送钱送得多的人，而君王又不能什么都看出来，于是很乱。而考试，至少在考题面前，是一视同仁的。"龙婴回答。

"这样……"原来不是我最聪明。原来我想到过的，别人也想到过，只是实行不下去。那我一厢情愿的大变动，跟季禳把整个国家变成兵营来管理的努力，又有什么区别?

"——不过呢，即使在那样的时刻，他们也没有让人民不开心时，把上面的长官，一级一级选下去。甚至君王也要认错下野。没有的。"龙婴笑，"能用这样的选举来代替考试，作为更一视同仁的标准的，只有你这个疯子吧。"

我偷偷地瞟了他几眼，确定他是赞扬我，放心地去拥抱他："如果我疯得太过分，你一定要告诉我！"

"发疯"的制度变动，实行起来是很琐碎的，幸好不需要用拳头说话，一点点地实行下去，也不会觉得太痛苦。至于向予在各地煽动起来的那些起义军，到最后只有三支到达。他们说官兵好像早有准备，沿途坚壁清野，他们几乎没有补给。我们这里也不剩多少粮食，青苗还没出，果腹之物大部分还是用杂粮素菜，他们都吃得很高兴。但其中有一支称为“瘤子”的，虽然没带任何粮食，但气色比其他人都好，像是一路营养充足过来的，见到饮食粗糙，很不高兴，道：“没吃的，抢他娘的啊！”我坚决不许，他们倒也没再闹事。

不知不觉间春雨霖霖，周阿荧怕发生水灾，亲自回三湖去坐镇，把河白也叫过去了。我带了一支人马，顶替河白去充实星博力量。自从裕原一战后，向予对我放心很多，随我去了。

官兵的营帐，扎得离星博倒不是很近，远远虎视眈眈着，并没有施全力攻打，不知为什么。进入元月二十，雨量骤然加大，他们营帐被冲得七倒八歪，生火作炊都成了问题。可三湖更惨，水面暴涨，阿帆、还有好几个大小城镇，一夜之间都被淹了，是被没顶决堤之势淹的。河白曾建议决水淹官兵的那几个湖，土岸支持不住这么大的水量又冲又泡，彻底垮了。

三湖营寨里，大部分绿眉兄弟逃出来，包括周阿荧、水玉、波叔、大非。但是没有河白和谢娘。

“属下见到春霖，已经着意防备，但因为官兵钳制、再加物力不足，难以彻底杜绝水患，一朝暴涨，致伤黎民。”周阿荧向我请罪，“对不起主上的托付，主上请降罪！”

“不怪你。”朝廷这么久都没治理好三湖，怎能指望周阿荧带着几个强盗，一下子就造起大堤大坝来？他是一个好的宰相之材，但毕竟不是神仙。一看到雨势不对，他已经尽量把人员、粮草转移。这已经很了不起。

“谢娘呢？”我急着问这句话。

“一时照顾不周，忙乱中……”周阿荧低下头。

照顾不周，才怪，他把娇弱的水玉都带了回来，谢娘又怎会比水玉更难照顾？总因为水玉是“我的人”，他特别用心，谢娘，反而耽误了。

我急得恨不能扎到大雨大水里去找人。

“都怪我，要是我代替周嫂子去送……”水玉裹着毯子泣不成声。

“不关你事。”周阿荧打断他。沈虞孙默不作声塞给水玉一个炭手炉，对我道：“我们会去找人。”

波叔大非他们水性好，每日顶着雨撑着筏子出去找人，偶尔救回来几个绿眉兄弟、元军、或者难民，但总没有河白和谢娘的消息。他们水性再好，到底不是鱼，每次喝了烧酒披好蓑衣出去，冬雨里淋几个时辰回来，大口再灌烧酒，皮肤仍然冻得发青。

渐渐有谣言出来，说谢娘是为了给河白送衣物才与大部队失散的。甚至说谢娘本就跟河白打情骂俏，这次必定是借机私奔了。这种话不能让我听见，我听见了就发火。谢娘，光风霁月，她就算真的不喜欢周阿荧，也必是打面锣对面鼓地一拍两散。她，私奔？我呸！

又过了七天七夜，护城河已经涨得满满的，再下，只怕要灌进城来，周阿荧夜不交睫，规划水一旦漫进城的各种应对措施，但再规划，想必难免死人。总算天可怜见，水快过河沿儿时，雨渐渐收住了，云后探出丝日光，真正比金子还宝贵。官兵早被这样大雨冲得站不住脚，拔营百里之外安扎，一时半会儿不虞他们攻城，我心急地上了竹筏，与波叔他们一起去找人。

不下雨，筏子可以撑得远一点。我们沿着水道走，越往西南，越是触目惊心，几乎已经不见什么陆地，举目就是白茫茫的水。一些浮尸从我们身边擦过，有的是裸的，不知衣物是不是被别人夺走了。

乌鸦吃得很饱，看到新的人类过来，只是将就着“哑哑”叫两声，毫无兴趣，硬嘴壳子在黑得发亮的毛羽上擦一擦，擦去进餐时粘上来的死肉渣。但有的尸体上，腹部、背部、大腿丢了大块的肉，不像是鸟嘴所啄、倒像是刀子割的。还有些残肢和内脏漂过来，更不像是乌鸦所能做到。怎么回事？我不明白。

筏子驶近阿帆。

我骤然间瞪大眼：我、我走对地方了吧？这里是一片汪洋没错吧？怎么有几块简易的木板船、小筏什么的，在水面上来去，筏上的人抱着肩，脸色红光通亮，手里还拎着生肉？

我到了一个水上生肉市场吗？

那些舟筏上的人也看看我们。波叔他们还画着绿色眉毛，他们怯怯地把眼神掉开去。

“喂，你们从哪里来？住在哪里？”我问他们。他们不回话，划得飞快，躲避我们。

“主上，要不要逮过来？”波叔询问。我点了点头。他跟大非一起挥桨，箭一般盯住一张木排射过去，木排上的人吓坏了，指着北边：“那里，他们在那里！”加快往西南方逃窜。

“那里？”我奇怪地抓抓头，“波叔，大非，我们去看看？”

“看什么。”波叔嘴唇里踹出一句话，“不就是无本的那买卖。”

“什么无本的买卖？什么?!”我脸色一定发青了，手都在抖。

他们不回答，筏子沉默地驶出去，往北边，水不知是不是浅了点，仍然看不见底，但至少有一幢楼露在水面外。我认出来是绿眉元军签过约的那楼。现在，整个基座都被淹在水里，旁边的松林只剩下几棵绿色的脑袋还伸出在水面上。除了这幢楼，旁边的建筑大概都被淹了，很多人挤在二楼，甚至屋顶上避难。而二楼生着热腾腾的火，应该还煮着食物，香味远远就传过来，是肉香。有人呲着楼角坐着，像呲着门槛似的，拎起一块肉，喊着什么，有一艘残破的小船上载着五个人，跟他对答，像是讨价还价。

波叔大非背对着楼坐，掩住了眉毛，我过去，控制住声音，勉强平静地问：“这是什么肉?”

“什么肉？嘿你是哪儿来的？听说我们这个地方，没听说什么肉?”楼角上的五大三粗那几个男人大笑，嘴一努，“两脚羊。”上下打量我，“这位相公带了多少钱啊？咱们货色好，鲜活的，没泡过水。可不便宜。”

我慢慢地拔出了剑。

那买肉的小船上的人，看见势头不对，急匆匆要拿肉走人，我喝道：“是什么肉?!”

“人、人肉……”小船上的人抖声回答。

“知道人肉你们还买?!”我血直冲脑壳。

小船上的人扭头就划船跑了。楼上那几个人操斧子的操斧子，操剁肉刀的操剁肉刀，都站起来：“你这兔子哪来的？敢坏你爷爷的生意……”

波叔和大非都转过身，亮出骄傲的绿眉，顺便亮出分水刺。我已仗剑一掠而起，落足于楼上。那几个人看起来魁梧，身手却极平常，有两个见势不对，打都不打，已直接掉头跑了，敢留下来顽抗的，也没习过武，只是市井打架的野路子，三两下被制服，逃走的那两个也被捉回来。我点了点数，共是六名。

泥塑般躲在后面乌鸦鸦那群人，本来只会筛糠，连屁都不敢放一个的，一见这六人被制服，忽然像炮仗被点着般，大喝着全冲过来。我吓了一跳，乍着胆子喝道：“楼要塌了!”

他们立刻掉转方向，抱头四窜。

“全都蹲下，不然都没命!”我再叫。他们立刻蹲下。我在侍郎府里有时候使唤婢仆们做个事，都没见婢仆们有他们这样麻利的。他们像一群绵羊。

我花了点时间，弄明白他们都是被大水逼进楼里来的普通民众，没有杀人，而且时时刻刻要担心被这六个人杀掉吃肉。所以刚刚我们制服六人时，他们这么愤怒，冲上来要报仇。

明白这点后，我比他们还愤怒。

煮肉的锅子底下，火还在烧，有个三十余岁的人，半片身子躺在锅边，洗剥得很干净，像半片生猪。杀这个人的时候，他们都在吧？烧这个人时，他们也在吧？他们做了什么？躲在一边，期望这次不要杀到他们，并且分一杯羹，好多延续一天的生命？他们跟羊，跟猪，跟狗有什么区别！不，狗对世上所有的恶人也不是盲目服从的呢。

他们有多少人？现在点点也有好几十名，最开始的人数，问了一下，应该是近百吧。近百人，那边只有六个，就像一个牧羊人可以操纵宏大的羊群一样，六个人就可以慑住近百人？他们如果从一开始就舍身扑上，早已把这六个人杀得半条命都不剩了好不好！而我们已经把六人制服后，他们表现得多么神勇啊，如果不是我喝住，转眼间就会把这几个已经没有还手之力的人撕碎的。

在有危险时，不管多应该反抗，都不反抗；当没有危险后，不管多没必要动武，都要动武发泄，这算什么性格？

“你们比吃人的人还坏。因为吃人的人是靠你们滋养的。”我喃喃。

“唔唔。”有什么声音，我看过去，见另一个被包在破麻袋里，只露出半个肩膀的人在蠕动。

双肩很瘦，头发脏了，仍然很黑。我赶紧把麻袋解开，见到的是一个十来岁的男孩子。

“我很瘦，不要蒸了我，不要。”他眼神涣散，已经吓得失禁了。

“没事了，没事了。”我柔声安慰他，看着满楼的难民、再看看波叔和大非，叹口气，“我想我们要多派点船来。”

这一楼的难民，陆续接回城里了。我跟周阿荧一边继续巡视水面，一边对他大发感慨：“什么考试、什么四书五经，都不要它了！首要之急，不是别的，是革新教育。我要每一个人尊严与力量都被激发出来；我要任何城市、村庄，都有如睡狮之醒；哪怕语言粗俗、一点文采都没有，不要紧，请编新的书吧——不，没有书都没关系，哪怕口耳相传呢。让所有人知道什么是应该做的，什么不可以做。让他们知道人为什么之所以为人！”

“四书五经多半也是讲这个的。”周阿荧微笑。

“那么，讲得不够好，或者是不足以让所有人知道。那些古文……唉，不怕你笑，我都看不太懂。让所有读书人只研究这个字、那个字怎么解释，有什么意思呢？再说，他们自己的解释也往往彼此矛盾，而且那反正不是我们大多数人使用的日常语言不是吗？周阿荧，请编出新的书来，不讲什么‘经世济民’的大道理，就讲讲人，不讲挂成标本的圣贤，就讲讲普通人，在面对危险时，可能会有怎样的脆弱、退缩，但是，在普通人的能力范围内，又可以做到怎样的事……哎？”

我眼神比周阿荧好一点，看见远远的水面上，有个肥白的球体浮动。

说动，不太确切，他像死尸一样沉静，只是随着水波起伏，但一只乌鸦落在他身上，观察片刻，开始啄食时，他飞快地伸出手，抓向乌鸦，只是没学过武，那快只是常人尽力能达到的快。乌鸦警觉地拍打翅膀，他扑腾地一个翻滚，乌鸦终于没能逃走，抓在了他的手里，黑色羽毛乱飞，他也不断挥手蹬腿，动作很怪异，像庆祝，像游泳，或者干脆像垂死挣扎。

“河白?!”我大叫。

他望向我们这边，吁了口气，不再动弹，沉到水下去，又浮上来，再次静止。

筏子过去，看到果然是河白。波叔和大非手脚并用把他拉上来。看他只穿着里衣，我们都忙脱外袍给他:“河兄弟,几日不见,你体重轻减很多啊。”知道他没死,就这样放心打哈哈,“难得你水里都能活到今天,莫非我们看差了,你是水神?”

“休要取笑。”河白连连拱手,“在下幼时在城外小溪玩过狗刨,此次被困于大水中,一点点狗刨当然不够用的,幸而体型肥胖,发现只要在水面静止不动,竟然也能像死尸一样地浮着,所以侥幸活到今日。”一边不断指挥我们:“往那边、往那边。”

“那边有什么?”我心跳加速了,周阿荧竟然脸色凝静。

“当然是周嫂子。”河白微微一笑。也许是他瘦了的关系,这个笑一点都不好看。

到了他们的“庇护所”,我终于知道河白为什么要有这种表情。

那是一个残破的房间,被大水冲过来,卡在树杈间。这是举目所见,唯一能住人的地方。河白这几日要活下来,绝不可能住在水里。他如果住在这房间中,那无可避免跟谢娘要共处一室,那……

“这几日,我捉乌鸦、捉鱼,与嫂子生吃。我泡过水后,实在吃冻难当,所以每次都是解下棉衣后入水,出水后,脱下湿衣,嫂子用自己的体温让我暖和回来,我再穿回棉衣。”河白道。

筏上,不止一人倒吸一口冷气。

“我敬嫂子如母。我俩这几日,绝未有乱迹,这情唯对天地可白。”河白急着对周阿荧道,“如相爷不信,我可以发毒誓,我——”

“不用了,我们过来,从屋子里应该可以看得到,对吧?”周阿荧这时才淡淡道。

“呃……”说得也是。我们都靠近屋子了,里面还没动静?而且也看不到里面有人。但,我们的角度不好嘛,也许谢娘在屋角……

“她一定要帮助兄弟活下去,这是她的心意。但是,她也绝不能让兄弟蒙受秽嫂的声名,这也是她的心意。”周阿荧道,“我想她现在已经不在屋里了。”

破屋里,我们只找到一块裙角,上面用血写着:以此为证,清白对天。

谢娘,从窗口看到我们来之后,应该是自己跃入水中了。

为什么,一定要用这种方式证明清白呢。为什么,清白不清白,就有这么重要呢。写血书有多痛、纵身跳进初春的水中是有多痛!

我扬起手,“啪”地打了周阿荧一个耳光。

“主上!”众人齐呼。河白鼻子一抽,眼泪掉到地上。

“你明知道她有这样的傻心思,为什么平常不利用一切机会告诉她,如果有这样的情况,她应该活下来、她可以活下来?你不是很能讲的吗?”我悲鸣,“谢娘不是你一个人的谢娘,是所有人的嫂子。她有权活下去。欺负女人是吗?如果是你自己遇到这种事,你会死吗?你说!”

“所以，主上……最好不要太快实现平天下的大业呢。”周阿荧轻声道。

“什么?”

“我跟谢娘约定过，结发不可断。”他道。

“什么?”我还是没听懂。

“她去了，我也当同去。只是答应主上的天下，还没有实现，所以，等实现之日，我就随她而去。”他平静道，“她无亏负，我无亏负。”

因为下了必定一死的决心，于是他猜到谢娘会死，也任由她去、也不哭泣吧。我呆呆看着周阿荧，一时倒出不了声反对他。

不知为什么，在他身上，我好像看到我自己的未来。

虽然我也不知道为什么。

我们把难民救进了有粮的城池，但大家的粮都不多，土壤是泡得松软了，如果官兵退去，就大面积地排水、准备春耕，但官兵总是引而不发，不晓得在计议什么，我试着揣度季禳的心理时，总觉得头皮发麻。周阿荧跟河白拿了地图、还有一摞的算筹，量来量去、算来算去，嘴巴里嘟囔来嘟囔去，我看到那些不断变化的算筹，还有越记越多的数据，就觉得不是好兆头。

果不其然，周阿荧郑重向我道：“主上，我们觉得这次水灾的面积，本来应该更大。”

“你还嫌不大啊？更大?!”我一听就炸毛。

“咱们就事论事。”河白道，“本来应该更大的，我们怀疑是上流有人把一部分水截住了。”

他们现在又好兄弟一样相帮着说话了，像什么事都没发生过。这本来是我乐意见到的场面，本来嘛，老是荠荠蒂蒂磕磕碰碰，还做不做事了？但谢娘的离去，让我没理由地对他们都有意见，我觉得谢娘走得不值。

沉浸在这种心情中，我对他们的报告没有处以应有的重视：“有人截住水，好事啊?”官兵总算也做一件好事。

周阿荧跟河白对视一眼：“再被放出来就不是好事了。”

我的脸色一定在刹那里变得刷白。

水不像眼泪，藏久了也许就会自己消亡，它是妖魔，屯在那里，不出来则罢，一出来，就把前阵子积攒下来的灾祸进一步释放。“到底积了多少水？会不会是官兵有意蓄水，拣到时机再决堤?”那样的话，不止三湖、星博，只怕元城都保不住。

“我们就是不知道。”周阿荧他们探探手，“需要刺探。但如果真的是官兵做的，那边守卫肯定不松懈，那么适合刺探的人只有——”

“向予。”我们异口同声。

这个时候我原谅了元王爷，原谅他在什么危急时刻都把龙婴推向风口浪尖。龙婴是他最好的儿子，他知道。向予是我们这里身手最好的人。这是战争，战争不容许你在最要紧的时候保护你最爱的人，它要求投下合适的人，最合适完成任务的。有多少几率负伤或者死去，在所不论。

向予没有提出什么意见，只是把周阿荧他们能提供的情况仔细询问一遍，就整装出发了。这个情况必须刺探清楚，而他是最合适的人选，他自己也知道。

分手时，我拍了拍他的肩，像他那么多次拍我一样。也许是生离死别，这样的局势里，每次都可能是，我们留给对方的最后记忆，就是沉甸甸地拍两下肩。

唱什么风萧萧兮易水寒，假的，人生有那么多从容赴险，有几次经得起击筑送别，向予他连琴弦都没给我拨一下。

他走后，我们继续埋头忙着，准备军务、维持社会的正常运转，还有找粮食。

在前线之后，青苗陆续开种了，长得最快的，目前不过露个芽头，离能下锅还早。这个冬天太闹腾，库里的粮食都差不多见底了，如今几乎就靠青菜、萝卜、土豆这一类东西撑着，各家各户房前屋后都种上，此外，就是抓乌鸦和抓鱼。

这一带其实麻雀、喜鹊、乌鸦一类的鸟儿都不少，但乌鸦的体型最大也最能吃腐肉，养得膘肥毛儿亮的，黑鸦鸦一飞一大群，捉到一群，一条街一个月吃饭都能有肉香了。至于鱼，水灾逐渐退去之后，沟沟壑壑里都是鱼。三湖最底层的大小鱼儿估计都被冲出来了，而且我从前不知道，不少鱼……其实也是吃腐肉的。所以，是的，被淹死的那些尸体迅速被瓦解，没有大面积腐烂产生瘟疫和瘴气，而我们这些不吃死尸的人，可以吃养肥了的乌鸦与鱼。

自然的链带真奇妙。

日子就这么紧张又顺利地过去，几乎有点游戏般的乐趣。向予回来之前，又出了一件大事，就出在米娜那只雪狐狸上。

狐狸原是吃肉的，现在粮食紧张，我们哪有那么多鲜肉喂它，照顾也算照顾它了，但它总不能吃得太尽兴，就经常自己出去打猎觅食，听说还跟人家的猫抢耗子吃，后来人家找上门来了，说连猫都不见了，光在角落里发现一把染血的猫毛，旁边还有狐狸爪印子，必定是被雪狐狸吃掉，猫主人心疼不已。这时候，城里不但有些宠物失踪、更还有人报失踪的。衙门摸不着头绪，向龙婴报告，龙婴只对打仗有兴趣，这些琐事，还是转到我这里，我处理不过来，人失踪的案件比较大，猫失踪的事件，难免对付得简单点，叫米娜先把狐狸关起来再说，米娜还嘴硬：“人家为什么不把猫锁起来？”我头疼道：“你的狐狸吃猫，猫可不吃狐狸！”米娜还要强辩。我道：“你把你自己爱宠物的心，推想到别人身上试试,别人难道不爱他们养的动物?你怎么忍心叫别人难过?"米娜只得依了,亲手把狐狸关在笼子里,雪狐狸只管呜咽。米娜道:"臭东西,你自己惹出了事情,还要怪我?"雪狐狸摇头摇尾,啼哭声似孩童受了委屈。米娜犹犹豫豫道:"也许不是它干的吧?"我也有些疑惑,但毕竟没人懂得畜生说话,只得罢了。

晚上我跟龙婴他们商量军务,大半夜的看见一双亮晶晶眼睛埋伏在院角里,唬一跳,还当什么野兽蹿出来了,看时,是米娜。我们问她:"你半夜不睡觉干嘛?"她道:"我捉耗子喂小雪去。"我不由得唏嘘,也知道季禳围攻之势再不解、或者青苗再不能顺利长出来,我们被困下去,迟早得崩溃。

也许是米娜到底没捉够耗子,那雪狐狸等个不耐烦,竟然噬破绳索离去。那时米娜正教水玉练拳呢——米娜的草原身手,打起来很好看,水玉喜欢得直拍手,米娜就教她,手把手地,从站桩子教起,不晓得多亲昵,我在旁边看了都有点嫉妒,忽然小兵来报:"米娜姑娘的雪狐狸不见了,大人恕罪!"

米娜当时就跳起来了,撒腿往外跑。水玉正站桩子呢,没她扶持,差点摔到地上,我忙扶住了,一块儿帮米娜去找,找来找去,总归音信全无。米娜离了小雪,食不下咽,整日在街头巷尾游荡,我安慰道:"算了,它通灵性,必定会回来的。"米娜蹙眉道:"你不懂。它正是通灵性,就算一时使小性子跑了,很快就会回来。这么久找不到它,我怕出事了。"

不幸被她言中。

有一块类似雪狐狸的皮子,她在一处黑店里找到,顿时像个炮仗一样炸了,挥动鞭子冲进去,从里到外抽个稀烂。街上巡防的士兵吓坏了,飞报我们,我们赶到时,连店老板带伙计,都被抽得只比死人多一口气了,我正要怒斥米娜,她把后头搜出来的一大捆毛皮丢到我面前。

里面还有人皮。

小伙计先招了,说是有人偷动物吃肉,再把皮毛转手倒卖。问题是,听说人皮的质量好,比牛羊的都好。人肉的味道,也胜过牛羊。

失踪的动物,还有人,下场都在这里?

店老板直打哆嗦,我怒道:"你现在怕了?做下伤天害理事情的时候你怎么不怕?"

"大人,小的没做啊!"他连声叫屈,"小的就是转个手,小的……"

"那是谁做的?"

他抖抖地指了一下,是那支"瘤子"起义军驻扎的地方,就在这家店的后院再后面,只隔着两堵墙。

米娜这么闹,他们那边早听见了,已经做好准备。我带着一队人马气势汹汹打破他们门时，一把大刀就冲我砍过来。

我想也不想扬剑。刀重剑轻，剑是架不住刀的，但有向予精心调教，我如今临战水准同当年不可同日而语，剑走偏锋，在刀面上轻轻一粘一推，让它失去准头往旁边滑去，剑顺势上削，要刺入他的肩膀。

一只黑黝黝的手向我剑身抓来。

我怔了怔，就算被他抓到，我也可削断他的手，他怎会这样蠢？

“当！”手与剑相交，发金属声。

我骤然知道糟糕，这只手也许是练过极端霸道的硬功、也许根本就是铁手，硬碰不得，忙要撤剑变招，晚了。它扣住我的剑，大刀挥向我的脖颈。

我想他们并不是要杀我，杀我对他们没有好处。他们也许想扣住我当人质，好叫我们放他们一马。被这种人扣作人质，是多么屈辱的事。我不能妥协，干脆放开剑柄，身子一仰，脚尖踢向他们腰眼。

叮叮当当一片兵刃声，我的人马跟他们也交上手了，但地方狭小、变故发生得又快，暂时没人能援助我。

——不，有一个人。我踢出腿时，他叫道：“保护大人！”冲过来，撞向扣住我剑的那只手臂。

大刀愣了一下，转换方向，对他的肩膀直接劈下去。

我看见了他的脸，脱口叫道：“三！”

一二三的三。

我已经放开剑柄，那只铁手受三的一撞之力，滞了滞、微微一松，未能直接伸过来找我麻烦，而我的剑也从铁手的虎口中滑了出来。我手再伸过去，挟住剑锋，让它脱离铁手的禁制，利用剑身的弹性向上一送，直接划开铁手那人的咽喉。大刀正从三的胸中拔出，我剑已转锋，刺进大刀那人的腹腔。

三从肩膀到胸被劈开，他已经死了。

我蓦然想起，从没听过三说话，从俘虏他，一直到他加入我们的军队，一直到他死。

“小雪！哇，哇！小雪！”十步之外，米娜大喊大叫。

小雪还算幸运的，因为长相太过稀罕的关系，暂时没有被杀，被锁在院角的铁笼子里，黑店挂出来那块皮不是它的。它给我们救了出来。而其他一些冤魂，就没有如此运气了。

“瘤子”全队几十个人还在大喊大叫：“是蛟帅亲自把我们招安回来的，总不能叫我们饿死吧，我们搞点吃的，为什么不对，谁敢杀我们？不怕寒了全天下兄弟们的心！”

“国法可以杀你们。”我冷漠地命令把他们关进死牢。

向予说巧也真巧，踩在这节骨眼上回来，头发眉毛上都是灰，不像是侦查水坝去了，倒像是在灰堆里滚了一圈回来的，他也不拍拍打打，也不洗洗擦擦，灰溜溜地踩着树梢翻下来，向我双臂一张："徒儿，为师回来了！"

下一秒我被搂在他怀里。呛人的灰土味直往我鼻子钻，好像他存心要让我也尝尝他钻过的地方，让我也历练历练似的。

我的眼泪掉下来。

"咋了？喂，这么想师父可不行，人家要误会！"他直冲我打躬。

我直接把瘤子的案宗丢到他面前。

向予看完了，狠狠一拍桌子："好，好，这就是我招回来的人！"眉梢簌簌发抖，眼睛里满满的黑色闪电，我从没见过他发这么大的怒火。

"水的问题，是那边有半个山峰，忽然一声雷鸣，它自己垮下来，拦成了一个湖，把水都积住了。官兵也发现了这个湖。"向予忽然又说起了这个话题，跟瘤子完全没有关系，但也许从军事上来说更重要吧，我也只有听着。

"那边的山，质地都不太结实，有大石头，更多的是砂石泥土，所以年深日久了，时常会垮下一块两块来，但垮下这么大峰头，刚好堵成一个湖，并不多见。上个月的水攒在那，上流的水还不断流进去，官兵已经瞄上那儿，我怕他们迟早要动手决堤。找河白他们商议一下，我们要尽快解决这事。"向予道，"最好是先把水往官兵那边引。"

"是。"我答应着。

"在那之前，把瘤子全部处决，可以吗？他们该死。"向予道。

我明白他的意思了：他怕我不允许即刻斩首。上次半淹的楼上抓回来那六个人，我都扣到现在，不愿意杀。我如今是刑部的长官，当初拜托龙婴指派我到刑部，就是希望自己可以尽可能地减少酷刑逼供与不必要的死刑，我说这人犯的罪还没有到非杀不可的程度，这人就一时半会儿杀不了。

"把瘤子所有参与杀人的，和楼上那六个杀人卖人肉的，一起处决吧。"我道。

向予奇怪地看了我一眼，像质疑我现在为什么忽然这么干脆。我抿紧嘴。

那些杀人吃人肉的一共几十个人，统统在菜市口杀头，血流满地，有民众拿着瓢去舀血喝。

我不想看见这样的情形。我希望的，是每一次犯罪，都会受到惩治；每一个罪犯，都被采取严格的措施不让他伤害别人，但他本身仍被当作人一样对待。即使是罪犯，身上也许也会有一点点亮光吧？也许会发展成对别人有益的光明吧？就算只有百分之一、亿分之一的希望，难道不该保住他的性命，并且努力教育他往光明的方向改进么？如果只是觉得他妨碍到了别人，就简单地把他杀掉，那跟他又有什么分别？

但我也知道,我们现在,没有机会保留他们,去看那亿分之一的希望。

"瘤子"为首的伏诛前,冲向予大叫:"蛟帅!你当初跟我们师傅说什么来着?你对不对得起我们师傅?"我不知道原来他们的师门还有关联,看了一眼向予。向予脸板得像铁板:"造反不是为了吃人。"

那为首的仰天大笑:"咱们兄弟只知道吃好的喝好的,没得吃喝了撒手他娘。要砍头,咱认栽,十八年后又是一条好汉!"人混,话不混。没有吃喝,就没有性命,那就万事皆休。

"城里有不少人,因为缺乏食物,影响到健康了吧?"我轻轻道。大自然能提供的那几只乌鸦、几条鱼,想必不足以支持这么多人这么多天的饱餐。

"嗯。"周阿荧道。

"有饿死的没有?"

"那还没有。但说良心话,因为没有选择,吃了些不该吃的东西,生了其他病,治不好,就去了的,那跟饿死也没什么两样。"周阿荧回答。

"好,"我说,"熬些肉汤,挨着街道发过去,你盯着,不要漏了一户穷人。"

"哪有那么多肉汤?"周阿荧大诧。

"今天杀的那些人,加起来几千斤了。此外,牢里好像还有死囚。"我道。

"你、你是说——"周阿荧差点背过气去,好容易顺匀了,"主公,这不像你说出来的话。"

"这些残忍的事情,我从来都不赞成是吗?我不赞成,是因为我认为它们不该做,并不是我想不到。"

"那——"

"现在,我仍然认为它们不该做。但城里的人需要吃东西。所以,这种需要做但不该做的事情,由我一个人来做。你跟外头讲,这汤是用瘤子藏的肉熬的,不要告诉任何人真相。所有的罪由我一个人承担。"我道。

"主公……"

"嗯?"

"你现在真有主公的样子。"他道。

所谓主公的样子,就是用这双手承担罪孽吗?

我嘴角牵了牵:"去办吧。"

向予刺探回来的信息,我跟河白他们仔细研究了,抢先把水决向官兵那边也许是唯一的办法,但连向予自己也承认,即使靠他和我的力量合在一起,也未必能把那堤打出足够大的缺口来,如果人再多去呢,恐怕越不过官兵的哨线。

"即使靠刀靠剑都砍不出缺口……但如果像炮仗一样,用火药炸呢?"我喃喃。

“哪有那么厉害的炮仗？”他们齐齐骇然。

想到黄光这家伙，我就觉得没有什么火器是不可能的。官兵向我们发射过来的，虽然是铁球、而不是铁炮仗，但也许是黄光还没解决铁炮仗在空中不得提早爆炸的问题。但如果置这样一个静止的东西在地上，再引爆它，他应该做得出来。

“向予不是说，当地人传说那座山峰掉下来时，伴随着一声雷鸣吗？可当时，我们这一带都没有响春雷，它那雷也打得太早了。我怀疑那座山根本也是官兵故意炸下来的。”我道。

“这只是你的怀疑。”河白提出异议。

我清楚他反对什么：“如果山是炸下来的，堤岸他们想必也计划去炸毁，因为我们无法用刀剑让堤岸决堤，他们也难，而且用人力决堤、办这件事的人十有八九也会被水所冲走，但是放火药在那里把堤炸开，就没有这种危险。他们如果有这个计划，一定已经准备好火药，我们只要偷出来就可以用了。”——河白一听到我前面的怀疑，就猜到我后面想说的这番应对，所以才表示反对吧，我向他笑笑，“如果到那里找不到火药、或者根本没有火药，那我们再考虑用人力决堤试试。”

“太危险。”不只一条嗓子喊道。

“你怎么说？”我转向向予。刚刚只有他没喊叫，我对他抱有希望。

“如果有炸药的话，我一个人去就可以。如果没有火药的话，你跟去也没有。所以，”向予耸耸肩，“我去。”

“我一定要去！”我威严地下令。这么重要的事，没道理只寄托在他一个人肩上。

之后就没什么可说的了，总之反对、坚持、磨叽、再坚持，怎么就有那么多烦人的呢？我嘴皮子都磨累了，索性不响，眼皮一耷拉，盘算着等没人的时候我自己溜出去，造一个既成事实，看谁半路还能把我扯回来不成？

周阿荧他们脑袋碰脑袋叽咕一会儿，对我道：“算了，您要去就去吧。”

咦。我吃惊地抬起眼睛。他们怎么就想通了。

“不过，去之前，要吃顿饱饭。”他们说。

我像被点中死穴，动弹不得。

就在两个时辰前，米娜担心地蹲在我面前：“你瘦了好多。”

我笑笑：“哦。”

“你都不吃东西！”

准是水玉多嘴！我这个杀人去喂民众的人，哪有资格吃东西？我推搪：“练功的人不用吃很多东西。”

“很多百姓跪在外头谢恩。谢你的肉汤。”她道。

我没有回答。

“不怕告诉你,我偷了一块肉想喂小雪,但它不吃。”米娜又道。

“哦?”

“小雪不吃狐肉,也不吃人肉。饿死也不会吃的。”米娜眼神变得锐利,“你老实告诉我,那是什么肉?”

“猪肉。”我接住她的目光,没有避开眼睛。她的注视不会让我的负罪感增加。我知道我做的是什么事,从决定背负它的那一刻起,我肩上的重量就是这样了,决不能再增加,也永远不会减少。

这是永远的罪,是我自己决定承担的分量。

米娜先错开了目光。

“我想回草原去了。”她喃喃道。

“米娜姑娘,我们走吧,不要烦大人了。”水玉怯怯地来找米娜。

“大人,叫我哥哥来,把我接回草原去吧。”米娜站直身体,说得很大声,“哥哥答应过我,会把整片草原打成我们的天下,让我们可以由着性子纵马驰骋,直到太阳落下去、马儿跑到了风的尽头,草原都还是我们的。我要回到那样的地方去,是无穷大的草原!”

“无穷大啊……”我喃喃。

“嗯。”

“我会安排你回去。你去问问你哥哥,我有另一个目标,想要一个再也没有征战的世界,不管它是大还是小,那会不会更难?”我道。

米娜忽把脸埋进手掌里,开始哭泣。我柔声问她:“你觉得,那样的世界会不会存在?”

米娜没有回答。

第十章 山回路转

匆匆做了些准备，我要跟向予出发了，忽听说有人要找我，把门的卫兵不让进，吵起来，我嫌烦，叫把人放进来，一看是一跟二，他们鬼鬼祟祟、吞吞吐吐的，我受不住着，干脆道："数到三，你们说就说，不说拉倒，一……"

"大人，您能原谅三吗？"仍然是一开口最快。

"我有什么要原谅他的？"我不解。

"我们是吃过……那个……我们知罪了，很怕死后下十八层地狱。三死了，大人您是神君，您说原谅他的话，他也许在下面不用吃苦吧？"他们一起求情。

我并不是神君。我也不认为做下的错事，怎么可以原谅。叹口气，我对他们道："你们只要以后不要再造孽就好了。"免得他们以为死后反正要受苦，破罐子破摔再错下去，至于三……"我希望他再投生时，能投生在一个比较容易活下去的世界。"

"谢谢大人！"他们叩首，"小人王……"

"不用告诉我名字。"我截断他们，"下去吧。"

他们还不知能活多久呢。下次再见面，我希望我们所有人都生活在一个比较容易的世界里，不必太辛苦、不必为了果腹而造孽。只要做一个普通人，浑浑噩噩、犯点小错，也可以舒舒服服过下去。那时我才愿意知道他们的姓名。

向予的功夫，高出我不是一点点。那里埋伏着不少高手的暗哨，有的我看得出来，有的不，总归靠向予在前面带路，我腹部贴着地面，或者后背贴着山壁，跟住他亦步亦趋。山峰崩落，带下来的碎石与泥尘多得可怕。我知道向予那一身的尘土是哪儿来的了。

肚子里那一顿白米饭，支持我跟随他前进。想到多吃点可以有力气救城里的人，我才答应吃饭。饱餐一顿是多么开心的感觉，我有点疑心自己是为了给自己找借口吃饭，才一定要执行这么艰巨的任务。这也没什么，想吃饭不是什么丢脸的事，虽然也不见得多么光荣就对了。

天很黑，天空里看不出有没有云，反正都跟泼墨似的，几粒碎米样星辰，在天角闪烁。这样的天色，简直是特地为夜行设计的。一切都很顺利，我们找到了藏火药的地方——听说这应该叫"劈山炸药"。

但我们跳过去要偷炸药时，才发现落入了季禳的陷阱。

于是局势一下子演变为我们满山跑着给官兵的高手追。

季禳的谋略总走在我前面一步，我这次不该叫向予一起来。我明知道季禳有多厉害，怎能叫别人陪我一起鸡蛋往石头上撞。我肠子悔青。

不知不觉，我跟向予之间已经隔了百余步，各自跟不同的敌人厮杀。

“笨徒小心！”他一声大叫。一柄闪着寒光的剑刺向我胸腹之间。

要破这一剑，不是没有办法，我必须缩紧腹肌，向旁一扭，直接扬剑削破他的脑壳，不然逃不过他后手埋伏的剑招。

只不过，就算能杀他，我也逃不过其他围攻的人吧？他们也只是领薪俸卖命，我既明知必死，还要多杀一个垫背的，他岂不是太可怜。

我的剑没有扬起。

“闪开！”一声清叱，有双手臂推开我，缀五彩玉的赤色皮甲袖，将那柄剑一荡、直接荡开。

是向予来救我？不不不，他离我有那么远。

毒药般的气息夺走我的呼吸。我不能抬眸去看。谁还能穿这样华贵而英气的武弁服？我还用问？我像逃命一样往旁边奔出去。

脚下一空，我跌进一个空洞里。糟糕，开玩笑的吧？这算是沟还是谷？山里怎么会有这样的陷阱？后面，那人跟我一起坠落。

调兵遣将掠地围城时是凶神恶煞般的，他，一跳进洞中便紧紧护住我，那洞深不见底，我跌下去，像刹那间失去了重量，全部的重量都倚在他怀中。

哐！我们都摔倒在地上，这还是他的真气撑住了，才只有点皮肉之痛，无性命之忧。仰望洞口，只有小小的一点光亮。如果没有他，我大概已经粉身碎骨。而那点光亮也随即摇动起来，轰隆隆……

他拖着我往里面逃，“快！”

巨石落下，地动山摇，把那小小的口子也封得严严实实。

“你的人把你封死了？”我骇然望他。

在上面我不敢望他，怕他像太阳一样，太明亮的光芒会刺得我一下子涌出眼泪。

现在一切光源都消失，我已经望不见他，只能想象，他的腰依然挺得那么直吧？唇线还是久违了的温柔吧？眉毛会不会比以前更骄傲一点呢？雄鹰翅膀一般飞扬进鬓边去。我渴望看见他的眼睛。

“我的人怎么会封我？”他稍微有些愠怒地回答我，口气有点太随便了，像我们从来都在一起，从未分离，“一定是该死的雨把这山峰泡的，动不动就掉石头……”

“喂，山峰不是你炸下来的吗？”我睁大眼。战争是无情的，他又何必在这种地方骗我。

“我愿意炸，但没把握炸下来刚好堵住一个湖。”他声音里带着一个冷笑，“你把我想得太有能耐了,我充其量也就是利用自然的力量设个陷阱诱捕你们。"

"现在救我干什么? 你不是一直都在逼我死?"我捶他。他的武弁服太坚韧了,捶上去很不痛快。我希望他能脱下皮甲,一身棉袍站在我面前。

"攻打星博时,你的提议我不可能接受。至于攻打元城的整个时间,我都不知道你在哪里。但稍微有点儿疑心,所以已经手下留情。这几日围元城,你以为我没有能力全力攻打? 以为我没想到用水攻? 总留你一份情面,想你如果在城里,不忍心看城民饿死,总要出来投降。你还没体会我的苦心?"他叫屈。

"那我要谢谢你咯?"我负气道。

"不谈这个了。"他捧起我的脸,手指划过我的五官,"这个世界上,我只对你这个女人放心不下。你还不明白吗?"

"呃……"

"你要折磨我到什么时候呢……"

"呃……"我的心跳得太快了。他的手比往常都烫。我别开头,转身走开。

他从后面抱住我,怀抱那么坚决,好过分,我觉得身体变得好奇怪……啊啊,像一个不知所措的小女生。要融化了似的,完全不知道自己怎么回事。我讨厌这样的自己!

他的嘴巴还凑到我脖子上!

我恶狠狠推他:"季禳你神经啊? 你以前从来不是这样。发病啊?!"

"一起掉进这里,你不觉得是天意?"他道。

"呃?"

"不要再打了。我也累了。昭,你答应我,我们在一起吧。我为你做的还不够多?"

"等、等一下。该不会整个中原的国力已经被你消耗得差不多,所以你也不得不停战吧?"我脑袋里灵光一闪,"甚至你的军粮都跟不上,所以你的士兵不得不忍饥挨饿? 你已经没有力量再打了!"

隔着重重黑暗,他沉默着,忽然大笑起来,席地而坐:"算你狠。但如果不是你,我无论如何都先把他们打完再慢慢恢复国力,不然只怕后患。"

"那现在你不怕后患了?"我睨着他所在的那团漆黑,努力寻找他的目光。那里是有两点晶光的,像墨潭中的两粒黑水晶。

我不知道在他的眼里,我这个方位是不是也有水晶。

"我觉得,你可以保证各方不再启战端。"他道。

这倒是真的……绿眉和龙婴那边,我基本可以搞定。登乐尔……应该也说得通吧? 他也希望和平不是吗? 我惊喜道:"真的! 如果大家可以约定不再互相打,只是各自和平发展自己的领地的话,那是多好的事!"

“嗯,知道你会喜欢这样。”他微笑。

“你——保证不会主动打他们?”我狐疑地眨着眼。

“只要你在我身边。”他揽住我,动作那么温柔——不、不只是温柔,他整个人身上比从前多了许多东西,像是渴望、悲伤、一点点嘲笑、甚至有抹近乎绝望的黝黑背景,这都让我着迷,让我想伸手把他的悲伤掩去。

我触到他的肩膀,他误会了,以为我伸手想推开他,胳臂一紧,把我拉得更近:“我告诉你！你答应也得答应,不答应也得答应。你答应了,我就跟你那些蛇鼠同党们签和平协议,不答应,我耗死也打,看谁先耗不起!”

“你这是威胁?!”我眼珠一鼓。

“以前对你放纵也没有什么好处,不如试一试威胁。你走得够久了,回来吧。”他倒是越来越无赖了。

我生气吗？有什么资格。我现在也是手上沾了血、肩上负了罪的人,同他一样。

我甚至有点感激他用这样霸道的方式,替我解除了抉择的烦恼。他的威胁是我不能拒绝的,于是我可以心安理得地接受了。是不是公平、是不是合理、是不是对得起谁谁谁,我都可以不介意,谁如果责难我,我也可以理直气壮地说:“哎呀,我被威胁,不得已。”

这真是个好借口,以至于我可以爱上威胁我的人。

“——等一下,那个很像余骏远的人,到底是谁？现在怎么样了?”我从他的魅力蛊惑中醒来,想起这件要紧事。当初他不跟我谈这件事,不也是害得我愤而出走的原因之一嘛?

“嗯,查到了,只是卢阁老余党派人假扮的,想诱捉你来威胁我。除恶不尽,就是有这种麻烦。我已经把他们处理了。余骏远本人确实早已死掉,你不再有婚约的约束,不要担心。”季禳道。

我也没什么好担心的……那些事,实在跟我没什么关系。我就丢开了,按着他的脑门:“以后我想跟你谈任何事,你都不准不见我！你要优先见我！嗯?”

“那几天稍微有点乱。你啊,居然几天都等不了。”他无奈地笑,“好,以后一定见你,绝不会不见你。我不见,你任何关卡都可以闯,直到逼我见你,好不好?”

他真的宠我,而我也确实喜欢他,如今我们总算在一起。

他的手环在我腰间,我反过手,寻到他的手,握住。

两只手终于交握,我无法形容那种安心和温暖。天下再没有比相许相握更温馨的事,像脚穿进棉袜子,像花籽躺在花萼里,像八万年前的自然规则已经注定要在一起,一个包含着另一个,有了全部的过去与未来。

“那现在……我们怎么出去?”我靠在他胸口问。

沉重的山石,隔绝了一切求助的火光和呼喊。季禳在下面,上面的人一定不会放弃援救,但问题是,我们等得到吗?

洞口的石块可能会掉下来,我们头顶的石块可能也会。呆在这里,危若摇摇欲坠的鸟巢中的鸟蛋。

“嘘……你感觉得到空气吗?”他扭开脸问道。

空气? 从出生到死亡,从最远的北边到最远的南边,哪里没有空气? 我屏息仰脸,忽然之间明白了他的意思。

有一股清凉的、极细的绒羽,拂着我的耳际。

季禳已经别过头去了,这不是他的鼻息,这是微风。

有风的地方,就有空隙。它是从洞口石块的缝隙中来的吗? 不,它似乎来自左边。

我跟季禳都不说话,屏息静气,向那边摸过去,我打着了火石。借着火星我们看清了:那里竟然有个石隙,宽度仅容一人通过。里面很是幽深。

这会是一条通道吗?

“我去探路,你留在这里。”季禳吩咐。

“不,要去一起去。”我死死握住他的手,像要把我的手指嵌进他手掌中。

“轻点——我是肉身,我也会痛哎。”他低低地埋怨,“叫你留下你就留下。朕的吩咐,你哪有那么多废话。”

“我也是绿眉军的首领、民众国刑部长官。我说一起走就一起走。”我把手放松一点,不过决定不可以更改。

“……如果我死在黑暗里,你也同我一起死吗。”他声音弯了一下,有一种危险的温柔,表皮上浮着浓厚的不屑、嘲笑,如同最沉重的船只浮在水面上,能浮起这样的船只的,底下是最深的期待的海洋。他期待得微微颤抖。

“我会。”我简单的用这两个字,回答了我们的命运。

于是就一起走了。他先用石子摸索着在地下摆了个箭头,万一上面的人终于搬开石块下来,能找到我们。为了怕虫蚁什么的弄乱箭头,我用火石的火星烤焦一角袍子,在岩壁上又画了个箭头。

岩缝真窄,我们只能一前一后地走。他在前面,右手向后伸,我在后面,右手向前伸。我们的双手始终紧紧相握,约好了,不管怎样都不放开。

如果前面有什么怪兽,会把我们吃掉的话,那至少,我们会握着手死在一起。

其实我建议过,由我走在前面。那样的话,我想,如果真有怪兽,最后关头我会放开手把他踹到后面去,他会不会蠢到扑回来跟我一同被吃我不管,我总要给他多一次选择的机会。

“你在后面。我希望把背后交给你。”他斩钉截铁道。前一句是命令，后一句是解释，这解释虽然也以命令的语气说出来，却真正叫我心软。

我服从了。

沙沙沙，我们不知走过了多少步，岩缝又有拐弯、又有岔道，也许我们运气够好，始终走在正确的方向上，渐渐变宽，眼前也好像一点点变亮起来，虽然仍看不见东西，但像墨布，不断地过着水，那墨色也似乎确凿地一点点变稀薄了。

直到我终于能分辨出面前粗糙的岩壁。

转过头，是季禳在我身边，他的眉毛还是像以前一样清俊，双眸还是像以前一样明净，唇线还是像以前一样温柔。但有什么不一样了呢？清俊中带着飞扬的霸气，明净底下透着难以读透的深邃，温柔里也搀着无法捉摸的疼痛甚至残忍。这比原先的季禳更让我着迷。我心跳加速。

他也回头望我，深深地，像第一次见到我。终于他抬起手，碰了碰我的脸：“脏成这样。”

真是对不住得很。难得见一次面，还搞得这么脏给他看！我又笑起来。倒像是故意给他搞恶作剧呢。

“牙倒是还白，不然小心我给你敲掉换一排。”他嘟哝着继续握住我，我们再往前走。

“哗哗”的声音越来越清晰，直到我们看见一片水。要命，出口是瀑布。

我们相拥着冲出瀑布后，早被浇得透湿了。

“如果是冬天就好了，水冻成冰，可以直接砸掉冰出来！”我跺着脚埋怨。

“水好，把你洗一洗。”他慢条斯理地掬着水揉搓我的脸，“要命，洗不掉。喂，你已经变得这样黑了？”

“你后悔了？”我瞪他。

他嘴角的弧度。要命他嘴角的弧度，我心跳的速度。季禳他……从前曾经这样对我笑过吗？

我们的嘴唇不知不觉接近。

“——等、等一下！我不做你的嫔妃，那些请安什么的我都不会。你要让我一个人住，找个独立一点的名分封给我！”我紧张道。

“好。”他笑。

嘴唇再一次接近……

“阿嚏。”千钧一发之际我及时推开他，扭头打了个大喷嚏。

“学武的人感冒？你学的是什么草头武功！”他要我打坐下来。

“不要乱骂。我师父听到会不开心的……喂，我们要快点回去，万一你的手下杀掉我师父，我可是……阿嚏。”越急，喷嚏打得越凶。

“没我的命令，我的人只会生擒你的草头师父。”季禳解下武弁服，盘坐在我身后，双掌按在我肩上，一股暖流从他的掌心蔓延至我全身，令我昏昏欲睡。

我似乎又进入梦境，见到了沉沉的帐幔、昏睡在病枕上的小男孩，但他这次什么都没说。然后，是我。我看见我自己，以崭新的金荔枝腰带束起绯袍，回眸露齿一笑：“是的，皇上。”

我骤然睁开眼睛。

全身的衣服已差不多干透，季禳收功，挺不忿地抱怨着：“朕这样的武功，用来给你烘衣服。”

武弁服之下，他果然穿着柔软的棉袍，幸好幸好，并非黄龙袍，这是赤色，烈烈如战士的血。我揽住他的手臂，感受着他的温暖，压下心中的悸动，道：“我们快回去吧。”

山脚下是个小县城，季禳的地盘，进城要行路官引。我身上有官引才怪！而季禳，堂堂皇帝，他又怎可能有官引？

“作茧自缚，请君入瓮，哎呀自作自受。”我看着他笑。

“你还有多少成语，一起用出来？”他没好气地看我。

我捂住嘴连连摇手，老虎须捋一次就好，我还想长命百岁呐。

季禳揪下一块五彩玉给守门士兵：“把这个交给你们县守。”

“没有官引，不得向官长递交贿赂以买路。”士兵斜了他一眼，语调阴阳搀半，言下之意似乎是：不必贿赂太守，贿赂他就可以。

“送过去！误了事你有几个脑袋都不够砍！”季禳瞪起眼。

他皇帝当久了，比我这个反贼主上当久了更威仪，士兵登时脚软，上下看了我们一眼，半句话没敢多问，飞也似的走了。

“喂，你们，帮我一下忙！”有谁在叫？我转过头，靠了好目力，才看见一个女人在城墙的角落里，只探出个头来，直招手。

她满脸焦急，把声音压得很低，像蚊子一样，脸皮有点泛黄，还有点松弛，可能四十岁了吧，但眼神灵慧，甚至相当的文气；嘴唇有点厚，却不是乡村猪头的那种厚法，而是红嘟嘟地撅出来，倒给她脸上添三分稚气。

量她这样一个妇女，也没本事伏击我们。我们便走过去，只见城墙的凹角，撑了根竹竿，竹竿上一块白土布，旧得发灰了，上面画着一只眼睛，旁边有个可折叠的小木台子，上面有纸笔。

"帮我看一会儿好不好？我急着回家去有点事啦!"她哀告。

季禳哼了一声,似乎觉得她的要求很奇怪。我也有同感:"你不认识我们,怎么放心把东西给我们看?"

她鼻子里也哼了一声:"十年寒窗又十年,晓得诗文不值钱。"她看看我们,"估计二位不至于卷走妾身这点东西。妾身反正要走开的,与其露天丢着,还不如拜托二位看会儿——二位穿这么单薄?"她自说自话地一拍手,"妾身顺便给二位带件御寒袍子来,用完后再还妾身好了。不用推辞！谁没个身上不方便的时候呢？就这样说定了啊!"轻快的跑到城门口,亮了张纸头,进去了——她倒是有行路官引的。

我们像呆子般站了两刻钟,把这古怪女人猜了几遍,城里又有人出来,是个油松大辫、衣褂半旧的丫头,扶着个一身缟素的中年美艳妇人。那妇人摸到我们这边,看到我们,怔了怔,又看了看我们的竹竿布幡:"江先生呢?"

"啊?"我们报之以茫然。

"江维娘?"

我们费了半天劲才知道江先生就是江维娘,也就是刚刚那女人。她这里,是帮人写字幅的,因为能写字,所以人家也叫她江先生。这缟素妇人订了对挽联,现在来取了,连钱也带了,于是,货呢?

"你要写什么挽联?"季禳倒来了兴致。

缟素妇人珠泪涟涟,把她的悲惨遭遇跟我们又说了一遍:她本是舞妓出身,与一位金公子相爱,历经重重困难成了亲,婚后生活虽然夫妻之间甜甜蜜蜜,婆家总是看她不顺眼,年前,夫君出征了,婆家就直接把她赶出门,十天前,她才听说夫君战死了,婆家甚至不让她入灵堂,所以她要求人写一副挽联送进去,也算尽夫妻情分。

她一边说,我一边磨墨。她说完了,季禳略一沉思,便在纸上写下:

"材并梁鸿,意添子楚,解履盟正思比翼,天不假年,雷霆断三生,悲伊人何在,顿教枕侧分沧海。"

"色怜赵燕,愁损芸娘,宾香阁方喜为俦,命唯多蹇,耳鬓疑一梦,恨此身未亡,遂许人间见白头。"①

我是看不太懂啦,不过笔触铁画银钩,字又多,大约是好联吧。

缟素女人接过对联,看了又看,身躯颤抖,珠泪扑簌簌落下。

"好,好……"她第二个字没有讲全,就卷起对联,留下价银,给丫头扶着匆匆走了。

我们又呆等了好一会儿,江维娘抱着棉衣跑回来:"来了来了,看,披上——哎,你们

① 本联为荧某原创,转用请注明出处,谢谢。

写了字啦?"发现纸笔被动过,"写了什么?"

我把价银交给她,季禶一五一十把刚刚事情说了一遍,威严问:"你在这里,是不是摆摊卖字的?"

"是啊,眼睛幡就是咱们卖字的招牌嘛……哎,你说你写的对联是什么?"江维娘皱起眉。

季禶背一遍。

"坏了,坏了!"江维娘顿足,从纸堆底抽出一张,"这才是我准备给她的。"

纸上写的是:"浮生君子意,乱世女儿心。"①

"在下的联,虽然是临时草就,未必逊色很多。"季禶颇为自傲地抬抬下巴。

"谁跟你说文采啦!"江维娘两脚齐跳,"人家是什么状况,你说'恨此生未亡,遂许人间见白头',逼人去死吗?!糟糕糟糕,我要去追去换文,希望来得及!"拎起裙子就要奔过去。

"喂,你的摊子,还有这两件衣服……"我们不会在这里呆很久的,她的东西怎么办?

"人命关天,东西算个屁!"她口不择言。

我扬起笑容,问季禶:"这人你用不用?"

"我用什么?"季禶没有懂。

"好。维娘请等一下。"我飞快地在纸上写下我的名字,塞给江维娘,"有兴趣的话,随时到民众国找任何官员,递上这张纸。"

她看了看,眼睛像灯火般亮起来,看了我一眼:"妾身记下了。"没有多余的废话,匆匆施一礼离去。

"你在朕的地盘,叫朕的臣民通敌!"季禶在我耳边咬牙。

"反正要讲和了嘛,什么敌不敌的。"我打哈哈。

"这种违反禁商令,摆摊卖字的女人……"季禶仍觉不忿。

"喂!"这次是我觉得他过分。

"好,好。停战后,是要发展农业,适当也放宽商业,这个女人的事先不提了。"他举手,算是让步。

而城门大开,官员屁滚尿流地出来,迎接皇帝——和我。

我们总算又坐进舒服的车驾,出镇时,却看到一群人扰攘,似乎说,金家的舞娘妻子,送上一幅挽联之后,碰墙自尽了。许多文人在围观欣赏那副出手不凡的长联,还有殉节的烈妇。

---

① 本联为荧某原创,转用请注明出处,谢谢。

“……”我无言地看着季禳。

“这样也要责怪我?”他心虚。

我板起脸,别过头。

“我前辈子欠你的,你要跟我生这么多气?”他扳过我。

“不要凶。车外有人。”我指指外头。小县城的车子,连车窗都没遮严。

他咒骂一声,猛然抱住我,把我压到窗角的阴影里,嘴重重覆上我的,滚烫,刹那间好像天旋地转,宇宙都变得寂静,只有他,还有他的吻。

这不是一个亲吻的好时机,我微弱的想,我们简直是一对狗男女,可是……这是什么呢,身体自然产生的快感?

是谁说:我的心是肯的,脚却向后了。

我的心是想揍他的,身体却软弱了。身体,真可怜啊,什么伤害都交给它承受,什么罪过都交给它背负。

车子回到我们遇险的山湖,我下车时气喘吁吁,躲在他背后,不敢接触别人的目光,脸上实在太烫了,不需要镜子,我都知道自己脸有多红。

他用身子挡住我,第一件事就是吩咐给我准备路上的全部必要衣装,悄悄在我耳边得意道:“早知要回来,你当初跑什么?”我苦笑。撇开他的自大、他的三宫六院不提,这人总算还是个好男人。有什么激气处,装聋作哑将就过去也罢。不然如何?一言不合便孤身远引、白头不相见?天下几人能决绝至此。

我见到了向予。他没有被俘虏,而是以刺客的形象冲过来的。他知道季禳的人一定会到地底救援,他只要节省力气在地面上伏击即可。他要把我从季禳身边救走。我叫他停手,说明结盟事宜。他愣了愣,相当意外,再确认一遍,也就默然,大约算是认可了我的做法。但正像他指出的一样,其他人不一定能顺利接受,我要先回“娘家”一趟,对柴犬和整个“民众结盟国”上下人等做出说明。为了照顾军民的情绪,季禳不能此刻就跟我并辔进城,而应该留在军营等我消息——最好还拔营后退三十里,以示和平诚意。他脸上表情极度恋恋不舍。我笑:“喂,你会不会怕我反悔?”

“怕。但你反不反悔,跟距离无关。只要你答应了我,不管去到哪里都会再回来。”他凝视我道。

我一时承受不住他目光的重量,低下头去,过了好一会儿,轻轻道:“嗯,我答应了你。”

季禳骤然伸出手来握住我,道:“我怎么觉得天地都亮堂了?”

“别!人家看着!”我没来由地害臊,把手抽出来,回头一看,向予早走到一边去,背着手,装路人乙。

“那我去啦。”我对季禳告别——唉，确定关系的情侣告别是那么难的。“我去啦。”“你去啦。”“我会回来。”“你要回来。”这样的辘轳傻话不知转过多少次圈，我才跟向予离开。他出奇沉默，行了一会儿，道：“那你要去京城。”

“嗯。”我道。

他再没说过第二句话。

第十一章　三君之盟

和平的盟约,终于以和亲的方式建立了。我就是那个“和亲”的女人。民众结盟国加封我为公主;登乐尔已经成为草原公推的领袖,就代表草原,也将我认作妹妹,封为公主。于是我成为“祈公主”,肩负着所有人的希祈,季禳带走我,同时承诺和平。

登乐尔其实并不知道祈公主是我,他在千里万里之外,好糊弄。而绿眉元军几个知道底细的,已经为以后怎么解释我的行踪头痛不已。水玉知道我对季禳的承诺,反应也非常震惊,张着两手道:“那、那您要进京了?”

“嗯,以女儿身。”我怪头疼地看看自己,“以后都要女装打扮吗?好像很麻烦的样子,我没什么偏心呢。”

“这样……”

“水玉,你好像有点不开心?”我终于察觉。

“不、不。没有!怎么可能!”她连连摆手。

“水玉姑娘别是爱上了这里的哪位?”米娜探头过来打趣,“哇,我还以为你爱的是侍郎大人呢。”

“不!怎么可能!没有!”水玉更慌张。

“水玉?”我仔细看她神情,拉着她的手,“男大当婚,女大当嫁。你也别把自己耽误了,万一……”

“没有的事!难道大人不想要水玉在身边了?”水玉面孔红得似苹果,眼里急得噙了泪。

“没有这回事。”我道,“我只要你幸福,水玉。”

“那水玉就要留在大人身边!”她坚决道。

“好,好。”我没办法,“那就留吧。不过不要叫我大人了,因为我换回女儿装了,叫大人有点奇怪,是不是?”

“太好了。”水玉欢喜念佛道,“先是小姐,再是公子,再是大人,现在好歹又叫回小姐了。”

她真的跟着我吃了不少苦。我眼眶湿润,躲开去,悄悄问米娜:“水玉真的没爱上什么人吧?”

“这个……怎么说呢?”米娜迟疑道,“你们中原女孩子的心事,我哪里晓得。不过她怪倒是有时怪怪的,我以为她喜欢的是你呢。哎,你真的要护送祈公主进京?那祈公主是谁?怎么不让我见。”

“她……啊，我要先走了。有什么事，你尽管托话告诉我。元地拜托你们大家一起经营了！”我道。

“唉，你也老大不小了，你们中原男人多少岁一定要结婚的？”米娜俯身塞给我一把小小弯刀：“拿着这把刀，记住我。你会不会？”

我落荒而逃。

半个月后，和平之盟正式签订。中原作为实力最强的一方，名字排在第一位，负责签名的自然是季禳了。至于民众结盟国里，周阿荧被选为民政执政官、龙婴是武阁长官，而向予这时候被推为记名元首，几乎没有任何实权，就是个名义代表，也即签字人。登乐尔也终于赶了过来，他是草原国代表，力主在那个新国里，每个部族都有话事权，印章标记则这么定下来，是只狗。我劝他说，狗在中原语境里不是什么好词，“狗腿子”、“狼心狗肺”什么的，都不好听，要不换个威武点的形象，譬如虎、狮？他道：“其实……龙在我们传说里也不是好动物啊，邪恶愚蠢等着屠杀。但你们喜欢用龙，我有没有笑你们？”我叹气，没有，甲的图腾，是乙的笑话，那又有什么要紧。这种笑话又有什么意义。

季禳、向予、登乐尔就这样签约盖印，因为是三方结盟，这个盟约又被称为“三君之盟”。三颗朱红大印盖完时，我轻轻捧起那张薄薄的纸，百感交集。太多的生命寄托在它上面，而它，也终于完成。

签完约，向予要求跟我一起进京：“这个记名元首当得我闷死！还不如辞了职跟你去。师父总要照顾小徒弟的——除非皇帝吃干醋？”斜斜看向季禳。

这么无礼！我都有些替他担心。幸而季禳一笑道：“爱上昭然这样的人，是不能怀疑她的。如果要怀疑，就不该爱她了。”低头看我，眼神温柔。我仰头与他对视，手不觉与他的手握紧，满心甜蜜。

“皇上确实是非同寻常的人。”向予叹了口气，拱手，“向某佩服。”

出发时，有个女孩子甩开两条长腿追着我们队伍，是米娜。她边追边叫：“你就是祈公主吧！告诉我！为什么不告诉我？你……你这个混账！”站定了嚎哭不已。

“奇怪，她为什么这样生气？”我在轿子里奇怪的问。

“你不知道？算了，还是不知道的好。”季禳笑。

“当我傻瓜啊！”我白他一眼，“就是说如果我真是男的，她有可能会爱上我对不对？嗳，她真是个小孩子。”

“你才是个小孩子。”季禳摸着我的头发。

爱一个人，就是甘心在他怀里变得很小很小。我蜷起脚，放心地窝在他怀里，享受温存。

这样，我就同季禳一起往东回京都。临行前，向予说要给我一件礼物，我诧异："你跟我一起走，还要送什么礼?"他只是笑，叫兄弟牵上来，一匹怀光……一匹大了肚子的怀光。

"它是女的!"我失声惊呼。

怀光，是、是——是妈妈?！我深觉震荡。

"娃他爹呢，就是你骑过去的那匹栗马。"向予笑着拍拍怀光的肚子，"你还真能牵线搭桥，这两匹不知怎么搞上的。"

"轻点，轻点。"我生怕他拍坏怀光的肚子，"人家怀孩子么你就不要牵出来咯，快带回去。唉可惜不能亲眼看到怀光生孩子……"

"牵出来就是一起带走的啊。一家三口一起带。"向予道。

"路上小产怎么办!"我怒目，"你以为人家孕妇跟你一样可以随便奔波啊?"

季禳忽然咳嗽了一声。

怎么？我有说错话？我们有认识过任何一个孕妇随便奔波过吗?

"要不算了。我们的队伍里，还有京城，有许多好马。你们可以随便挑。"他对我笑笑，"你也可以骑燕欢。"

这个夫君真给人省事、也真贴心。我满意地抱抱季禳。

这样回京的一路，应该都很甜蜜、应该除了爱情之外不谈其他事的，但路上，我终于忍不住问季禳："方铮他……还好吗?"

问他还好，就是假设他还活着。我们一直没能得到北方驻军的消息。我假设他还活着。

"他死了。"季禳直接回答我。

好的，好的，长痛不如短痛，我……

"病死的。"他又道。

"哎?"我张大眼睛。

"得病死了。灵柩已经扶回他家安葬，谥忠武。你要去拜祭吗?"

"什么病?"我小心翼翼问，"难道不是我射……嗯，我射死过一个人，还以为……"

"你射死了谁?"他道，"不，他是在北方得了恶疾。"

我凝视季禳，他的脸上一点破绽都没有。我终于可以长长地吐出一口气，放心地流下眼泪："到了京都，我会去拜祭他。"

再次回到京城，我这次的身份是元地、柴犬共同认可的和亲公主，照理说应该住进后宫了，但我坚持最初的意见不变：绝不要被封为什么“妃”，住进后宫里。自己的斤两自己知道，我绝不是过后宫生活的材料，还不如超脱些是正经。季禳也答应了，封我一个不伦不类的“贤和夫人”，在皇宫边上指了个院子作为居所。

皇后那边，还是要拜见的。依然是我去过的那个庭院，但寂寞很多。山墙上藤蔓又粗了些，开出紫色小花来，苔藓给它铺展出暗色的底子。瓦檐仍然那么高，螭吻与铁马玄色凝重。好歹是皇后，再失宠，架子在，但人气是无可奈何地衰颓下去了，让人觉得这里的女主人失去了生活乐趣。

她带点嘲笑：“你没见过云妃？你认得的。你走后皇上专宠的是她。”

这算是什么意思？我默然不语。季禳当然有皇后，也有宠妃，但何必一定要告诉我知道。为了让我吃醋么？

“对了，她住的地方，闲意宫，是从前冰妃住的，她派人假扮余骏远，被查出来，关进冷宫。她受不住，疯了，不久就摔到水里淹死了。”

我愕然抬头。原来背后还有这样的内幕？我胃部隐隐抽搐、不太舒服。

有谁不安地挪动了一下，我视线移过去，见到一个很年轻的女孩子，就坐在皇后身边，浓妆重彩、衣饰华丽，面貌有些眼熟，莫非就是皇后口中所说的云妃？我目光落在她脸上，她却局促偏过脸去，仿佛不想叫我看见。我只好不再看她，照礼仪举起酒杯，敬皇后。

“哀家常年茹素，戒荤戒酒。夫人心意，哀家只有心领了。”她端坐漠然道。

唉，我讪讪放下酒杯。她就算真的不喝酒，作作样子好了，难道我还真灌她不成？我自己不会喝酒，还不是沾唇意思意思算数。她这叫摆明给我没脸。

算了，我一个“夫人”，本来就不是什么有脸的东西，真不知怎么一步步走到这么个处境来……唉唉，什么冷脸只好埋头受下，等全套见面仪式做完，告辞回去。

她又叫住我：“云妃身子欠妥，没到哀家这里来。夫人要见的话，得移步前往才能见到了。”

这话说得……确实是想挑起我对云妃的不满，她好来个坐山观虎斗吧？可难道坐在她旁边的不是云妃？我默默退下。

“小姐，那你还要不要去见那个什么云妃？”走出皇后的宫门之后，水玉在我耳边低低的问。张涛猜着了，忙躬身悄声禀道：“夫人，您拜见皇后，也罢了。登门拜访云妃一人，恐怕其他嫔妃会有议论。”

反正来都来了，见就一次见完吧。就算我登门拜访，又有什么关系？她如果让人觉得不舒服，我以后躲着她就是。我道：“去见她吧。你带路。”

张涛还想说什么，叹了口气，应诺带路。走出几步，我听后面有人叫唤：“贤和夫人！

夫人请留步。”

“祈公主”我还没适应呢，一下又来了个“贤和夫人”，真拗口，我一下子还反应不过来是叫我。回头，见是皇后身边的那个年轻女孩子赶上来。近看，那一层厚厚的宫粉把她的年纪还扮老了，而宫粉下的那张脸，我怎么越看越眼熟——

“天啊，你是……”

她虚弱的笑了笑：“是我。”她是不久前在荣苑里乖乖让我捆起来，好叫我换衣服逃走的那个宫女啊！

——真的是不久前吗？怎么好像，又过完了几世几生。

张涛早带头请安：“长公主吉祥。”

“你是——”我再一次出离诧异。

“是我。”她再一次点头。

“你怎么——”我简直不知该说什么好。

“倒是大人您，怎么忽然成了贤和夫人呢？”她声音很低。

“这个，一言难尽啊。”我习惯性又想伸手挠头，水玉咳了一声，我猛发觉自己穿的是女装、梳的是宫髻，要挠头实在太没样子了，可怜伸到一半，怪不好意思的把手再缩回来，“说起来真的很不好意思，公主……”

“而今识遍愁滋味，欲说还休。”她的声音更低。

“嘎？”她说的是汉语吧？我怎么没听懂？

她也不跟我解释，转身走了，裙摆飘飘乎乎跟一缕诗魂似的。留下我在后头那个郁闷啊——我命中怎么都遇上这么莫明其妙的人？

算了算不，不管她了，我迈开脚步向前大步走，忽见前头有个华服的美人儿，张涛又带头拜下：“云妃吉祥！”

但见有个丽人立在路边，杏黄薄蝶衫、系条五彩绣罗带，耳边彩金连锁点翠片子、镶着珍珠，整串儿累累垂垂地几乎挂到肩上，行动间沙沙作响，不知多醒目！我看着有些想骇笑。要命，我前几天也刚通了耳眼。程昭然自幼是扎过耳洞的，但长期装男人、未戴耳环，耳肉又生了回去，水玉拿银签替我一通，活生生地穿透嫩肉！再抹点药、挂个金耳坠子，不知怎么还是发了炎，稍碰一碰，我眼泪几乎要扑簌簌掉下来。真是的，扎耳之痛至痛难忍，多少英雄豪杰视生死若等闲，叫他们穿耳洞裹小脚试试？我不信他们不哭！

那金耳坠，后来到底拿了下来，换个小小暗色绞银耳环，暗得几乎发黑，听说有什么净佛之力加护过的，戴了倒好些。新穿的耳洞较窄，每次摘下来后重戴要费半天事，麻烦胜过一切，我索性一直戴着，毕竟有时还是痛。这云妃恁大耳串不知怎么挂下来的，实在好汉。

走近去，我一认她的面容，却失声道："绮君！你怎的在此?"季禳专宠的云妃，原来是绮君？我心里掠过一丝不舒服的感觉。

别说我，连水玉也吸一口冷气。她只含笑道："等姐姐。"

我"哦"一声，略为脸红。她此刻身份不同，在宫中的耳目只怕比我多。我走到这里，她岂有不知道的？立着不动，自然是特意等我。

她如今胖了些，肤色见好，原来的尖下巴变得圆润，倒将眉眼间媚意抵掉几分，见得端庄福相。望着我，目光说不清是什么意味，慢慢叫声"姐姐"，笑起来，眼睛一弯，又是当年楚楚可怜的模样。是我让季禳照顾她的，在他们的世界，最好的照顾，也就是收为妃子了吧，我为什么要不满？季禳一直不敢告诉我，也许是怕我生气吧，他们已经很体贴我。我心软下来："我正要去找你。大太阳的，你站在这里做什么?"

她笑："自然要在这里恭候姐姐的。我只是不想去那个宫里。又怎么能真的劳动姐姐亲自来看我。"

我恼道："再这么酸溜溜假惺惺，我不跟你聊了！哎，你这阵子好不好？你怎么会进宫的？这里你还好吗？快找个地方坐下来慢慢聊。"

"我那里……"她低下睫毛，不知多么难言之隐，"我那里窄乱不堪……"

"那去我那儿。"我道。

她抬头看了看天："好啊，以后有机会，到姐姐那里去。"

"择日不如撞日，就一起走好了!"我拖她的手臂。

"夫人!"张涛有些看不过去，忍不住叫了一声。

绮君怔一怔，掩袖笑了："姐姐还是像先前那么着。"

"你过得有什么不顺心的事?"我认真看她。

"怎么?"她微微偏着头问。

"你看起来不开心。"我道。

绮君哑口无言站了几秒钟，忽然大笑："哪有什么不开心的？见到姐姐，开心都来不及。去就去。"

"嗯。"我拉起她的手，她的手还是冷的，像从前一样，手心黏黏的汗。"有汗，臭的……"她忸怩着要抽开，也还是像从前一样。

"不会啊。有海藻和青草味。"我将她手抬到鼻子前碰一下，笑，"我都还记得，绮君。"

"那……姐姐还记得那晚上，我扭了脚，你喝得半醉?"她眼波流转。

"记得。"我柔声道。

“那时我就想，咦，大人会喝酒。等我长得大一点，我想和大人一起喝酒。”她道，“可以吗？”

“有何不可！”我豪情万丈，“这就去喝！”

我记得酒刚斟上时，我看见绮君脖子上有淤青，但她遮掩过了，道是刮痧。

我不太记得我都问过她什么话，她又回答了什么。我饮醉了，很快。我房间里挂着柴犬弯刀，只有两个手掌那么长，可以挂在腰上作装饰的，她拿起来玩：“这是哪来的？”我道：“米娜送的……登乐尔的妹妹。登乐尔你知道？现在的草原领袖——小心，这里按动机关可以真的抽出刀刃，你别伤着。”她不怕伤，道：“送我。”我点头，觉得晕，将下巴支在手肘上。绮君看着我笑：“还是这样没酒量。”我乜着眼答：“正要醉好。若喝了一肚子，只是撑死、也不觉醉，那有什么趣味？”一时酒意上来，眼皮也朦胧合上，但觉绮君贴在我颊边唤道：“姐姐，耳环掉了。”我唔一声，并不理论。她又道：“姐姐，我替你戴回去？”我自知耳眼太小，含糊道：“别，很难戴上。你别白麻烦了。”她也不语，手在我耳垂上拨弄一会儿，气息离我近了些，吹着我脖颈。我“咭”一声笑出来，毕竟手脚酥麻抬不起，只能随她摆布，她气息又远了，我左耳垂已吃住分量，一枚润而微凉的东西擦着我皮肤。她自己回手拨弄了什么，袖口擦着领口，轻轻作响。随之取一领锦袍于我盖上，道：“臣妾告退了。好好休息……大人。”

大人？为什么又管我叫大人呢？我神智还清楚，样样事情仿佛都是明白的，却听不懂。想开口问，舌尖酥软，抬不起来，终于只能任她身影消失在门外，我勉强撑起一线的眼皮重新阖上，人便沉沉睡去。

不知过了多久，水玉轻轻推我：“小姐，起来饮盏醒酒汤再睡。”

我眼帘抬起一线，只觉视线朦胧，腰肢软得似那条被赚下雄黄酒的蛇，一点自控力也无，任水玉扶起来了。她把我相一相，诧道：“怎的耳环两边不对了？”

怎么不对？我本能抬起右手，抚过右耳，耳环好好的啊，便托腮对着她笑，心忖：你看我醉了，便来唬我。

她又好气又好笑，让我倚在榻头，她且去掀了对面的镜袱，叫我自己看。我漫不经心抬眼望去，便一怔。

镜中，我但见自己颊似芙蓉、眉酣眼慢，头发半散着垂在肩头，一边耳上依然是暗色小银环，另一边却是缀珍珠的彩金锁片——擦着我皮肤的微凉东西，原来是它！

绮君为何与我换了一只耳环？我犹疑着，未有头绪，外面宫娥忽报：“皇上驾到！”

这个人，说来就来，也不给人准备的时间！我把头一仰，还未来得及将绮君的耳环摘下，他已大踏步进来，眼睛一扫：“喝酒了？”手已抬起我下巴，拇指点上我的嘴唇，“耳环怎么戴成这样?”

琐片珍珠在耳边沙沙的响,我只能含混道:“我高兴。你能怎样?”说话间,他指尖伸进我口中,我恼得咬了一口。

“不怎的。你老实舔我一小口不好?”他笑,打横抱起我,行到露台上,阳光正灿烂,照在我脸上,他俯首细细看我。

谁脸上的毛孔经得起这么看?我眯着眼睛,把头一仄,动了真气:“你干嘛?”

“爱妃……”

“我才不是你的妃!”我恨道。

“那么,爱卿。”他轻声笑,“你真美。”缓缓举步,将我托到栏杆上,“如果这么把你丢出去,你会长出一双翅膀飞走吗?我真想试一下。”

阳光越发眩目,我阖着眼睛,看见一片红,似温暖海洋。然后我的身体被抛在了空中。

我听见水玉尖叫。

睁开眼,天蓝得像生病似的,身子很软、头很重,到处都是粼粼波光,我没有方向。天气怎么这么暖和呢?风吹得太快。

衣袂破风声追我而来,他的臂膀终于抄住我的腰。下一秒,潭水在身下被冲开,那么柔软、那么疼,冲开时打在身上几乎是固体,但陷进去便柔溺无底。

他吻住我的嘴唇,度过来一口空气,舌尖细细扫过我的唇、齿、我的舌。我幸免溺毙。

足趾触到了池底,一顿,我们冲回到水面,他抱着我趴住池岸,闷头吃吃地笑:“就算把你丢出去,我也会陪着你,你知不知道?”

我总算醒过神来,抱住他的肩,就一口咬下去,直到齿间弥漫开血腥味。——会陪着我,就可以吓我?他没这个资格!

他闷哼一声,翻身压住我,呼吸急促,眼底有黑色的火焰。我们衣服那么湿,肉体像隔着水膜贴在一起,触觉因湿润而变得加倍敏感。双腿都还在水下,彼此紧紧绞住,它们好像自己有思维。

“人家会看到!”我叫,声音略为破碎,我喉头也有团火焰,但是——开玩笑!光天化日,朗朗乾坤,我才不要就此兽性大发、天为盖地为床给人上演活体春宫!

“谁看?”他满不在乎回答,单手抓住我手腕,另一只手探进我领口。

我百忙之中抬头四顾,果然没人。连水玉都躲开了。他“哗”的一声,修长双腿绞着我的腿出水,滚烫躯体一路带我翻滚进树丛中。面孔贴向地面时,我闻见松软的泥土气息。

那个时候，不知为何我心中泛起的念头是：季与历太像了，真可怕，像得我几乎无法分辨。

宫里的生活单调得要命，尤其当季禳忙于政务不在的时候。看看檐前铁马被风吹响，可以看半天。看看铁马又响了，却不是被风吹的，而是被啄花小鸟翅儿挂得响了，又可以托腮托掉下一个半天。我开始理解为什么许多闺中女儿有空伤春悲秋、有空写那烦死人的诗词、绣那精致得无谓的刺绣，空闲时刻太多，会叫人想上吊。

想想尸横遍野的生活，这样的平淡时光，已经是珍贵的幸福，我想我要珍惜。

那片危险的湖，最后被河白和黄光合力解决了，没有造成任何人员伤亡。青苗种下、又抽芽，春荒的危机也消灭了。现在是美丽和平的春天。

我跟季禳相遇，总是在春天。当秋天到时，会不会又有大转变？我不希望。我的人生怎么可能再有大转变。

值得高兴的是，龙婴谈婚论嫁了，他属意米娜："她是女孩子中唯一像男孩子的。一定要娶个女人的话，我娶她。"

米娜听到这个消息很骇然："中原女孩子已经长得比我娇嫩，他又长得比无数中原女孩更娇嫩。他娶我？不不——当然应该是我娶他。"

他们为这件事吵足一个春天，我也当和事佬不断写信，劝足一个春天。后来他们准备成亲了，又开始为两人住在哪里吵得很凶。龙婴要留在元地，米娜还算贤惠，没说一定要回草原，只说一家退一半，今年留在你的元地，明年回我的草原。龙婴这都不肯答应："我要管理我的士兵，走了一年，回来他们不认我怎么办？"米娜大眼一瞪："我走一年，我的牛羊不认我了怎么办？！"

我笑得打跌，急去信："真是难题，你们的大姐我束手无策，限你们三天内提出解决方案供我娱乐。"——龙婴已经认我为义姐。

后来怎么样？米娜带着羊群到元城来住？才怪，她说草原的羊不会适应中原的城市，结果龙婴带着士兵到草原住去了！美其名曰元军派部队同柴犬交流文化、协助戍防。

"难道中原的士兵就会适应草原的帐包？"我奇道。

"还好。告诉他们：草原有美女。"龙婴在信中奸笑。

我为之绝倒。

周阿荧和登乐尔也都给我写过信，他们在互相帮助、交流，人民的生活建设得还好。江维娘，也终于到周阿荧身边了，目前在编写百姓也能读得懂的新书，推行平民教育。我以为他们也会结秦晋之好，但是不，周阿荧誓不再娶。

我在中原，也做了一点事。

先是春日里,竟然有风沙吹到京城,不但影响了街道的整洁,还破坏了我跟季禳游荣苑看桃花的兴致。我记得上个春天没什么风沙,别人也说对,往年京城没风沙,这大约是从孔地吹过来的,听说那边风沙一年比一年大了。我想起那是余骏远流放之地,多添几分关注,往年孔地怎么样?翻开两百年以前的古文记载,竟然说那里是绿洲。我瞠目结舌,要去孔地亲自查访,季禳变色道:"哪有新娶的夫人去罪人流放之地查访的,人家还当我虐待祈公主!"严词不许,我只得托人去查孔地的历史与地理,跟军事地图相联系。

我还教人画山川图,在原比例上缩小,画得越精确越好。兵部原来不太愿意做,说什么怕花了那么多力气,反被敌方所用。我辩驳道:"画得太精确,可能反被敌人利用吗?可是你不画,也终一天有别人画,就像刀,我们一天不打出好的来,也终有一天别人打出来。要让自己更强,有一分做一分,而不是躺在泥窝子里,指望别人变得跟你一样弱。"兵部尚书给折服了,答应下来。负责这事的,是铁骑左翼统领侯贵,老熟人,陈大勇为了救丁贵想害我时,领了一队人马屁滚尿流奔来替我治腿伤。侯英喜欢巴结,但其实是个老实人,接到了任务都不晓得往外推的,累得哼哼哈哈,整天找我汇报。我正好把一队民众国士兵当嫁妆带到京都,他们闲着也是闲着,于是一块儿参与这件事,干得不亦乐乎。大伙儿之间的感情见长。

再后来,尚书郎中上书说:"今之风俗,视旧日侈,此家给人足不能如往时也。本朝自润宁后,已号极治,太祖深虑风俗易奢,诏曰:'天下士庶之家,非品官无得起门屋;非宫室寺观毋得彩绘门宇;器用毋得纯金及表里用朱;非三品以上及宗室、戚里家毋得金棱器及用玳瑁器;非命妇毋得金为首饰及真珠装缀首饰、衣服;凡有床褥之类,毋得用纯锦绣;民间毋得乘檐子,其用兜子者,舁无过四人;非五品以上毋得乘闹装银鞍。违者,物主、工匠并以违制论。'今渐有人不遵。令请考其违戾于礼法者,开具名件,严立禁戢,始自中都,以至四方,则用度有制,民力自宽。"季禳看后,默不作声,把奏表给我看,问:"你的意思如何?"

我道:"太奢侈当然不好。其实奢侈恐怕不是禁民间的问题。人民用自己的钱,再奢侈,也有限。所以不怕民间繁华,却须提防权贵们不把国家的钱当钱,拿人民纳的税款给自己奢侈起来,这样上侈下苦,则大厦难支。"季禳点头,照这个意思拟了批文,叫官员去议。

我原来不敢多干预政事,怕别人责怪"女人乱国",从这次起,渐渐大了点胆子,又提出几条建议。譬如,孔地其实并不苦寒,之所以气候恶劣,只是风沙大,要改善孔地的民生,必须先植树,顺便可并济北方草原恶化的问题、帮助他们的畜牧业。登乐尔愿意出一部分力量资助,此外,就要中原出钱了,国库原没这笔预算,我建议让南边民众自愿捐款。怎么唤醒他们的同情心？小孩子最容易心软。我咬牙道：“利用他们!”一般的官员不知怎么利用，我气得跳脚，很想自己去发挥“程昭然超人的哄骗力”，但季禯不许。在这样的时刻，陆夫人挺身而出。她本来就组织了一个“太太团”，茶话间可以交流许多政界信息，甚至订下攻守同盟。因为绮君舅舅的死，我对她总是没好感，可她这次事办得确实长袖善舞，成绩斐然。当孩子们都学会说“北方小草小树好可怜哦！用我的零花钱去买水救它们吧!”的时候，大人们可想而知。绿化的资金，基本到位，再严格监督这笔钱的使用，堵住贪污路子，揪出一个问罪一个，绿化的进程就比较通畅了。再加上孔地的风沙也影响到北方草原，登乐尔愿意孔地环境改善，也出了大量人力物力为孔地添绿，中原人与草原人的友谊，更上一台阶。

这么多事情，总不会是一帆风顺的，当然中间也会有许多挫折与反对，基本都是季禯去解决。我这个人，老是提一个头就完了，后面全要人去抬轿子、揩屁股。季禯有时气不过，过来掐着我的脖子：“信不信我叫你死在我手里!”最后，掐脖子还是成为缠绵至死的拥抱。水玉帮我洗澡时，会吓一跳：“小姐，你身上的伤……”

手指印、吻痕，还有的是……我脸红通通藏进水里，向她比一个手指：“嘘。”

水淹过我的鼻子，我模糊想起绮君脖子上的“刮痧”，会不会……不，不，这个不可以多想。自寻烦恼。

重要的是，我爱季禯，真的爱，越来越爱。还有，我喜欢坐在他身边对国事指手画脚。

但除了上面提到的几件事之外，我倒没有多做太多离经叛道的事。季禯的强势手腕将国家控制得很紧，我可以从旁帮忙，但没有余地多插手。有一次我提起投降者的事，觉得如果我们的士兵打不过别人，是不是可以允许投降？因为战役输了，指挥官、甚至国家，都有责任，为这个逼普通士兵去战死，太过残忍。季禯只是大笑揭过。

对了，黄光已经成亲。对方是门当户对的小姐。我听到这个消息，先是一愣，既而失笑：呀！原来并没有人为了我痴痴地等。

我送给新婚夫妻一对银娃娃，不值什么钱，但我的月钱就这么多了。要去问季禯另外要钱的话，我不愿意。他有什么钱呢？还不是国库的。我不认为我自己有权利通过他支取国库的钱，尤其为了私家朋友送礼而支取，这不合适。

忙完这些事，我去找绮君，想把耳环换回来，绮君却神情怪异地给我看一张纸条。纸条上说：“希望可以马上见一面，允松楼。”署名是余骏远。

“不知谁放在我桌子上的。看起来很奇怪，你要不要去？”她问。

我想找向予商量，没有找到。以前我跟他相见时都是让许多宫人在场。一般的妃嫔是不可以见宫外男子的，再亲也不行，季禯信任我，给我这个特权，我不能糟蹋，偶尔同向予相见时，总在中间垂好帘子、两边宫人站定，我自己也谨言慎行，免得传出闲话去。可如今，真有事要找向予了，想托水玉私下问问他的意见，他却行踪杳然，影子都捉不到半个！唉，独个儿想来想去，我还是决定去赴约。

要不要问季禳的意见？算了，他对余骏远始终有芥蒂，一定不会让我见的，可我想看看余骏远有什么话对我说。

“走的话，现在就要走。”绮君为难道，“他约得这么急……你现在出得去吗？”

对了，宫殿不比民间，虽然我住着别苑，也不能想出门就出门、想回就回，总要找个借口的。对了，回京这么久了，我都没有去拜祭过方铮的墓，有点儿近乡情怯那种意思，怕他的墓碑给我添上太沉重的负担，白白叫我难过，他又活不回来。我就只好刻意让自己很忙，把他丢到一边。

到现在，说不得，也只好拉他来作借口。

“夫人，请容奴才回禀一声皇上。”张涛那个客气。

“禀什么？他答应过的！这么多日子没有去，他食言，他忙嘛，我不怪他，我自己去就好了。”我胡言乱语。

“奴才跑趟腿，不算什么的。夫人您不用这么体恤奴才。”张涛硬是软硬不吃！

“要不我修书一封，叫你带给他好了。”反正迟早这个谎话也要送到季禳面前，我写了封短信，就说我要去扫方铮的坟。叫张涛带走。

张涛走后，我就驾轻就熟换回男装，抬脚往外走了。

“夫人留步。”轮到小兵小卒挡我。

我支开了最难对付的张涛，对他们还怕？

“皇上忙嘛，不要他操心啦！我功夫比你们都好，不用人跟啦！我自己走就好。”我眼光往四下溜，看是硬闯还是偷溜比较方便。

“长公主！”门外一溜儿的呼喝。

她脸上的表情还是那么恍惚，那么一缕诗魂，手抱在袖子里紧闭双唇，面上粉涂得雪白，口脂嫣红，但这雪白和嫣红下面，好像一点血色都没有，这层妆容就像个面具一样挂在她脸上，衬出一双黑洞洞的眼睛，凝视我，叫我青天白日的瘆得慌。

“公主您……玉趾降陋院，是有什么贵干？”我心里有鬼，觉得她是来抓奸的，心肝儿扑通通乱跳。

“大人你那次利用了我，我不恨你。谁叫我去找你呢？我爱你。”她的声音弱不可闻。

“呃……我、我是女的！”我冷汗淋淋想拉开领口给她验正身。

“好的，没关系。我爱不爱你有什么关系呢？你是谁有什么关系呢？反正也没人爱过我。”她道，“我就是忽然想过来跟你说一声，发生什么事，那是我自己的事，不怪你，甚至——”很古怪的笑一下，“也不怪我的父王。”

她的父王是厉祥。

我不知该怎么说。她转身走了，衣袖飘飘。

我怎么老觉得她不知想说什么。

“姐姐，她的手。”绮君拉拉我，指给我看。

她的袖子里有暗红的液体滴下来。举目看，她来的那一路，都有红液滴。我大叫：“等一下！”

她的手松开了——很厚的棉布，一直很用力的按在手腕上，现在松开了，鲜血飙出来。她早就割了腕。棉布被血浸透，血渗透它，又滴下来，现在则喷出来。这股血那么明亮，像是她生命里从来没有过的颜色，飙出去，就把她的生命带走了。她像一只失去翅膀的蝴蝶一样，轻轻倒下去。

“来人！”我嘶声叫。声音好像来自很远的地方。

他们把她围起来，“嗡嗡嗡”、“嗡嗡嗡”，惊慌失措地闹一阵，抬走，抬到其他地方继续闹。我惘然地站在墙角下，忽然想：这个女孩子，我其实，从来没有真正认识过她。我也不知道她的人生。

抬起眼睛，绮君仍然站在我的旁边：“刚刚我是做了个梦吧？奇怪，我怎么像梦到了这个场面，而倒在血里的是我。这像是我的结局呢。”

“不要胡说。”我飞快举手碰她，她的手指冰凉。“你要去吗？”她抬头问。

我知道她问的是什么。我要去。

趁他们这样混乱，我就走了。

一个大龄的女孩子跑到我面前自杀，为什么？我不知道。我听说她是厉祥的女儿，在宫中的地位很尴尬，大家对她的态度都很微妙；我也听说她一直喜欢程昭然。但是她为什么到我面前自杀？我不知道。她在我面前根本没有说过几句话。我甚至怀疑她是不是真的知道我其实是女儿身，又或者是不怕害臊脱下戎装扮成女人的男人。有时候我自己都不太知道了。

我只是利用她的自杀，跑出去赴我自己的神秘约会。我越来越看不起自己。

以后我如果为了某个人深深痛苦，我一定不会跑到他面前自杀。算什么呢！我死了，人家也不会陪伴我最后一息。人家会忙着去办人家的事。一个人的痛苦，只对于自己最重要，对其他人来说轻若鸿毛。真的有那么一天，我也会轻若鸿毛的。我很悲观。

要想直接出宫门可能仍然会有点麻烦，我先去议事殿找黄光，装着去关心他的工作进度——他研制大小炮弹的药量和枪管的螺纹，似乎一点点细微的区别就可以严重地影响结果，而什么是最好的量呢？一遍遍地试、再一遍遍地试，原来研究是这么费力的事。

“你的马在哪里？”我问。季禳是送了我一匹马的，真正的宝马，关在皇家马厩，被饲养得很好，但我不便用，免得引人注意，只能问黄光借。黄光看了看我，直接把马借了我，没有问为什么。

趁人眼错，我跨上马就出去了，门口的小厮居然认识我，张大嘴巴：“大人？”口气很崇敬、还有点儿困惑。我冲他笑笑，打马出去了。

允松楼还是那座允松楼，包间里，我见到余骏远，他果然就是登乐尔和林紫砚送我回去时，山头上忽然出现的那个人。

“余公子？”我很不确定地问。

“你不认得你的订婚夫婿了吗？”他扯起嘴角笑，很嘲讽、很怨恨。他恨我，阴森森地恨进骨子里。

奇怪，我第一时间断定我跟他不是一种人。我也会恨人，但我的爱和恨都像大风，轰轰烈烈来的，在季禳身上我也能感觉到这样的风意——我指的是现在的季禳，不是从前，从前季禳那么温柔，再晴朗也是江南的晴天，骨子里温柔缠绵，而现在，风意渐烈，也不知是不是皇位的关系，几乎有点像以前的厉祥——啊，呸呸呸，看我说些什么。

总之，我在最短的时间里已经讨厌上这个余骏远。

我后悔自己为什么要来这一趟。

“因为你的缘故，害了我们余家满门。现在你也不用履行跟我的婚约了，高兴吗？”他继续道，口气尖酸锐利。

我张着嘴巴看他。我欠他这么多吗？呵，比欠一个人更糟糕的，是欠一个你讨厌的人。

他误会了我的眼神，摇摇头：“算了。你也不用太愧疚。我原谅你了。”拿起壶，给我斟酒，“喝一杯吧。”

奇怪，他的表情不像是原谅我。但他确实努力装出原谅我的样子。为什么？我不确定。

“你还欠我一杯交杯酒。”他笑了一下。

是“程昭然”欠他，不是我。而且他的举止实在太奇怪。我目光落到那只酒壶上。

他刚刚倒酒时，好像有一个轻微的扭转壶身的动作。我想起当年水玉掩护我，给我倒水，给丁贵倒酒，用的是一只双层壶。

我拿起酒壶。

余骏远的脸色好像变了。

“这是什么?”我问。

“什么什么?”他故作镇定。

“好吧,那不知我有没有这个荣幸,替你倒酒?”我挑挑嘴角,“毕竟照理来说,应该是妾身替您倒酒,不是吗?”

余骏远没有回答,隔间忽然冲出一个人,真是雷霆万钧之势,打破墙壁跳出来的!出来,一拳打在余骏远的背上。我看着余骏远身体奇怪地凹进去、又凸出来,鲜血崩涌,不成人形。

他的眼珠子突出来,瞪着我,然后倒下去。

他应该没有痛苦了,他应该立刻就死了。我端坐着想。

我看着滴血的拳头打到我鼻子尖前面。

只隔一毫,顿住,向下,把桌子打得粉碎。

壶掉了下去,碎裂开来,不是双层壶。我的疑心过重,冤枉了余骏远,真是冤枉他。

“你背着朕在做什么!”拳头的主人大吼,是季禳,真奇怪,他怎么会忽然一下子变成这样的人呢?狂呼咆哮,一点都不像季禳。我不认识现在站在面前的这个人。

他的鼻子抽动一下,手指头沾起酒液,嗅嗅:“毒酒。”冷笑,“你宁肯见一个用毒酒杀你的人,也不想忠于朕?朕在你心里算什么?”

没有双层壶,但余骏远给我毒酒。他想跟我同归于尽。他这样恨我。

算什么?季禳现在做的又算什么?我不解释。他杀了人。我不解释。

季禳把我跟水玉丢进冷宫。听说,绮君因为给我传纸条的缘故,也被关进了牢里。

“朕让她入宫,也只因为她是你收养的女孩子。朕对你们太好了,你们要反省一下。”季禳冷冷道。

“厉祥从前对你很温柔是吗?”我愣愣道。

“什么?”

“你从前也很温柔,现在却这么像他后来的样子。”我问,“你是不是在修炼和他一样的功夫?这个功夫是不是会改变人的心性?”

“神经!你反省一下你自己!”他甩下这句话,拂袖而去。

我有什么好反省的?回京以来,我难道不是样样事情顺着他?甚至他床笫间那些越来越过分的要求啊……我身上的瘀青确实似曾相识——他对绮君做过一样过分的事吧?

季禳确实变了一个人。

我被软禁了。看守我的那些士兵,我不一定打不过,但这是皇宫,打过一层、还有一层，层层都打过，又怎样？外面还有整座皇城，皇城之外又是皇土，我怎可能逃得出去。绮君还被关着，我又怎可能独自逃出去。

可恨我连去看看绮君都不能——就算硬打出这座冷宫，我也不知道她被关押在哪里。

“徒儿。”有人轻声叫。

我像见到鬼一样跳起来：“向予？”他充满歉疚地闪身进来，猫在一角，胳膊下还夹着个小兵。

“对不起。”他很轻很轻地说。

“你有什么对不起的？”我道，“喂，你怎么能进来？”

“除了皇帝外，皇后也派了高手守护你。”他回答。

“所以。”

“我就是皇后派来的高手。”他无奈地指指自己鼻子。

“怎么可能？”我风中凌乱。

“我一向混得比你好。”向予含糊地嘟囔着，咬字几乎叫我听不清。他利落地扒下小兵的衣服，“你换上这个逃出去吧。”这句话我总算听清了。

“我逃出去的话，别人怎么办呢？”我道。

“你的皇帝应该不会大开杀戒吧。”向予摸摸鼻子。

我不确定。我甚至不确定现在的皇帝是不是我爱过的那个人。我现在什么都不确定了。

“先带我去看看绮君。”我道。

阴沉沉的宫中大牢里，绮君瘦了很多，脸黄黄的，更像小时候的样子，我很怕她受了不知多惨的折磨，但她摇头：“没什么的。是我自己吃不了牢饭，牙疼。”

“牙怎么会疼呢？”我还是担心。

“有段时间，思念姐姐……天天抱着糖罐子，把牙吃坏了。”她低回。这真像她呵，总是这样不顾念身体的，有了今天不要明天那般挥霍，但还是美。胖也美，瘦也美。

我说对不起她，她只是笑：“大人你知道吗？那个时候，我竖起衣领快步逃出去，你的一只耳环藏在我耳朵上，我的一只耳环陪着你打盹，我心里欢喜。一辈子，欢喜这么一次，都值得。”

“对不起，我说过会保护你，没有守约。我想办法把你救出去好不好？”我紧紧捉着铁栅栏。

“不用。我会把您救出去。”她微弱的笑，“皇后想一箭双雕，但我会想办法保您。”

我还没问她怎么保，狱卒来赶我走了。如果这狱卒是季禯的人，应该直接跑去向季禳告状，不会对我这么客气吧？所以我想他是皇后的人。让皇后知道我探过监，应该没有关系。我相信她不会向季禳告发。她不愿让季禳多想起我。

向予投靠了皇后，又帮我探望绮君，他会不会有事呢？向予叫我别瞎担心，他一点事都不会有。我看了看他，单刀直入问，“你跟皇后有什么特殊关系？”

“天下皆兄弟……”他继续打哈哈。

“师父，我已经不天真了。”我打断他。

他说过，我不求他时，不叫师父。我真的求他。

他还是不肯回答。

窗外响起了幽幽的歌唱：“……向左走也许是疏离，向右拐也可以欢喜，亲爱的你看你看天边有微雨……”奇怪，不是我无意中会哼唱的歌吗？是给宫里人听见过还是怎么回事，为什么有人会哼唱？我想把身子探出窗外去看，那歌声像被呵斥过一样，忽然停了，又响起一阵骚乱。

从那惊慌飘进窗口的只言片语，我终于知道了绮君怎么保我：她用弯刀割脉，以血在墙壁上写“程昭然冤枉”。狱卒不想通报，说等她血流得差不多了，就会晕的，等晕了再替她止血就好。绮君大怒，挥刀把手臂整个斩下来，从窗口大力丢出去，正好巡狱官到这里，吓疯了，嗷嗷乱叫抓起断臂奔出去。这事闹大了，他们不敢隐瞒，终于报给皇上。我坐在窗前，直看到暮色沉沉落在梧桐叶上时，季禳来见我，站在门口许久，道：“对不起，回去吧。”

我不能原谅他。我定定地坐在冷宫里，不要回他为我重新布置的宫殿。

他们告诉我绮君是失血而死。撒谎。割腕也许会死，但战场上被砍断手臂的人，一般倒是不会失血而死的，因为筋脉的特殊脾气：腕上血脉被割开，血会一直流，但手臂砍下的话，筋脉大概是受刺激太大了，自动收缩止血，稍加处理就可以保住性命，比割腕安全。绮君是砍下整条手臂的，但到底是当场死了。我知道，狱里的人们没救她，甚至可能直接出力杀她。皇后皇后，一定是皇后杀她。

我心中恨极，但什么也不说。我现在也知道用点心计了。跑到皇后面前大吵大闹一定没用。我要安静点，多想想。

绮君落了葬。她曾经替我换的耳环，到底没换回来，跟米娜的弯刀一起陪她葬下去了。落葬那天，我坐在窗前，托着她留给我的那只锁片耳环，它沉得几乎把我手掌坠出血来。

“那个时候，我竖起衣领快步逃出去，你的一只耳环藏在我耳朵上，我的一只耳环陪着你打盹，我心里欢喜。一辈子，欢喜这么一次，都值得。”她的话又响在我耳边。

我合拢手掌，让锁片扎进手心。

“怜卿明月珰，恨我白玉堂。玉堂梧桐噎，明珰不成双。”①后面有人道。

我没回头：“什么意思？”

“你在想她、恨我，是不是？”季禳走到我身后，问。

“你问不问他们的罪？”我只问这一句。

“你指皇后的话，我会训诫皇后，削减她的势力。但不能为了你的要求就废皇后，因为整件事中你也有错，以后其他人都仿效你怎么办？昭，你要懂道理一点！”他语气已经有点重了。

“对杀人者法外施恩，这不叫道理，叫耻辱！”我冲他大声道。

“你是铁了心跟朕吵，是不是？”他一字字道，额角上青筋直暴，所谓天威……天威！有人已把命都丢了，他还发什么天威？我跳起来，直着脖子恶狠狠瞪他。

他拂袖而去。

我站着喘了口气，坐到椅子里，腿软得撑不住身体。

水玉进来，不说话，轻轻坐在我椅边，将我的手拿起来，取走耳环，顺着我的手背与指节，一下一下摩挲。

我这才发现我的手蜷缩得像对爪子，正在不断哆嗦——不止于此，牙关也紧紧咬在一起，咬得这么紧，牙根弥漫出腥味来。

在他眼里，我是个泼妇了吧？我想着，眼泪扑簌簌往下掉。想掩饰着闭上眼睛，泪水却掉得更急。

“刚才若能哭一下，也不至于闹僵。”水玉轻声道。

我抬头，看到镜子里映着自己样子：一个玉琢的人，双目通红，落着泪，一边发抖，像海棠清露、弱不胜风。是，刚才我若落泪，季禳会舍不得、会把我揽进怀里安慰，而不是拂袖而去。

但我不会哭给他看。他有罪，皇后有罪，他们都有罪！我瞪着镜子，心如铁。

皇后……她深爱他吧。所以，当他冷落她，她也没有借重自己的家族闹事，只是隐忍着，想用女人的方式把他赢回来。她做的一切，从宫闱斗争的角度来说没有错。

只不过我，不接受宫斗。

就算在宫廷里生活也好，斗要斗得金戈铁马，爱要爱得光明磊落。她这些委屈、手腕，我统统不接受！

我去求向予，一遍一遍地求，他是我唯一能求的人。他终于道：“你想怎么样？把计划告诉我。”

---

① 本诗为荧某原创，转载请注明出处，谢谢。

“我想撕毁和平的约定，把我能带的所有有用的人都带走，回到民众国，打掉李朝。我要天下不再有皇帝。”我回答。

季禯被皇位毒害了，他已经不再是我认识的那个季禯。我要天下再也没有这种毒药，我要把给我造成痛苦的东西全都连根拔起。

“那么，你要先跟他撒好娇。”向予安静道。

第十二章 吟鞭天下

撒娇，做起来怎么这么难？我拼命跟自己催眠：你是一个手无缚鸡之力的女人。你要讨好你的男人。你一辈子就靠他了。你是一只狗，怎么打都打不跑，就要从他手里吃饭……靠，如果真这么辛苦的话，我还活着干嘛？抹脖子算了！

自己把头往桌角撞了三四次，希望把自己撞得可怜一点，脑袋大概受不了了，终于转出一个可以实行的方法。

我砸盘子砸碗，尖叫："有人要杀我！有人要杀我！"

没过多久季禳就匆匆来了："昭，你冷静，慢慢说。怎么回事？"

我如果求他见我，他未必见我；我如果命令他见我，他更不见我。我说有人要杀我，他就来了。他果然还挂念我。

我不敢看他的眼睛，一头扎进他的怀里。先前自己在脑袋上撞出来的包，顶住他的龙袍，好痛，眼泪顺顺当当的下来："绮君死了，我也会死的。有人要杀我，我会死的，会死的。"

"朕看着你，你不会死。"他的声音很沉着。

"不够的，不够的！"我格格发抖，并不全是做戏，"你只有两只手、两只眼睛——棉被呢、棉被呢？"水玉配合得极好，立刻拿了一床大红棉被奔过来。我接过，没头没脑往自己身上捂，"把我裹紧一点、再紧一点、再紧一点！侍卫，把那些侍卫都赶走，他们是杀我的！"

我声称饭菜里有毒，连续拒绝吃了两顿饭之后，季禳终于撤掉了所有侍卫、宫女、太监，准许我住在我觉得安全的地方，准许我选择我觉得安全的人保护我。

我终于安静地住在京郊的荣苑，只有我在民众国带出来的一队兄弟护卫我，此外，黄光等几位官员也时常来看我，另外还有陆夫人。

我对陆夫人总不放心，觉得她是来刺探我的。她只是微微笑，也不分辩、也不多问，前来拜见、向我问安、离去，做得很安详。

"你为什么这样讨好我？你跟绮君有仇，应该躲着我才对。"我忍不住问她。

"是啊，妾身应该忌恨大人才对，可是……"她微笑着把头伏下去，"听着大人指挥，去哄骗那些小孩子，往一个遥远的地方去种树。看着大人这个也要改、那个也要改，对大人完全没有好处的，做出来之后，却好像对谁都有好处。妾身觉得很有趣，所以，想看看大人能走到哪里。"

我盯了她片刻，她的笑容有所保留。应该相信她吗？在这样的时机对我表白这样的话，对她确实没有好处。我道："你住在荣苑陪我吧，不要回去了。"

她答应了。她家里还有个未断奶的女儿呢，一起带过来照顾，身边另有个仆妇，我见了很诧异：勾魂摄魄的凤眼、凝脂般的肌肤，衣裙虽然穿得很保守，但那么丰满的胸和那么细的腰，我一定见过吧？——"九娘?!"我叫出来，不就是帮陈大勇设计陷害我的那个九娘吗？

"哎，两位认识?"陆夫人笑眯眯。

"小女子无知轻狂，得罪过大人。"九娘欠身赔罪，也笑眯眯。

她倒是吃准了我不会怪她！我没奈何问陆夫人："她一直是你的人?"

"年前妾身遇到她，喜她清爽伶俐，收在身边。"陆夫人答道。

是，她们两个真般配！我没奈何再问九娘："丁贵他们呢?"京城里我没见过他们，铁骑左翼指挥使换了人。而如果我没记错的话，丁贵、陈大勇、九娘，三个人之间关系好像不寻常。

"他们吵架。出去打仗了，问我跟哪个，我一个都不要跟，就跟陆夫人了。"九娘说得多么容易似的。

这两位跟未断奶的小陆小姐就一块儿在荣苑住下了。时常来看我的官员，后来也像陆夫人一样住下来，侯贵见到九娘之后，很不放心"大人这个女子出身不好……""你担心的话，也住过来保护我啊。"我对他道。他犹豫："国有国法。臣领着军职……""不怕，你敢来，我就敢叫皇帝准你留下。"我回答，于是侯贵竟然也带着他的整队人马来了，这让我很高兴。我对季禳说，让他们都住在我身边，我觉得安全，季禳由着我。

我向他展示过我的恐惧之后，他开始宠我，像宠一只终于驯服的狗。他甚至会给我喂饭，每一勺，他吃半口，再给我吃。"没有毒，对不对?"问着，光芒灿烂地笑着，好像只有他的手里能给我安全的饭菜，是很值得骄傲的事。

其实对我安全的地方，对他不一定安全。如果有可能，我真的会把他擒下的。他知不知道，我在这样的计划着对付他？我有点恍惚。

他察觉了，问："怎么?"

"我想起我上次生病，你把我留在御书房照顾。"我道。

"啊。"他漫应一声，不是很接我的腔。

"我现在想，感觉最安全的时刻，是在那里。"我捉住他的衣襟，"你能再把我养在那里吗?"

他低下眼眸看我，睫毛清俊似兰草，眼神深不可测。我努力让自己直视他，不可以露怯。如果、如果他拒绝我，那我的计划……让这样的担心害怕在脸上流露出来好了，他只知道我在害怕，又不知道我害怕什么。

“朕带你去。”他道。

他真的收拾好一张小榻，让我睡在他的书房中。他一直埋头公文，不怕，他又不是铁打的，我总能等到他走开一会儿。我很有耐心。

事已至此，我不得不有耐心。

“干嘛老看着朕?”他忽然抬头，对我一笑。

明亮烛光下温和的他，让我刹那间失神：“季……”

“嗯?”

“你登基时，砍掉的那个太监，其实没有做错什么对吧？你为什么要砍他?”我想随便找个话题，不知为什么找到这个。

“因为他宣旨时对我们都很不礼貌?”他皱了皱鼻子，眉宇又蹙起来，尾音稍微上扬，像不确定、然而更像嘲笑。

他这种神态，像煞了厉祥，我心一紧：“不是真的。”

“这是多么方便的办法。不然你觉得应该怎样?”

“如果只有用这种办法才登基……”

“什么?”

“那你不如不登基。”我明知道这话不该说，但唇舌自己一字字的说出来。出口后，有种残酷的快意。

他腾地站起，向我踏出一步，脸上的表情好吓人，我往后一跳，把书架撞个趔趄，那华贵的书架一定从没被人这么粗暴的对待过，一摇，就把几本书晃下来，倒没砸中我，一只卷轴滚在地上，跌开了，我看见上面一手比程昭然还潇洒的草书，总共四行，是首七言诗：“竹取清香诗取狂，横刀走马醉华堂；浮尘何必圣贤醒，一记秋砧已断肠。”①

四行字的后面，又有一行小字：“恭毅三年五月初五有感未敢示幼弟。”后面盖着鲜红的私印，署着名“怀琪酒中书”。

恭毅是厉祥的年号。而怀琪！我定住。我曾经在梦里叫过这个名字，我想起来了，不确定的碎片凝成了确凿无疑的两字：怀琪。

他是谁?

御书房、幼弟……季禯字体璋，那么怀琪是谁？有层黑布蒙在我眼前，我不能掀开。

季禯脚步顿了顿，还是生气地一甩袖出门去了。

出去正中我下怀，我定定心，不再理这轴字，猫腰蹿到一只铁柜前。

---

① 本诗为茨某原创，转载请注明，谢谢。

那里面收藏着虎符。

铁柜当然锁着，我知道季禳把钥匙收藏在旁边的柜子里，打开看，果然。拿了钥匙，我去开铁柜。季禳，你防范得太差，不要怪我。

钥匙擦进锁孔，轻轻一转，看起来很顺畅。但我的脸色变了。

钥匙转过去，我才发现，锁眼上一个小铁片转开去，露出数字“一”。再转过去一点，一随之转开，轮上来是二。

这是密码？我……我从来没见过这样的锁。我怎么知道我要选择哪个数字？难道干脆选一二三？选择之后又怎么样，往反方向转吗？我额角出汗。

“你在找什么？”身后淡淡的声音。

我霍然转身，季禳，他何时去而复返？

他脸上看不出任何表情，走到我身后，把住我的手：“先选择一；再往左转，三；再右转，一；再往左，四。很简单，是不是？不过，里面不是虎符。”

门静无声息地滑开，里面躺着一条拙劣的手绢。我给他“绣”的那条，上面有我的鲜血梅花。

一三一四，一生一世。

我骨骼都抖起来，这次是真的。

他仍然蹲在我身后，手仍然把着我的手。我在他怀里，他没有动。

我猛然转头，狠狠冲他肩膀咬下去，齿缝间迅速迸出新鲜的血腥味。他闷哼一声，推开我。

为什么不让我咬？他已经赢了我这么多次，为什么咬都不肯让我咬一口。我深受委屈，泪流满面，挥拳打他，他按住我的手；抬腿踢他，他按住我的腿。我张开利齿，一定要再咬他一口。在脖颈能活动的最大范围之内我够不着他。他低头，用牙齿解开我的衣带。

不是这样！我爱过这个男人，也许我仍然爱他，在最恨他的时候我也不能改变地爱他。但，不是这样！

我恨这个世界的衣裙，看起来多么重重叠叠多么有保障，可一抽衣带，它就滑下去。怎么可以滑下去！它是我的衣裙，它怎么可以背叛我！

他吻我，说道：“你的同伙全体出卖了你，把你送给我。你还剩什么可以反抗我？”

我不知道是他的吻跟他的话，哪个更甜蜜，哪个更苦涩。

但是我突然安静下去。

安静着，直到我的身体喧哗起来。那方手绢在我们身体之间揉碎——或者我觉得它已经碎了。我是真的爱他。他知道这一点。我身上每一根毛发每一粒细胞都喧哗着应和他，他的臂膀要把我揉到他身体里，我愿意进去，我愿意我们的骨头与血肉全都碎裂在一起，直到一生，或者永恒。

这一切过去后，我们都躺着喘气。我趴在他胸口，都没有力气站起来。他轻轻地拨了拨我的发丝。

“皇后……你会惩罚她吗？”我摸着他肩头的伤痕，问他。

“不，是她的人告发了你。”他真累了，半闭着眼睛，“她将功赎罪。”

我没再说什么，趴在他胸口上睡去。

第二天，他去上早朝，我拉住他：“我去给皇后认错吧。”

他只是扬起一边的眉毛。

“我知道我走不了了，我不想太得罪她。”我道，“而且绮君的死……多半也是我的错。”

“她也有错。她竟然一直收留着余骏远好对付你，我已经把余骏远杀了。皇后那边也加以杖责。”他道，仔细观察着我的反应。

“她真蠢。”我简短的评价，“我以后不会再给她这种机会。我要适应宫中的规则生存。”

季禳答应了让我去与皇后修好。我知道他会答应的。他太忙了，不能陪我。是的，我也知道。

我敷了薄薄一层脂粉，头上只挽了个最普通的髻，插了两支素珠花——珠花是一定要插的，不然，好像跟皇后赌气似的，不够尊重，就像再怎么嫌累赘，朱红圈金洒线绣丝袍一定要穿上身、珠绶和玉带一定要系好，无关排场，纯是礼貌。

我倒宁愿穿着素衣去给皇后赔罪，那样行动起来比较方便。便该穿什么衣服，不是我说了算的。

我能说了算的事，就是在最接近皇后时，忽然拔剑，逼向她的喉咙。

皇后怔了怔，手指拂向我的剑柄，要夺我的剑。

她竟然会武！虽然明显缺乏对敌经验，反应太慢、力道也拿捏不好，但招式却出奇的曼妙奇诡。

我总算知道向予是什么意思了——在我们订计划，说好由我盗取过关符印、并劫持皇后时，他特意教我几招，说“会用得着”。

这几招特殊的动作，正好能压制皇后的奇招。

我们电光火石过了数招，就仿佛是同门师兄弟拆招般，极为顺畅。六招之后，皇后神情一顿，手下已缓，我趁机剑身一挺，总算有惊无险地将剑逼到她脖子上，喝道：“我要出宫。”

皇后无言地给旁人使个眼色。我只怕她不顾性命也要留下我，剑逼得更紧点，再喝：“让开！”

宫娥们面如土色退到两边。一定有人去报信了，卫士们聚拢来，不敢出手，只是给我拖了条越来越长的尾巴。

在季禳赶到之前我必须脱身！我推拉着皇后，竭尽全力一路狂奔，那两支可怜的小花钗早掉下去了，我头发全披散下来，麻烦得要死，可恨腾不出手来收拾。眼看宫墙已在望。向予跃了出来，替我接住皇后，急促道：“符印我偷到了。”

我松一口气。

季禳说，我身边所有的人都背叛了我，我第一个想到就是向予。向予呵向予，再怎么嘻嘻哈哈不正经，总不能真的把我往火坑里推。我愿赌一记，猜他是得知皇后要对我不利，假意出卖我，一定另有打算。我赌他会来帮我。

皇后看到向予，怔了怔，眼睛睁得老大。向予擒着她，向我一甩头：“走！”我顾不得细问其他人情况如何，一手挽了长发，另一手拿起剑，“喳”将满把头发齐肩割断，松口气：叫它们还乱飘乱甩挡我的眼！

风大了，我将手一松，长发飘散出去。它们是我生命的一部分，这样也就离开了，不疼，真的不疼，不比回忆更疼。

我跟向予跃上墙头，出了宫，按着计划一路向北奔。宫廷的卫队们在我们身后穷追不舍，总算脚程欠那么一点，像心有余而力不足的恶犬，咬着我们衣襟的影、咬着我们踢起来的尘土，总是咬不着我们的皮肉，但还是锲而不舍地咬下去，这就够麻烦。何况季禳随时可能会追来。

我们按照计划逃上鹰嘴岩头，打下岩石封住了山路。从这里可以遥遥看见柳阳山。柳阳山的数十条山溪，听说就是流到这边，汇成壮丽的九春河，奔腾跌宕，涛急波欢，向北绕个弯，到达白云下州，方才折向东，入海流去。

“这是绝路。”皇后发着抖。

“你害死绮君时，可曾想到那是她的绝路！”我眼中恨不能喷出火来。

皇后不再对我求情，她大约知道我跟她之间已经没有情。奇的是，她转开头，对着向予道：“连你也要杀我？”

语气中的悲伤、忿懑、不敢置信、还有藏在冷硬壳子下面的乞怜呵！

我目光转向向予。

向予低头对我道：“你记得我说，我爱着一个人，她茹素、高贵，完全不把我放在眼睛里？”

我点头，骤吸一口冷气，指着皇后："她——"她是茹素的，连酒都不喝。还有，谁能比她高贵！

皇后！借我一百个脑袋我也想不到她。

"余骏远从一开始就是她控制的。这段时间她利用我陷害你，但我后悔了。"向予向我解释，而后望着皇后，深情而坚定，"我仍然爱你，但你做的事，是错的。"

皇后面色死白，声音止不住地颤抖："放过我，我告诉你们秘密，关于皇上的！"

很好，她不替自己辩解、不说那么多有的没有的废话，只是单刀直入地谈判，却不想想绮君的仇怎容我跟她谈判！我背过脸去，不想听。季禳的秘密同我何干？

向予眸中精光一闪："可是跟净灵石有关？"

"不错。厉皇从来没有真正修成佛，只是由佛而入魔，修成分魂之术。皇上十五岁时病发，药石罔效，已经死了，厉皇把自己的魂魄分给他，让他回魂。他们根本分享一个灵魂！"皇后道。

一定是阳光太烈，我猛然间一阵晕眩。她说的事情，很有可能。这可以解释季禳为何会跟厉祥越来越像。但又怎么可能？我这么多时间以来拥抱的季禳，只是厉祥的一个分身？

那这样可笑的我，又算是什么？我在厉祥面前的反抗又算是什么！

"如果是真的，你又怎么会知道?!"我虚弱地质问皇后。

这次，向予的唇边浮出一丝苦笑："我告诉过你，我师父掌握着净灵石修炼的秘籍？她是我的师妹。"

皇后……是向予的师妹？呵这可以解释为什么皇后会武、而向予教给我的招式正好能克制她。还有，为什么她会把他当"自己人"。

"我自幼许配给皇上。"她道，"当时皇上还是季皇子，厉皇还是仲皇子……皇上身体极差，仲皇兄愿意修佛来护持他。但他搜罗到的净灵石修炼法，好像有误，总也修炼不好。妾身虽未过门，但既已许字于他，便是他家的人，听闻有位奇人手中有净灵石的正宗法门，便不顾闺阁身份，想尽法子，投于此人门下……"皇后的眼神有丝恍惚。那时她多年轻？最多十几岁吧，"想尽法子"短短四字，说出来，得是多长的一篇传奇。她摇摇脑袋，不再回忆，简短总结道，"此后，厉皇怎么修炼的，我都知道。他分魂给皇上时，我护法在旁。"

"那这样活过来的……算是季禳，还是厉祥？"我讷讷问。

"我只知道活过来的，是我的夫君。"皇后含蓄地回答。

我咬住了嘴唇。

"我已经把这么重要的秘密告诉你了，料想你不会食言。"皇后误解了我的心意，急切道，“你们只要用这个秘密威胁他，什么都可以得到。这个秘密足以换我一命！”

胡说，就算现在的季禳真是厉祥，这个秘密又怎足以威胁到他？就算威胁说要讲给天下人听好了，也要天下人相信的。这种话说给谁听谁会信？

再说，我什么时候答应跟她交易了？她自动自发把秘密先说出来，再逼牢我、信我不好意思占她便宜，心机用得也太深。我冷笑道：“你多虑了，我本来就不打算杀你。”

皇后怔了怔。

“走！”我把皇后推开，“从一开始我就没打算要你的命。我不杀你一个人，我要报复你们全体，你给我洗干净脖子等着！”

“什么……叫报复全体？”皇后退后两步，仍然坚持问。

为什么还不逃？她的功夫足够越过那些岩石吧？事实上已经有好几个侍卫爬上山石来了，都被我跟向予眼明手快甩出飞蝗石打下。再拖下去，季禳怕是真的要追来了。时间紧迫，再拖延不得。我一手拉着向予依计站上鹰嘴岩头，一边回头对皇后道：“要替绮君报仇，仅仅杀你一个，甚至杀季禳一个，都不够彻底。我要今后的世界，所有像你们一样的人都无法兴风作浪，所有像绮君一样的女孩子都不会惨死。”我挥手，把看得见的天地都包在我臂弯里，“我要毁灭你们这样的朝廷，建立一个新世界！”

“你确实觉得这是做得到的吗？”她唇边浮出嘲笑，又问向予，“你也觉得可以？”

“也许不行。”向予欠欠身，“但我当初组织绿眉军，就是想把你这么重视的朝廷打碎。我想，打碎总是做得到的。当时我想逼你把我放在眼里。”

“现在呢？”皇后敏锐的察觉到他话中有话。

“现在，我只是想把毁了你的世界打碎。你已经不再是我爱过的你。”向予话音苦涩。

对，皇后也不是生来就这么冷酷的吧？她也是被毁掉的一个女人。但我没时间让他们叙旧了。我拉住向予，“走！来不及了！”

“带上我。”皇后索性走向前来。

“什么？！”我冲她瞪眼。

“也许现在的皇上，真的已经是厉皇了，我留下来又有什么意思。”她道，“我跟你去看看你的新世界吧。”

“呃……”我并没有打算带贵妇去观光啊，她自说自话跟个鬼……但时间实在紧迫，好好说话来不及了。我指着数十丈之下的大河，“我们要从水里走。你不行的。”

“我是向予的师妹。我可以。”她从容道。

向予迎着我的目光，苦笑着耸耸肩：“她确实可以。”

好吧好吧！河里万一淹死她，那是绮君自己替自己报了仇，不关我的事！我跟皇后一边一个捉牢向予的手臂，深呼吸，纵身跃下。

隔了这么高的距离，液体的水面也坚硬得如同固体，“叭”与身体相接触时，那股巨大的冲力就足以叫人窒息。

我们运足真力护住身体，也没打算呼吸、更不打算留在水面同惊涛骇浪作斗争，使了千斤坠，直接沉向河底。

河底的水流并不比河面缓上多少，但是至少没有浪，不至于把人抛上去掀下来的。我们手紧握着手，点着河底，凭着一口真气，飞速顺着水流向下、也即是往北。

直到真力耗尽。

我们拼死拼活攀着河崖爬到陆地上，只有吐水、喘息的分儿。刚才借着急流一顿狂奔，我们已经离开京城很远了。向予从地上抓起一把沙泥，看准一棵大树猛踹一脚，树上群鸟受惊，高高飞起，向予已经飞快地将沙泥掷过去，顷刻间将它们都染成一翅黑、一翅白的模样。这份眼力和手法，着实了不起。

片刻之后，一群人沿着河沿找到了我们。他们是我带到京城的民众国士兵、还有愿意追随我的官员。

在荣苑我们已经约定：我去书房偷过关符印时，我的民众国士兵立刻聚集御书房里的所有人，向他们说明我要同皇帝反目，问他们愿不愿意追随我。不愿意的，我的士兵将他们捆绑、堵嘴，一则免得他们喊叫，二则让季禳知道他们跟我不是一边的，免得把他们当叛逆下监。

至于愿意的，就等向予的信号——我一旦得手，就去制服皇后，制造混乱，好让他们趁机潜逃出京。我们借九春河脱身，向予会惊起飞鸟为信，我们的士兵见着后，可以即刻赶过来，与我们会合。

事实上在会合的这一刻之前，我完全不知道会有多少人愿意追随我，也许只有民众国士兵也不一定吧？

但我看见户部有人来了，吏部有人来了，侯贵带着他的一支小队都来了！甚至还有陆夫人、九娘、黄光……

“你们回去！”我对陆夫人和黄光道，“你有丈夫儿女，你有新婚妻子。你们来凑什么热闹？乱来！”

“丈夫如衣裳。若能跟大人去做一番大事业的话，何愁无衣裳。至于儿子，自有儿子的福分，何必我担心。”陆夫人举起袖子，掩面大笑。黄光脸色却一红。

陆夫人够疯狂，我不敢多说了，但黄光向来是个好孩子啊。我苦口婆心劝黄光：“你何苦来？新婚燕尔……”

“是我的妻子叫我跟随大人的。”黄光坦白，“她相信您需要我。”

陆夫人放下手臂，袖子湿了一块，眼珠子潮漉漉的，但仍然像没事人一样继续笑着对我道：“走不走？”

走！他们每人都有许多的牵绊，统统斩断了，狠下心来追随我。我全身都充满了前所未有的力量，挥手道：“跟着我，我给你们新世界！”

我们踏上逃亡之路。因为向予偷了兵符，一路出关会比较容易。当然季禳可以用信鸽、烽火通知所有关防提高警惕，但烽火只能传递出“京中有变”的信息，最多加上“有人逃亡”了不起了，我们正正宗宗的兵符拿出来，把关官员还是不敢不认。唯有用信鸽带上信，才能传递“程侍郎反了，兵符无效，格杀勿论”这么复杂的信息。好在向予想得周到，又借着皇后给他的方便，已经事先给兵营的信鸽都投了毒，季禳再要找到合用的信鸽，会麻烦点——毕竟信鸽没有肉鸡那么普遍。打了这个时间差，我们的逃亡得以进行。一路上速度自然要快，没几天就插到了孔地。季禳的信鸽大概终于找到了，有一些小军队看到我们，就开始打，幸运的是战斗力不强，一触即溃，也许是卖我程侍郎一个面子，我们双方都没什么伤亡。真的有伤亡也计较不得了，我想我是一只粗笨的草食性恐龙，迈开步子向前走时，一定有很多精细的东西被我忽略甚至碾碎的。我很抱歉自己生来这种推土机体质，但是又有什么办法呢，除了继续向前？

我们靠近边关。

几座烽火台已经举起烽火，白天黑夜都能看到。季禳下决心要把我堵死在边关以南了。好处是，登乐尔他们看到狼烟信息，猜到我有事，应该也会来接应我的。也许他们会在边关大战一场，打碎中原的关防，救走我。也许我会被季禳困死在关内。

后者的可能性其实比较大，但我拼尽一切都要打出去，并且把我身后的这些人带出去。我已经没有余地退让。不为我、也为了信任我而追随我的人。我要出去！

一队人马向我们接近。

烟尘很大，证明人马不少；烟尘不乱，证明他们井然有序。这是一支硬队伍，跟前面孔地几座城池为了应付官差派出城巡逻的小队不可相提并论。

孔地平坦，避无可避，我命令所有文职官员躲在后面，我跟向予领着士兵向前。拼人数肯定不行，好在向予功夫够好，我则勉强够替他掠阵的。我们要是多斩杀几个敌人，乱了他们军心，获胜也不是不可能。

我们接近，直到能看见彼此兵刃的森森寒光。

“侍郎大人，真的是你?!”对面小头目竟然大叫起来。

我仔细端详，终于认出了他。熟人、熟人啊！

“大勇，怎么是你！”我非常惊喜。这不是丁贵身边的陈大勇嘛！

“嗯，自从方将军战死之后……”他的语调有点僵硬。

“等一下，方将军指方铮？战死？他不是病死的吗？”我有不祥的感觉。

“我不知道官府怎么说啦，他战死——您真的没认出他？”陈大勇瞄了我一眼，又把目光垂下。

“是裕原一战吗？”我的心直往下沉去。骗我，季禳又骗我。为了让我好过，他又骗我。

“是。当时我们接报，有一伙北虏和反贼，在裕原出现，我们急驰去杀敌，完全不知道是大人您。我们的战术一向是速战速决，那天冲过去，冲到了，一组射箭，二组跃马搭弓，二组射箭，一组再跃马搭弓。都是方将军演练的，百战百胜，那天使出来，眼瞅着一帮乌合之众都四散逃窜了，可——”

“嗯？”

“有一个人，不但不逃，还去救援别人，他的脸像月亮一样莹莹生光，他的动作没有任何犹豫、也没有什么多余。一个像山一样高大的虏人伏在他面前，替他撑住大弓，他拉满弓弦，第一箭，从我们马队中穿过去，我们吓了一跳。第二箭，就把方将军射下马来。”

方将军……我两耳嗡嗡作响。

“我当时就跟在后面。方将军，我们全队不晓得多敬佩。他的武艺、为人，都没话讲，兵书读得那么透，战战都身先士卒，我们都说跟了方将军，以后能一路封侯拜相的，忽然一下子，什么征兆都没有，他就倒下来了，我们都呆了。我总算反应过来您是谁，叫了一声，是‘程侍郎’！忽然一下子，我们都不知为什么，腿全软了，拨转马头全跑了，跑出几里路，想起来，方将军还落在后面。您不知为什么要跟朝廷作对，打仗归打仗，想来不至于折辱方将军的尸身，但我们把方将军落在后面总不是回事儿，于是商量着还等转回看看，正转着，方将军的马咯噔咯噔走回来了，驮着方将军的尸身。我们向朝廷打了报告，把他送回去了，后来……后来我顶了方将军的职位。”

“对不起。”我惭愧，“我不是故意要杀他。”人都死了，故不故意，听起来好轻薄。

“没有没有。”陈大勇连连摆手：“瓦罐不离井上破，带兵打仗哪能不死的。真要死，还不如死在你手里……不过，大人，后来沸沸扬扬的，又说你是个女的，给皇上当妃子了；又说你有个妹妹，嫁给皇上了，你又回去当官了。怎么一下子，你又到了这里？”

“皇上……他已经变了一个人。”我唇齿干涩，不知道接下去该怎么说。叫皇后上来作证，讲季禳跟厉祥是一个灵魂，大家如果认为厉祥是暴君，就不应该再辅佐厉祥吗？我很怀疑陈大勇是不是会相信。再说，让一个女人指证自己的丈夫这种事，也太残忍。我犹豫再三也做不出来。

"陈、大、勇！你在干什么！"一声暴喝，又有人带队赶来。

"丁贵！"我更加高兴。丁贵当年跟我一起取道绝壁驰援双瞳山，出生入死，结下的情谊不是一点半点。他们都在这里，我慢慢讲，应该总能讲通他们的吧？

丁贵的脸色很难看："果然是你。"

我左瞧瞧，右瞧瞧。这话应该是跟我讲的？果然是我……又怎么样？

"陈大勇，我就知道你非得自已领兵来寻叛逆，就存了这么个意思。这人花言巧语把你说动了。你要投靠叛逆！"丁贵暴喝。

"我……"我想说我还没来得及花言巧语呢。陈大勇尴尬地一拱手，替我辩解了："丁大哥，你知道任何人不会因为一两句话，就决定叛不叛逆。这几年，许多叫人不舒服的事，你也看到了，换一个皇帝，情形也好不了多少。若不是三君之盟签订，我们的军队中只怕已经有大哗变了。侍郎是这样的忠厚人，连他都反出京，可见京城局势已不可为。"

"造了反，就不叫忠厚了！"丁贵掷地有声。

"说是这样说，但又不能这样说……"陈大勇可怜也要解释得舌头打结。

"你们说完了没有？这儿风沙真大，又冷，找个地方喝点热茶吧。"九娘探出头来插话。

——咦，她怎么会探出头来插话？

"我不叫你们躲在后面吗！"我跳脚。一个个都这么不听话，叫我怎么办事啊？

"我猜这里需要我啊。"她风情万种地撇嘴，"瞧，没我在，你们谈不下来吧？去去，找个地方饮茶。等谈完了，我来给你们烫酒、切几片烤肉。"

"男人的事，女人不要多嘴。"丁贵和陈大勇一起冲她吼。

"这事我还真要多嘴。"九娘双手叉腰，"你们不是要抢我吗？谁活着，我就嫁给谁。"

"他们都活着……"我弱弱插嘴。

"是啊，那是因为他们没跟你作对。但要继续拦着你，谁死谁活就不一定了。"九娘词锋锐利，转向丁、陈二人，"你们要活还是要死？"

两个男人面面相觑，片刻，陈大勇眼圈一红："丁大哥，我尊你一声大哥，但如今，铁血北防线的统帅是我，你该听我的。"

原来如今陈大勇的官职压过了丁贵！丁贵面上一红，声音却并不服软："叛逆的命令，不可听从！"他身后的官员交头接耳、窃窃私语，他大怒回首镇压道："你们难道要背这造反的污名?!"

"什么叫造反？朝代更替，自古有之。若是反赢了，就不叫造反，叫功臣。"陈大勇振振有词。

“哗。”陈大勇背后不少人准备倒戈，另外一些人则握紧兵器不准他们倒戈。

“丁大人，我确实是因为想让更多人幸福才起兵的。若有一天你见我为了我自己的富贵荣华牺牲别人，就请杀了我。”我喉咙作哽，“就算不帮忙我，也请让我走我的路好吗？我是一定要走下去的，请不要在这里逼我作战。”

丁贵回头看了看他带出来的士兵们，一咬牙，掣出青钢剑：“是条汉子，就跟我单打独斗。”

向予看了看我：“行不行？要不我跟他打？”

“丁贵，你不想要我了？！”九娘尖叫。

“是条汉子，站出来跟我打！”丁贵不理九娘，逼牢我一人。

“丁大人！”他身后有副将拍马上来，“容末将跟您并肩作战。”

“都不用多言，这是丁贵一人的坚持。”他挥退所有人，“丁贵若战死，你们……”

“我们将血战到底！”副将大声宣誓。

“不，你们好自为之。”丁贵脸上掠过一丝苦笑，“殉国，有一人就够了。”看了一眼九娘，“你反正不愁没汉子养。”

陈大勇吼叫道：“大哥！”丁贵已经再也不理他，拍马逼问我：“敢不敢打？”

我已经明白他心意，打就打吧。他希望在我的手里殉国，而我呢，也许可以看看能不能把他打下马，一索子捆了，再慢慢计议……

猛然间一声巨响，地动山摇。

仿佛是什么神灵震怒，摇动了大地，天上既没乌云、也没雷霆，但大家都分明听到雷鸣般的巨响，大地也分明在震动！那一刻，所有人的慌乱，不消说得。

而丁贵竟然趁这个时机，仗剑向我刺来。

他不该偷袭我。他的功力差我太多，我双臂自然而然生出反应，本能地就要对来敌一剑封喉，还幸而是及时恢复理智，剑锋一偏，只是尽量用内力将他震开。

他果然飞开去。

九娘低低叫了一声。

我举目，只见那边有一棵枯树，不知多少年前被折断的树枝，硬如利石。丁贵摔在上面，竟然，由前腹至后心被扎得通透。

又是一声巨响，地面震得比原先更剧烈，马儿们狂嘶乱奔，有的士兵也已经被吓得抱头鼠窜。我急着帮别人稳住马匹，向予又忙着保护我，等控制住局面，他先觉得不对，回头看，低呼一声。我们也回头，只见九娘也已经穿在那根树枝上，同丁贵紧紧相拥。

陈大勇那一刻的脸色，像白纸一样白，扑到九娘身边：“你说过谁活着你嫁给谁的。你说的！”

九娘微弱的给他最后一个娇媚眼神："女人说的话……"她没来得及说完，就死了。丁贵的血和她的血流在一起。

她是自己将树枝插进自己的胸膛、还是第二次巨响时失足跌上去？我们永远都不会知道了。

向予和我都觉恻然，可惜天生不会安慰人，呆立半晌，天边烟尘漫天，又是一拨人马前来。向予紧张道："又是谁？我去看看。"飞奔而去。我迟疑着，追了他两步，看看陈大勇，又走不开。

陈大勇留在这里，像痴了也似，拔刀猛砍树干。那老树在荒漠中被风沙调弄得、真的硬得狠了，剑斫上去竟发出金石声。我们都亮出兵刃助他，又怕损伤死者的尸身，费了番劲将树枝弄断，两个人还是穿在一起，我们正不知如何处理才能既拔出树枝、又不至于将死者的内脏血肉带出来，陈大勇叹了口气："就这样吧。"握着九娘和丁贵的手，他道，"其实是大哥先遇上九娘，但九娘老是骂大哥不重视她。我喜欢九娘，九娘也说喜欢我……如果不是大哥把九娘让给我，我是没胆子对她痴心妄想的。可大哥这一让，九娘又生起气，对我们两个都发火了……"慢慢将这两人血迹斑斑的手放下，他道："其实我们从来猜不透九娘的心意。"

我看着她血迹斑斑的罗裙，眼前又浮现出那一夜，葱绿抹胸衬着她雪白的肌肤，她像蛇一样抱住我的双腿，嫣然抬头道："丁贵这个人真不是个东西……"猛然拔出雪亮匕首刺进我的腿，"可他还不该死在你的手里！"

这个女人，生也令人难以捉摸；死也令人难以捉摸。她究竟爱的是谁？呵一个女人的心里究竟爱的是谁，她自己知不知道？

"怎么样？是……不打仗了吧？"黄光跑来，怯生生问。

我看他全身黑乎乎的，心里打个突："你做了什么事？"

"我……"他看看众人，把我拉到一边，小声道，"我怕您打不过他们，正好看到那边有个废弃的矿坑，又正好身边带着新研制的烈性炸弹，就炸了两个，想您功夫高强，他们越混乱，您就越方便制敌。现在……下官没闯祸吧？"

"你——"我深吸一口气，正不知如何开言对他说，那边横七竖八的乱叫："程侍郎！程大人！主公！程昭然！"

抬头望，只见沈虞孙骑着高头大马，领着一队人马，和向予一起高高兴兴地奔过来："陈统领跟登乐尔说，不会难为你。我不放心，悄悄潜进关里。嘿，你还好吧！"

后面那些文官们也都上来了。陆夫人看着九娘的尸体，没流什么眼泪，只是拍了拍她，将她头发细心地抚顺："妹子，你死得其所。"

而水玉看到沈虞孙时，脸很红很红，毫无必要地往我身后一躲，发辫贴着我的衣襟，微微发抖。难道……嘿！我终于知道她心仪的神秘人物是谁了。惨烈的旅途中,总算有这么一件温馨的喜事。

我单刀直入问沈虞孙:“你有没有老婆？有没有未婚妻？有没有心上人?”

“没有没有！我们亡命之徒,怎么能去害人家好姑娘。”沈虞孙瞥了水玉一眼,胡子后的脸也变红,“干吗?”

“抓紧时间幸福。”我抓起他们的手,要把它们合在一起。水玉一躲,忽然哭起来:“大人,水玉是要跟您在一起的……”

“别傻。”我温言道,“你——”

“不是的!”水玉眼泪决堤,往地上狠狠一跪,“大人！水玉实话说了,当年卢公子拜托水玉帮他的忙,替他同您牵线搭桥,水玉帮他做了许多事,也收了他不少金银首饰。后来他……他竟对您做出这种事。水玉有罪,要一辈子跟在您身边赎罪!”

眼水淹没了她大部分声音,相信没几个人能听清她。我要想了想,才听懂了,不由得闭一闭眼睛。

原来水玉身上背负着这样的包袱,难怪我总觉得她拘束着,有许多心结打不开。卢仲均纵然有罪,死者已矣,何必再追究。

我静静地、坚持着拉过她的手,再拉过沈虞孙的手:“不要哭。从今往后还有许多路要走,我们大家都要好好的在一起。”

“现在我们去哪里?”向予他们都问我。

“先去铁血北防线,与登乐尔会合,至于之后——”我举起马鞭,指着太阳升起的方向,“天下。”

(第二卷完)